Nina Killham

Cómo cocinar
a esa lagarta

Traducción de
María Isabel Merino

Umbriel

Argentina • Chile • Colombia • España
Estados Unidos • México • Uruguay • Venezuela

Título original: *How to Cook a Tart*
Editor original: Piatkus, Londres
Traducción: María Isabel Merino

© 2002 *by* Nina Killham
First published in Great Britain in 2002 by Judy Piatkus (Publishers) Ltd. of 5 Windmill Street, London W1T 2JA
© de la traducción, © 2003 *by* María Isabel Merino
© 2003 *by* Ediciones Urano, S. A.
   Aribau, 142, pral. - 08036 Barcelona
   www.umbrieleditores.com

ISBN: 84-95618-54-0
Depósito legal: B. 24.748 - 2003

Fotocomposición: Ediciones Urano, S. A.
Impreso por Romanyà Valls, S. A. - Verdaguer, 1 - 08760 Capellades (Barcelona)

Impreso en España - *Printed in Spain*

Para Andrew

1

¡Qué manera tan desastrosa de empezar el día!, pensó Jasmine March con la mirada clavada en la núbil amante de su marido, muerta en el suelo de su cocina. Jasmine aguantó la respiración e inspeccionó la expresiva escena del crimen. Su rodillo especial de mármol descansaba a un palmo de la sien machacada de la joven. La sangre formaba un charco con un rico matiz frambuesa. En la encimera, el papel de aluminio mantenía un precario equilibrio sobre la bandeja de *brownies* de chocolate hechos por Jasmine. Hizo una mueca de disgusto. Uno de los *brownies* estaba embutido en la boca de la joven. Mientras contemplaba desde arriba la cintura juncal de la muerta, sólo estaba segura de dos cosas. Una, la cena de cumpleaños de su marido se había ido a paseo. Dos, su rodillo de pastelería, gracias a Dios, no estaba desportillado.

Hacía dos meses, exactamente, que todo había empezado a ir mal. Justo antes de despertarse aquella mañana, estaba soñando con el desayuno. No cereales ni un biscote ni leche descremada con un triste trozo de manzana. No, Jasmine paladeaba unas cremosas tortitas de avena espolvoreadas con una gruesa capa de azúcar de caña y recubiertas de nata caliente. A continuación, un plato de huevos a la Sardou; huevos escalfados anidados con cariño en fondos de alcachofa, suaves como el culito de un bebé y bañados en una ruborosa salsa holandesa bien especiada. Jasmine fijó la mirada en el techo, con la boca haciéndosele agua, mientras mojaba la corteza de un trozo de crujiente pan francés en el resto de la salsa, antes de tomar un sorbo de café con aroma a achicoria y nueces y coger un buñuelo recién frito, tan recubierto de azúcar en polvo que la hizo estornudar.

Cerrando los ojos, trató de sumergirse de nuevo en el cálido aroma del azúcar y la cafeína calientes. Se le subieron los colores a la cara de sólo pensarlo. Pero el sueño se mostró esquivo. Jasmine sacó las piernas de la cama. Se rascó con ganas el profundo pliegue del trasero mientras cruzaba la habitación y se sentaba ante su escritorio. Y empezó a trabajar:

Primero caliente una cucharada de mantequilla en una cazuela resistente al fuego. Dore la carne a fuego medio alto (en tandas si es necesario). Con una espumadera, pase la carne a un cuenco aparte. Ahora, en la cazuela, añada cebolla, ajo, chile y páprika...

—¡Jasmine!

Jasmine dejó de teclear.

—¿Qué?

—¿No queda yogur? —preguntó Daniel, a voz en grito, desde la cocina, en la planta baja.

—Mira detrás de las criadillas con salsa picante.

—¿Los qué?

—Las criadillas de pato.

—¡Jesús!

Jasmine oyó como su marido escarbaba en el enorme frigorífico empotrado y luego como la puerta se cerraba de golpe. Continuó. Borró «una cucharada» y tecleó «tres». En su opinión, cuanta más mantequilla, mejor. Nada podía sustituir a la mantequilla. Mantequilla fresca y cremosa. Se estremeció de horror ante la tendencia actual a culpar a la comida de todos los males. La comida no mataba a la gente. Por todos los santos, la gente mataba a la gente. Con su insistencia, sus críticas y su cauta forma de vivir. Muéstrale a Jasmine una mujer flaca y le estarás mostrando un ser mentalmente deficiente. ¿O es que los neuróticos no son indefectiblemente piel y huesos?

¿No son los canijos quienes han provocado los mayores estragos en el mundo?

Mejor que no la hagan hablar.

Jasmine se humedeció un dedo y ojeó sus notas: Pollo ahumado con puré de lentejas especiadas. Galletas de jamón y queso picantes. Ensalada de habas con salchichas al ajo. Después de tres libros de cocina, por fin estaba encontrando su propia voz. Había descubierto que su futuro descansaba en lo rústico, no en lo elaborado. Ah, claro que había probado el furor de la *nouvelle cuisine*. ¿Quién podría olvidar su Pechuga de pollo sobre un lecho de puré de uvas?, su Brie en dados con salsa de kumquat, su Ensalada de naranja y chocolate con una vinagreta al Grand Marnier. Pero sus instintos la habían llevado, acertadamente, a las grandes raciones. Odiaba la creciente moda de tanto plato blanco visible. Prefería montículos de deliciosa comida y lagunas de salsa. Jasmine masajeó sus abundantes carnes y sonrió. Por fin había encontrado su definición; iba a ser una gastrofeminista. Sería la Reina de la Abundancia, la Emperatriz del Exceso. Nada de fingir falta de apetito, nada de «No, gracias, estoy llena», nada de apartar el plato con una triste, pero cansada sonrisa. Sus platos satisfarían el impulso primigenio, el más profundo. Estofados de buey enriquecidos con chocolate y un toque de canela, pasteles de manzana empapados en Calvados y mantequilla, cerdo salteado con chalotas, montones de crema de leche y mostaza.

Jasmine sonrió con satisfacción. No podía imaginar un mundo sin libros de cocina. Un mundo donde se plantara una pierna en el fuego para depositarla luego, parcialmente asada, sangrando y oliendo a crudo en el plato. Sin ninguna salsa, sin ninguna guarnición de verdura perfectamente planeada. Bueno, quizá con una verdura de raíz, hervida hasta hacerla irreconocible. Y eso sólo si el cocinero o la cocinera de la casa sabía algo de química. No, la vida sin libros de cocina era inimaginable. Igual que la cristiandad sin la Biblia.

Jasmine tenía una misión. Conducir a los demás hasta el Ser Supremo; el bocado más delicioso nunca consumido. No era una vocación para los débiles. Tenía el estómago cansado por tanta degustación, la lengua abrasada por la impaciencia, las manos hechas trizas por tanto probar recetas nuevas; por todo aquel raspar y cortar y arrancar. Y luego, claro, estaban sus muñecas, siempre al borde de agarrotarse por el estrés debido a la urgencia y a la inmediatez con las que trataba de transmitir su mensaje. Pero un profeta sufre y también ella sufriría si eso daba como resultado aunque sólo fuera una única comida decente más en la mesa de los comensales…

—¡Jasmine!

—¿Qué?

—El salvado.

—Te lo acabaste.

El gemido de un hombre autoempalado llegó desde la cocina.

—Mira a ver, puede que quede una caja detrás de la sémola.

Jasmine todavía recordaba la primera vez que vio un libro de cocina. Con catorce años y una necesidad urgente de librarse de su virginidad, se la había ofrecido a un chico de séptimo y, después de aguantar veinte minutos de toqueteos inútiles, acabó por retirarle definitivamente la oferta. Mientras se dirigía furiosa a la planta baja, vio la librería de su madre, llena de libros de cocina de vivos colores. Se dejó caer sentada, allí mismo, como si fuera un gong al que acabaran de golpear y empezó a leer, asombrada ante el paraíso que se abría ante ella.

Leía los libros de cocina como si fueran novelas, cada receta, un capítulo. La lista de ingredientes era el principio; las instrucciones, las complicaciones de la trama; la presentación, el clímax y las sustituciones opcionales, si es que había alguna, el desenlace. A continuación, cogía su propio bolígrafo y papel y trataba de crear recetas que nunca antes hubieran visto la luz o el paladar: obras maestras como Ensalada de patatas fritas, *Strudel* de calabaza, Natillas de mostaza horneadas. Su problema, lo supo desde el principio, era que carecía de una característica regional. Washington D.C. no era conocido por su tradición culinaria. Había crecido sin una cocina regional, así que no podía desempolvar esos nostálgicos platos hogareños de la madre de la madre de su madre. Nada de salsas de crema de leche y harina arraigadas en su familia desde hacía catorce generaciones. Ni siquiera podía alardear de una auténtica sopa de almejas al estilo de Nueva Inglaterra patrimonio de su familia ni de un sureño *succotash* frito. Era una huérfana culinaria y, como tal, tendría que inventarse a sí misma.

Nunca había sido partidaria de avanzar con prudencia, así que se lanzó de cabeza a los Wellingtons de buey, las bullabesas, incluso a la Sopa de cebolla rubricada por Bocuse, con su tapa de masa de hojaldre. En lugar de ropa, como las otras chicas, ahorraba dinero para comprarse trufas, aflojando sus preciosos dólares y volviendo, disparada, a casa con una fracción de una onza del fragante hongo. Su madre, cuya única aventura culinaria había consistido en acompañar su guiso de atún con crema agria, en lugar de con las sencillas patatas fritas, estaba preocupada. Toda aquella obsesión adolescente apestaba a cosa indecorosa, aunque no sabía explicar exactamente por qué. Jamás podría pedirle a Jasmine que se abstuviera de cocinar, porque temía que empezara a estar poseída por el diablo. En cambio, empezó a sentarse a cenar, cada noche, con un poco de miedo, hurgando en la comida como si fuera una mina a punto de estallar.

—¿Qué es esto?— preguntaba, desconfiada.

—Jamón de Parma.

—¿Jamón? ¿Y por qué lo pones encima del melón? ¿No tendrías que reservarlo para hacer sandwiches?

A veces, no decía nada en absoluto, sólo abría los ojos en un estupefacto orgasmo gustatorio y miraba fijamente, con fervor religioso, a su hija.

—Guau —decía finalmente.

—Ajá —le respondía su hija.

La madre temía que fuera una fijación oral. Pero para Jasmine, era su disciplina. Había encontrado un gran consuelo en la rígida disciplina de la cocina. Era una instrucción militar alimentaria. Había normas y reglamentos. Proporcione un servicio y límpielo todo cuando haya acabado. Haga bien su trabajo y será recompensada. No se trata de un trabajo que todo el mundo quiera pero, ¡Caray!, seguro que quieren que alguien lo haga. Jasmine era un buen infante de marina. Estaba orgullosa de ello.

En aquel tiempo, sus héroes eran hombres corpulentos, como Paul Bocuse, cuyos ojos centelleaban por encima de las sensuales lonchas de sus amplias mejillas. La propia Jasmine se estaba convirtiendo en una voluminosa joven. Ah, ella era como la propia tierra; fragancia y opulencia y fuerza. Por la noche se bañaba a la luz de velas perfumadas con vainilla y se frotaba aceite de oliva, a manos llenas, en su suntuosa piel morena, teniendo buen cuidado de que la grasa llegara a cada rincón. Por la mañana, estaba tan suave, sedosa y fragante como una *trattoria* milanesa. Se recogía el pelo en lo alto de la cabeza, dejando que los rizos más rebeldes cayeran, con coquetería, alrededor de la cara. Llevaba vaporosos blusones blancos de pintor y se anudaba pañuelos rojos o negros alrededor del cuello. Las piernas aguantaban firmes, debido a su energía sobrante. Sus labios, llenos, pintados con carmín fucsia hacían destacar sus blancos dientes...

—¡Jasmine!

—¿Qué?

—¿No nos queda zumo de naranja?

Jasmine suspiró, cerró el ordenador portátil y bajó a reunirse con su marido.

Daniel estaba sentado a la mesa de la cocina, comparando la cantidad de gramos de fibra de las cajas de cereales. Cada mañana, volvía a leer, volvía a computar, volvía a cotejar los gramos de fibra con los gramos de sal y grasas. Estaba obsesionado con la eliminación. Para Daniel, eliminar se había convertido en sinónimo de respirar. Aire libre y un colon libre, ese era su lema. Su cuerpo era un campo de batalla entre la fibra y las rabiosas toxinas que se ocultaban como guerrilleros del Vietcong en la jungla de sus intestinos. Sería Rambo y los arrancaría de sus escondites, los ejecutaría sin piedad. Su arma favorita era Fiber One, que restregaba las paredes de sus intestinos como si fuera Ajax.

Jasmine entró lentamente en la cocina y abrió el frigorífico.

—Hoy le envío el manuscrito a Garret. Seis meses de probar, volver a probar, degustar y volver a degustar. Debo de haber comido lo suficiente para alimentar a una pequeña nación.

Examinó atentamente los atestados estantes del frigorífico.

—Estoy muerta de hambre.

Después de un par de decisiones abortadas, finalmente se decidió por una enorme porción de tarta Tatin que quedaba. Se sentó en un taburete junto a la encimera, tomó un largo trago de su humeante café con leche y atacó la tarta.

Daniel levantó la mirada.

—Fiber One es el mejor.

Jasmine se encogió de hombros.

—Sabe a serrín.

—Puede, pero tú nunca lo comes, así que ¿qué más te da?

—Detestaría que pasaras los mejores años de tu vida comiendo serrín.

—¿Por qué te cuesta tanto?

Jasmine le lanzó una rápida mirada.

—¿Quieres Fiber One? Te compraré Fiber One.

—Gracias.

Vertió su leche descremada por encima del cereal deficiente en fibra y empezó a ronchar. Contempló a Jasmine mientras ésta perseguía el último bocado de tarta por el plato con una cuchara, le cortaba la retirada con la otra mano y se lo llevaba a su impaciente boca. La observó mientras le chupaba la vida antes de tragárselo. Apartó los ojos.

Cuando Daniel vio por vez primera a Jasmine en el American Café, de Georgetown, diecisiete años atrás, se dio de cabeza contra una pared. Fue su manera de sostener su cruasán de pollo al estragón en las manos, su intensa concentración, sus ojos cerrados, embelesados, y la enorme ensalada y el *brownie* de chocolate doble esperándola encima de la mesa. Después de rescatar su bandeja, aferró su sándwich vegetariano, desbordante de virtuosos brotes y se sentó lo más cerca posible de la mesa de Jasmine. Tomó un sorbo de Perrier y contempló como aquella visión que tenía delante succionaba como un aspirador la pajita de su Coca-Cola y luego se humedecía un dedo y recogía los restos hojaldrados del cruasán. A continuación, emitió un suspiro, profundo y satisfecho, levantó la vista, pillándolo con la mirada fija en ella y le sonrió. Él, con la boca llena de pepino, tomate, aguacate y pan integral, le hizo un gesto de saludo con la cabeza. Entonces ella se relamió los labios y se acercó la ensalada. Daniel la observó asombrado mientras se metía la lechuga en la boca con el tenedor, con tanta economía de movimientos como si llenara una bolsa de basura con retales. Finalmente, se detuvo y empezó a masticar, sonriéndole, los ojos convertidos en meras ranuras en una cara ampliada por dos mejillas en plena actividad. Daniel observó que no era el único en mirarla boquiabierto. Mesas enteras masticaban silenciosamente, observando sin respiración como Jasmine, su ensalada ya un simple recuerdo, hacía una pausa. Entonces se enderezó e hizo unos giros con la cabeza para aliviar cualquier tensión. Levantó los hombros hasta las orejas, primero uno y luego el otro, como si se preparara para un agotador ejercicio. Un último balanceo de cabeza y una sonrisa beatífica para la camarera, que hizo un quiebro junto a su mesa para recoger sus dos platos agotados, y Jasmine alargó la mano, cogió el postre y lo puso frente a ella. Lo miró intensamente, contemplando como el helado se iba deshaciendo y fluía hacia abajo hasta humedecer el borde del decadente *brownie* de chocolate, un fino hilo de salsa de chocolate que se acumulaba dentro de la blanca nata antes de desaparecer en el fondo del plato. Cogió el tenedor, murmuró algo que no llegó a oídos de Daniel y empezó a deslizar, metódicamente, los bocados de empapado *brownie* en su boca, cada vez más cálida y chocolateada.

Lo miró a los ojos, relamiéndose los labios, mientras él se acercaba. Sin decirle palabra, se sentó delante de ella. Ella se mordisqueó el labio inferior y no dijo nada. Daniel alargó el brazo y, suavemente, le quitó el tenedor de la mano.

—Espero que hayas guardado algo para mí —dijo.

Ella sonrió, con los dientes marrones y blancos como una vaca de Jersey.

Al cabo de un mes, él lo tenía todo; cocinera gourmet, criada y esclava sexual. Bueno, quizá no exactamente esclava sexual, pero sí, ciertamente, entusiasta. Lo mejor de todo es que fue idea de ella. Vivía con su madre y se moría de ganas de marcharse. Lo arrancó del piso que compartía y se instalaron en un apartamento de un dormitorio, con un precio aceptable en Northwest. Daniel podría habérselas arreglado sin el equipo de cucarachas animadoras del equipo, que lo observaban mientras se preparaba las tostadas por la mañana y sin el cuarto de baño, del tamaño de un peluquín, pero fuera de eso no podía quejarse absolutamente de nada. Y la comida… Ah, la comida… Dios, la comida.

Ternera con salsa de cangrejo. Cordero asado, mechado con tanto ajo que no pudo acercarse a su jefe durante días. Calamares fritos con salsa de chile y miel. Un estofado de buey con una salsa tan deliciosa que hubiera querido frotársela por todo el cuerpo; suculenta, carnosa, dulce y encebollada.

Una noche, después de un día difícil en el trabajo, entró en el apartamento y olió el aliento de los ángeles, de unos ángeles italianos, dulce y punzante y herboso con un toque de vino blanco, exudando un perfume que revoloteaba alrededor de su nariz como una pluma. Fue hasta la cocina a grandes pasos y se encontró con unos mariscos que hervían a fuego lento en una cazuela y a Jasmine inclinada sobre ella, removiendo y espolvoreando como una bruja. Daniel volvió a nacer en aquel momento. La vida adquirió sentido. El futuro se alzaba allí delante y le hacía señas para que fuera hacia él. El matrimonio, una palabra que nunca había pronunciado sin una punzada de abyecto temor, se convirtió en un deseo irresistible. Amor, lujuria y una incurable glotonería salieron a raudales de él en forma de una propuesta ininteligible, que Jasmine recibió con una dulce sonrisa y selló con un beso, impregnado de sabor a ajo, en los labios.

Pero ahora Daniel tenía que vigilar. No es que fuera a dejar de comer. Cielos, no. Cuando se vive con un maestro, no se baja el volumen de la música. Pero había leído los libros; la clave era un colon limpio. Un colon limpio no sólo desterraba el exceso de peso, sino también la irritabilidad, el adormecimiento, la mala memoria, la indecisión, incluso la hostilidad. Metió el intestino hacia dentro y le dio un buen apretón interno. Estaba limpio como una patena y tenía intención de conservarlo así.

Daniel hizo una mueca de disgusto al leer las críticas teatrales. «Trasnochado, trillado». Gilipollas. ¿Además, quién les había dado tanto poder a esos críticos? Sabían escribir, bueno ¿y qué? ¿Eso les daba derecho a publicar basura? Años atrás, se había imaginado como el nuevo Robert de Niro, pero Washington era un lugar difícil de abandonar. Se dijo que tenía que ir a Nueva York cuando tuviera dinero; fijando sus propias condiciones. No quería dedicarse a patear las calles, ni a trabajar de camarero, así que tuvo que bajar un poco el nivel de sus ambiciones. Se convirtió en profesor de interpretación y en director de un grupo de teatro «pequeño, pero prometedor y lleno de energía», según los papeles locales, en la calle 14. Tenía varios amigos que se habían ido a Los Ángeles. Uno había triunfado; a lo grande, a lo grande… en comedias televisivas. Pero ninguno de ellos tenía familia. Salían con mujeres más jóvenes y luego se quejaban de su estupidez.

Pero lo que él hacía era importante, se recordó a sí mismo. ¿Cuántas personas podían decir lo mismo? Era el cordón umbilical que comunicaba a sus alumnos con el futuro. Nunca les fallaba. Era un maestro. No había nada más honorable en el mundo. Mira a Aristóteles, Sócrates… Nadie se atrevió a decirles que los maestros enseñaban lo que no sabían hacer. En su opinión, eran los que no saben enseñar los que tenían que conformarse con hacer. Él era quien cambiaba la configuración de las cosas. Cambiaba la focalización de sus estudiantes desde el estereotipo a la profundidad de carácter. Desde la noción primera a varias opciones anteriores. Desde la imitación a la vida. Desde estudiantes que no sabían más del verdadero teatro que los ladrillos de una pared a quienes veían teatro con asiduidad, que podían abstaerse a partir de un rechazo, un fracaso, incluso un gozo exquisito y decirse: «Esto me puede sevir».

O sea que… sí, Daniel se había quedado. Y ahora su carrera como actor se había acabado y su teatro debía seis meses de alquiler. Ahora, cada mañana, escudriñaba el futuro, un espacio lúgubre y sin aire, lleno de críticas miserables, estudiantes desagradecidos, una conducta cívica responsable y, al final, una nota necrológica bajo el encabezamiento «Un don nadie». Contemplaba ese abismo, con el cuerpo inclinándose hacia el vacío, peligrosamente cerca, y los pies, tan magullados, rozando el borde.

Daniel suspiró. Jasmine era todo lo que él no era. Optimista, generosa, paciente. Y últimamente, cuanto más generosa era ella, cuanto más paciente se mostraba, más malhumorado se ponía él. No tenía nada que ver con ella, se decía. Sólo el tiempo, la familiaridad, el descontento. La vida, suponía. Así que trataba de ser feliz. De verdad. Se recordaba constantemente que tenía una esposa a la que amaba. Sí, la amaba. Cocinaba como una diosa. Tenía una hija que era la más guapa de su clase. Tenía su mundo. Claro que no le importaría tener doscientos o trescientos mil dólares. Y quizás un coche nuevo. Una casa más grande. Hacer un viaje caro a algún sitio. Quizá Tahití. La playa. Y los pechos… pechos morenos… pechos morenos y redondos.

Daniel dejó la cuchara.

—Es probable que vuelva tarde esta noche.

Jasmine le lanzó una mirada.

—¿Otra vez?

Daniel se encogió de hombros.

Jasmine apartó la vista.

—¿Ya sabes qué quieres para tu cumpleaños?

—Nada —dijo él—. No quiero nada para mi cumpleaños.

Jasmine tenía otros planes. Disimuladamente, miró sus notas. Tachó los daiquiris y apuntó bellinis. Añadió broquetas. Ah, alioli. Sí, salmón y bacalao frescos, alcachofas, zanahorias, remolachas, setas e hinojo. Buena idea. ¿Qué más? ¿Ostras? ¿Y por qué no? Quizá animaran las cosas. Ahora, el plato principal… aquí, estaba atascada. Quería algo muy especial para el cumpleaños de Daniel. Quería crear una receta sólo para él. Igual que los músicos crean arias, sinfonías y fugas como regalo, ella quería crear el plato más suntuoso. Un plato digno de un rey. Algo masculino y suculento. Había pensado en carne roja. Una sustanciosa salsa oscura. Patatas, setas, cebollas. Pero ¿no resultaba muy trillado? Cielos, sí. Quería algo diferente. Durante semanas, le había estado dando vueltas; su cuaderno estaba gastado de tanto borrar. Había pensado en fideos al estilo asiático con buey o una rotunda pasta italiana al horno, pero ¿no era algo corriente sólo que en otra lengua? Confiaba que si seguía pensándolo, se le ocurriría algo, que tendría una inspiración súbita. Pero hasta ahora, la idea seguía flotando, fuera del alcance de su mente, negándose a penetrar en su consciencia.

Jasmine recogió los platos que Daniel había dejado y los llevó al fregadero. Cuando se presentó a sí mismo, aquel fatídico día, en el American Café, Daniel no era el tipo de Jasmine. Para empezar, era delgado. Escuálido, comentó su madre. Pero Jasmine aprendió pronto que tenía el espíritu de un hombre gordo. Su peso corporal era ge-

nético, no psicológico. Adoraba la comida tanto como ella y estaba a
la altura de su apetito y de sus murmullos orgásmicos. Extrañamente
para un hombre al que tanto le gustaba comer, Daniel no sabía cocinar. No sabía hacer arroz, ni siquiera sabía hervir un huevo duro decente. Así que, después de una breve luna de miel de pequeños cafés
franceses a los que la acompañaba y la invitaba, Jasmine empezó a cocinar para él. Y se acabó ir a restaurantes donde hubiera que empe-
ñar la camisa para entrar.

—Pero, ¿qué esperabas? —le decía su madre—. No tiene trabajo.

—No, es un artista —la corregía Jasmine.

Tenía que corregirla continuamente.

Pero lo que le faltaba profesionalmente lo compensaba en otros
terrenos. La segunda noche que salieron, la llevó a la casa que compartía con dos taxistas marroquíes. Se sentó en la cama y tiró de ella
haciéndola caer encima de él. Olía a limones. Allí había un hombre
resuelto a hacerla feliz, a hacer que se estremeciera.

—Darte placer me da placer —murmuró entre sus senos sudo-
rosos.

Un hombre tan delgado pero con tanto vigor y energía. Y cuando, finalmente, llegó al oragsmo, la besó tiernamente, se deslizó fuera de la cama y, asomando la cabeza por la puerta, llamó a gritos a uno
de los taxistas. Jasmine se quedó paralizada, estrujando las sábanas
contra el pecho. Pero cuando el hombre subió corriendo las escaleras, traía dos vasos de agua helada con menta. Daniel le sonrió con su
bonita sonrisa y le dio las gracias. Le entregó el vaso a Jasmine y se
quedó de pie, bebiendo el suyo a grandes tragos sin apartar la mirada
de ella, retorciendo el pequeño rizo de pelo que tenía justo debajo del
ombligo. Jasmine bebió largamente y luego se recostó de nuevo,
aturdida. En la habitación había una cama doble, una cajonera y un
sillón roto. La ropa de Daniel colgaba de una viga montada en un rincón. Daniel cogió el vaso de Jasmine y lo depositó, junto con el suyo,
encima de la cajonera.

—¿Estás cómoda? —le preguntó.

Jasmine sonrió afirmando, aunque se preguntaba si no sería mejor marcharse que dormir en una casa llena de hombres desconoci-

dos, mientras pensaba brevemente qué desayunarían los hermanos marroquíes. Alargó el brazo hacia las mantas apartadas de una patada al pie de la cama, porque estaba empezando a coger frío, pero Daniel le cogió la mano y volvió a ponerse encima de ella, sonriéndole y mirándola a los confusos ojos.

—La primera vez era una necesidad. Ahora tenemos tiempo para el lujo —dijo.

Alargó el brazo hacia atrás y tapándose la cabeza con las mantas, empezó a explorar su cuerpo.

Cuando acabó, ella era suya. Un par de veces antes había creído estar enamorada, una vez de un francés a quien le gustaba frotarse el miembro con mantequilla de caracoles para satisfacción de Jasmine, pero aquel asunto era como una noche corta y pegajosa, comparado con la fuerza con que se apareaban Daniel y ella. Cuando se despertó por la mañana, junto a Daniel, cada una de las células de su cuerpo se puso en pie, armada y lista. Estaba dispuesta a matar para conservar su unión. Daniel era suyo y seguiría siéndolo. Pensaba en él igual que pensaba en una bullabesa: era algo raro, precioso, inexplicable, un don divino.

Después de desayunar, Daniel se miró en el espejo, haciendo muecas, examinándose los dientes. Estaba muy orgulloso de ellos. Con el paso de los años, seguían siendo su mejor rasgo. Por lo tanto, los trataba adecuadamente, como una inversión, pasándose el hilo de seda con un fervor religioso, haciéndose una limpieza profesional cuatro veces al año y no olvidándose nunca de cepillarlos después de comer. Fue una dentista quien le había puesto el miedo en el cuerpo, tres años atrás. Después de escudriñar dentro de su boca y gruñir, se quitó la mascarilla de golpe y le miró fijamente. Daniel le sonrió, acostumbrado como estaba a que los dentistas lo adularan por sus dientes perfectos.

—Ustedes son los peores —dijo ella.

—¿Cómo dice?

—Ustedes, los tipos con buenos dientes, son los que primero acaban perdiéndolos. Presumen por ahí, pensando que no tienen ninguna preocupación en el mundo y luego, zas, se les caen todos. Lo he visto con mis propios ojos.

La mano de Daniel voló a sus dientes para protegerlos.

—¿Qué, qué, qué puedo hacer?

—No sé si tiene lo que hay que tener.

—Dígame qué.

—Exige entrega.

—Sí...

—Una entrega diaria, no, una entrega doble cada día. ¿Está dispuesto a hacerlo?

—¿Tan malo es?

—Tan malo es.

—De acuerdo, dispare.

Ella alzó el bote con el hilo de seda como si fuera una insignia.

—Le presento a su nuevo amigo.

Daniel se encogió.

—Oh, no.

—Oh, sí. Si quiere dientes, tiene que pagar el precio.

Daniel se estremeció mientras ella se acercaba, sosteniendo el hilo tenso entre las dos manos, como si fuera un garrote.

—Vamos allá, déjeme que le enseñe.

Después de cinco minutos de dolor y una sangría equivalente a la de un cerdo sacrificado, Daniel comprendió el mensaje. Volvió a casa, dando tumbos, con su caja de seda de regalo y, desde entonces, se sumergía en ella cada día, canturreándole al espejo: «Las tías no ligan con tíos sin dientes».

Hoy, Daniel tensó los muslos, notando a su pesar que no eran firmes como una roca, como lo fueron en sus tiempos de jugador de fútbol en la universidad. Jugó con fervor con el mismo club, con un gran éxito local, desde el momento en que se graduó hasta dos años atrás, cuando le pidieron con mucho tacto (¿Cómo puede alguien hacer esto con tacto?) que dejara paso a un rival más joven y en mejor forma. Fue el día más triste de su vida. Colgó el teléfono después de compartir una exagerada carcajada con el capitán y se marchó a la calle. Jasmine lo llamó, preocupada, pero él siguió andando, derecho al coche, que lo llevó directamente por su carretera favorita, el bulevar

MacArthur, y directamente hacia Great Falls. Tenía dos opciones: un paseo a paso ligero por aquel lugar, por el que sentía predilección desde hacía tiempo, o una ronda interminable de copas en el bar. De entrada, eligió lo primero y sólo más tarde cuando, a su regreso, observó que eran las cinco, se desvió del camino a casa para ir hacia el aparcamiento de Hetch's a tomar un margarita en Houligan's. Cuando empezaron a saltársele las lágrimas, después de su tercera copa, se retiró al aparcamiento y se puso a gimotear como un escolar.

Jasmine, bendita sea, se había mostrado muy comprensiva cuando volvió a casa, borrando la sonrisa divertida de su cara y actuando como una geisha de suaves modales durante el resto de la noche. Hizo lo único que pensó que le ayudaría, le dio de comer. Fue a la carrera al carísimo Sutton Place Gourmet y volvió con dos bolsas llenas de cosas suculentas que procedió a convertir en obras de arte del tamaño de un bocado. Mientras él veía una vieja película de Truffaut por televisión y engullía una botella de Rosé d'Anjou muy frío, ella le fue dando tartas de queso y empanadas de aceitunas para empezar. Luego recogió las migas y le limpió, prácticamente, la boca antes de marcharse y volver con salmón poché y ensalada de arroz salvaje. Culminó la faena, como si fuera una acróbata a punto de despedirse con una reverencia, con un helado doble de vainilla, ahogado en Amaretto. Daniel se lo metió todo en la boca, sin apartar los ojos de la tele ni un momento. Cuando acabó estaba lleno a rebosar, absolutamente borracho y más triste que al principio.

Jasmine, con los brazos en jarras, lo miraba desde arriba.

—¿En qué piensas? —preguntó.

—Pienso en lo absurdo de la vida que llevo.

—¿Y eso qué se supone que quiere decir?

—Todo pasa tan rápidamente, ¿no? Se acaba antes de que sepas siquiera que ha empezado.

—Vivimos mucho más en estos tiempos…

—Igual que los cerdos, pero igual los convertimos en beicon a la misma edad.

—A mí no me pareces viejo.

—Eso es porque tienes la misma edad que yo.

—¿Y eso qué se supone que quiere decir?

—Quiere decir lo que se supone que quiere decir, que los dos tenemos cuarenta años.

—Todavía no.

—Este año. Reconócelo, somos viejos. No tenemos el mismo aspecto que hace diez años y tampoco actuamos igual. Imagino que se podría decir que actuamos conforme a la edad que tenemos. Es sólo que me sorprende, esto es todo. Pensaba que habría ganado a la edad.

—¿Crees que tengo aspecto de vieja?

—Tienes el aspecto que tendrías que tener a tu edad.

La mirada de Jasmine se volvió fría como el hielo. Cogió los platos y volvió a la cocina. Mientras la oía trajinando, con mucho ruido, en la cocina, Daniel sonrió por vez primera desde la llamada telefónica. No iba pendiente abajo él solo. Ella iba con él.

2

La dieciséisañera Careme se tocó los huesos de las caderas que sobresalían de sus tejanos y asintió con agrado. Su pecho, observó con satisfacción, era un fresco de costillas. Se contempló en el espejo, con las cejas enarcadas. Apretó los puños. Era una terrorista culinaria. Una guerrillera anticomida.

—¡Careme! ¡A cenar!

Careme puso los ojos en blanco. Fue hasta su escritorio y cogió su cuaderno. Tenía que hacer un plan de ataque. Su primera batalla era obvia. Se acercaría al campo de batalla —es decir, la mesa con la cena— furtivamente. Con rápida precisión le cortaría limpiamente el paso al enemigo —es decir, su madre—, rechazando cualquier ración de comida.

—¡Careme!

Si la inundaban de comida, —sonrió, conocía las tácticas de su enemigo— la extendería en una delgada capa por todo el plato.

—¡Careme! ¡Ahora!

Careme se puso en pie y cuadró los hombros. Llevaba una camiseta gris con capucha y tejanos Gap abotonados delante, que había pintado con nubes blancas y estrellas plateadas. Su pelo rubio y liso estaba cortado justo por debajo de las orejas y le caía convenientemente delante de la cara. Tenía cejas de color castaño claro, ojos verde gris y un largo cuello de avispa que acostumbraba a rodear de finas gargantillas de cuero. Era toda codos y clavículas, con brazos y piernas increíblemente largas. Una auténtica «l» minúscula en el alfabeto del género humano.

Careme admiró aquellas clavículas que sobresalían como tubos de estufa antes de embutirse en una sudadera extra para disimularlas. Una guerrillera tenía que ir camuflada. Abrió la puerta. Una vaharada de suculenta salsa de carne la golpeó bajo la nariz. Dio un paso atrás, colocando una mano firme encima de su rugiente barriga.

—¡Careme!

—¡Ya voy!

Abajo, Careme se detuvo a la puerta de la cocina. Su madre cerró un cajón con un golpe de sus pesadas caderas. A Careme se le crispó el rostro.

—Ah, por fin —dijo su madre—. Échame una mano con la bechamel, ¿quieres?

—Pensaba que la cena ya estaba lista.

Su madre se detuvo y se volvió para mirarla. Y continuó mirándola mientras Careme iba rápidamente hasta la sartén y empezaba a dejar caer dentro cucharadas de mantequilla y harina. Careme se esforzó al máximo para no tocar la mantequilla. Cuando se le deslizó un chorretón por el dedo, corrió al fregadero y se lo frotó con furia.

—¡Por todos los santos! —resopló su madre.

—Es un asco.

—Toma —dijo su madre dándole la leche.

Careme cogió papel de cocina para agarrar el resbaladizo y frío envase, vertiendo, con ojo experto aunque asqueado, la cantidad justa para la salsa. Contuvo la respiración cuando su madre puso la enorme cacerola de carne y tomate a su lado. Volvió la cabeza hasta dejar que sólo el rabillo del ojo se encargara de vigilar la tarea de derramar la bechamel lo más rápidamente posible por encima de la carne.

—¡Despacio! —le espetó su madre.

Careme metió la sartén en el fregadero, la fregó rápidamente y luego se enjabonó los brazos hasta por encima de los codos. Su madre metió la *moussaka* con cuidado dentro del horno precalentado.

—Volveré cuando esté listo —dijo Careme.

—No, siéntate. Quiero hablar contigo.

Careme se dejó caer en una silla; toda rodillas y codos. Ahora le tocó a su madre hacer una mueca de desagrado.

—Ten, cómete una galleta —dijo, poniendo un cuenco con galletitas de queso, las favoritas de Careme cuando era niña, encima de la mesa.

Careme se echó bruscamente hacia atrás, como huyendo de la mordedura de una serpiente.

Su madre se secó las manos, grasientas y manchadas de carne, en el delantal.

—Careme, esto no puede seguir así. Tienes que comer.

—Ya como.

—No, no lo haces. Mírate.

Careme bajó la mirada a sus piernas, secretamente encantada de la falta de grasa de sus muslos y se encogió de hombros.

Su madre probó otra táctica.

—Tu padre está preocupado por ti.

Careme levantó la mirada, curiosa.

—Los dos lo estamos.

Careme se encogió nuevamente de hombros, miró un segundo las galletas de queso y cambió de postura para darles la espalda.

—Tienes que ir a ver a un médico.

Careme se echó a reír.

—Estoy sana.

—Esto no es sano.

—¿Me pongo enferma alguna vez?

—Ahora estás enferma.

—Sabes que es tan... ya sabes, la comida no es la respuesta a todo. Comer no hace que te sientas bien. Eso es sólo basura que te hacen creer las revistas.

—¿Qué...?

—¿Tú te crees todo lo que lees, toda esa mierda de los cuatro grupos de alimentos? Eso era una conspiración del gobierno para hacernos comer su exceso de carne de vaca. Todo el mundo lo sabe.

—Careme...

—¡Tu problema es que crees que la respuesta a todo es la comida! Pues no lo es. ¿Sabes?, los demás tendrían que poder vivir como quisieran sin convertirse en cerdos. Tendrías que respetar el modo de vida de los demás. Te crees muy liberal, pero eso es sólo un montón de mierda. Ya que tú comes como una cerda, quieres que todos los demás también lo hagan.

—¡Careme!

—¡Es verdad! ¡En esta casa todo es comer, comer, comer! Me dan ganas de vomitar.

Careme se sentía estupendamente. Su campaña funcionaba de maravilla. Hay mucho que decir a favor de tomar la ofensiva. Su madre tenía la mirada clavada en ella, impotente, con la boca flácida y la mano todavía en el cuenco de las galletas.

—La mitad de las veces, diez años más tarde, te salen con estudios que demuestran que los alimentos que te han estado diciendo que eran taaan buenos para ti te van a provocar un cáncer. Así que lo único que se puede hacer de verdad es no comer. ¿Es eso tan estúpido? ¡No! Los budistas no comen mucho y viven tropecientos años. Yo probablemente viviré más de cien años porque no cargo con nada de peso sobrante. A sus ojos, soy perfectamente normal. Es sólo en esta casa donde soy un bicho raro. ¿Sabes cómo te sientes siendo un bicho raro en tu propia casa?

Su madre siguió mirándola fijamente un segundo y luego echó una ojeada a su reloj. Se levantó de un salto y corrió al horno de donde sacó la dorada *moussaka*, ardiente y borboteante. Careme se recostó en la silla con una sonrisita en los labios.

—Comida que mata —dijo.

Jasmine concibió dieciséis años atrás, una noche en que vio tres cuervos negros posados en su roble. Hacían que la rama se inclinara más de lo habitual y ella observó desde la ventana de la cocina cómo movían la cabeza hacia delante y hacia atrás, graznando como si rieran. Jasmine abrió la puerta trasera y salió afuera, al calor perfumado de magnolia. No era muy aficionada a los agüeros, pero no podía quitárselo de la cabeza. Qué extraño había sido, aquellos tres mirándola desde lo alto, como espectadores. Así que cuando se dio cuenta de que estaba embarazada, pensó que quizá habían sido mensajeros de algún tipo. Antes de hacerse la ecografía, le preocupaba que pudiera tener trillizos. Pero no, un solo feto, perfectamente colocado en su útero expectante, el corazón un puntito blanco que latía en medio.

Según iba transcurriendo el tiempo de su embarazo, más se convencía de que Dios era un hombre. El embarazo era sólo una más entre una serie de indignidades. Eructaba constantemente, pedorreaba como una traca, se relamía ruidosa y urgentemente en cuanto veía comida. Daniel decía que vivir con ella mientras estaba embarazada era como vivir con Enrique VIII. Jasmine recordaba los primeros y vagos movimientos del bebé dentro de ella. Por la noche, se quedaba despierta en la cama con la mano apoyada en el vientre. Al más mínimo latido, cogía la mano de Daniel y la sujetaba en aquel punto. Él se inclinaba, acercándosele al ombligo y hablaba con su hijo.

—Hola, ahí dentro —decía—. Te habla tu padre.

Como si esperara que el niño se pusiera firme y saludara.

Lo que Jasmine no había imaginado era el amor que sentiría por su hija recién nacida, Careme. La necesidad sensual de tocar la piel sonrojada y húmeda de su bebé; el éxtasis de su aliento que olía a leche caliente; la poesía de sus explosivas funciones corporales. Recordaba el silencio de aquellas largas noches en que había desterrado a Daniel a descansar a otra habitación. Permanecía echada, casi alucinando por la falta de sueño, observando las activas mejillas de Careme mientras se aferraba dolorosamente a su pecho y mirando con los ojos abiertos de asombro las muecas y emociones que recorrían como ondas la cara de su hija dormida. Aprendió qué era amar dulce y desinteresadamente por vez primera y supo que el amor sigue una línea descendente, en lugar de ascendente, en el árbol genealógico.

La felicidad que había en la casa en aquellos días era palpable. Era tan espesa que, de sentirse tentada a hacerlo, hubiera podido cortarla con un pequeño cuchillo de la mantequilla. La habría recogido cremosa, espesa y espumosa. Habría tenido un sabor dulce, su felicidad, pero no demasiado dulce. Daniel solía tender la mano durante el desayuno y acariciarle la mejilla a su hija, dibujando un círculo con el pulgar. Careme gorgojeaba y eructaba y babeaba todo su amor con una sonrisa sin dientes.

Pero ahora parecía que todo ese gozo se había evaporado. Ahora la vida tenía que ver con mantener, aunque no estaba muy segura de qué era lo que había que mantener. De forma lenta e imperceptible, su casa había dejado de ser un hogar. Se había convertido en una estación de ferrocarril y su familia en unos viajeros apresurados, impacientes por que llegara el tren que tenía que llevárselos a algún otro sitio. Daniel llegaba tarde del trabajo, como un completo extraño, no su marido, sino otro hombre inseguro de a quién pertenecía aquella casa en la que había entrado. Careme andaba arriba y abajo como un animal herido, gruñendo, peligroso, lastimado sin remedio. Y parecía que cuanto más se esforzaba Jasmine, más se apartaban de ella y la dejaban allí, de pie, sola, tambaleándose, con el corazón desbordante e inútil.

De vuelta a la inviolabilidad de su dormitorio, Careme acariciaba a Medea, su serpiente pitón, que tenía en una gran vitrina al lado de la cama. Pensaba que tener una serpiente como animal de compañía era muy Zen. Medea no hacía ningún ruido y producía pocos residuos. Careme le dijo a su madre que observar a Medea era el antídoto perfecto contra las tensiones de la vida diaria. Su madre le contestó que se alegraba de que, por fin, su hija hubiera encontrado lazos familiares con alguien como ella, un reptil de sangre fría.

Careme se tumbó en la cama y fijó la mirada en el techo, contemplando los trocitos de plástico que una vez fueron mágicas estrellas refulgentes. Recordaba la noche, debía de hacer cinco o seis años, cuando su madre apagó la luz y exclamó: «¡Sorpresa!» y todo el techo desapareció y se convirtió en una noche cuajada de estrellas. Siempre hacía cosas así, su madre. Se esforzaba tanto. Y últimamente, cuanto más se esforzaba, más deseaba Careme que la dejara en paz. ¿Es que no veía que el mundo detesta a los que se esfuerzan? Detesta a las animadoras llenas de vida. Bien mirado, ¿por qué diablos tenía su madre que estar tan entusiasmada? Era gorda, su marido nunca estaba en casa, sus libros no le daban mucho dinero, no era, ni de lejos, tan conocida como la madre de Stephen Lane. Careme sintió una punzada de culpa cuando recordó todas las meriendas a las que su madre la llevaba cuando volvía de la escuela. Otros niños volvían a casa para encontrarse con galletas compradas en el supermercado y un vaso de leche. Careme encontraba un cesto lleno de *brow-*

nies hechos en casa, *brownies* dobles se llamaban, con trocitos de avellana y chocolate con leche. Y había también un plato de queso, ador-
nado con un perfecto montón de uvas de color púrpura y un termo
con té al limón, todo dispuesto sobre una manta escocesa en el par-
que Rock Creek con vistas al río Potomac. Eso era antes de que Careme dejara de comer. Eso era cuando también ella estaba gorda.

Careme lanzó su viejo y gastado osito de peluche tan alto como
pudo, tratando de aplastarle la cara contra el enyesado. Primero dio
con la nariz. Después de eso, se le cansaron los brazos y lo tiró al otro
lado de la habitación. Se quedó echada unos segundos, antes de hacer el esfuerzo de ponerse de pie y cogerlo de nuevo entre los brazos.

Trataba de ser una buena persona. Cada mañana se despertaba
con las mejores intenciones. Como si, ese día, fuera a estudiar mucho,
de verdad, o escribir una carta de agradecimiento a la madre de su
padre que le había enviado diez míseros dólares hacía ya cien años o,
incluso, asombraos, ser amable con su madre. Pero cuando llegaba la
hora del desayuno algo había ido mal, casi siempre su madre había
dicho algo malicioso y, bueno, si el día no iba a ser perfecto, ¿para
qué esforzarse siquiera? Y entonces se decía que mañana, que empezaría mañana.

No os confundáis, en lo más profundo de su ser era una buena
chica. Buena de verdad. Era sólo que no lo expresaba demasiado. Era
duro ser popular. Hay que hacerse con una fachada. De lo contrario,
todos van a por ti. Y ella sentía que se asfixiaba. No confiaba en nadie.
Todo el mundo mentía a todo el mundo. Era como si no tuviera amigos. Tenía muchos, pero no estaba segura de confiar en ninguno de
ellos, ni siquiera en Lisa. ¿Cómo podía hacerlo? Todas harían lo que
fuera, cualquier cosa, para que el chico que les gustaba hablara con
ellas, incluso si eso significaba contar el secreto de tu mejor amiga.
Lisa le había contado a Jason lo de que Alessandra vomitaba después
de comer. Alessandra no lo sabía. No veía que él se metía el dedo en la
boca en cuanto ella le daba la espalda. Y todos soltaban risitas. Alessandra no sabía por qué todos se reían y el día antes se había marchado llorando. Careme quería decírselo, pero sabía que la destrozaría
más que las propias risitas, así que no lo hizo y se quedó mirando, tris-
temente, pensando que mañana, mañana haría algo al respecto.

3

A la mañana siguiente, Betty Johnson, la vecina de Jasmine, miró la báscula por encima de su temblorosa circunferencia: 83 kilos. Oh, cielos, pensó, haciendo un puchero con sus labios de capullo de rosa. Se acabó. Nada de desayuno. Nada de almuerzo. Y un batido de régimen para cenar. Mientras volvía al dormitorio, andando de puntillas sobre unos pequeños pies que quedaban ocultos bajo su gran barriga, como dos ratoncillos asustados, se fue entusiasmando con el tema. La comida era traicionera. Las comidas eran como minas enterradas. Una salsa cargada de grasa podía explotarte dentro del cuerpo y destruir en segundos semanas de hambre autoimpuesta. Había leído los libros. Sabía lo que se jugaba. Tenía que ser más estricta consigo misma. No tenía que bajar la guardia durante las veinticuatro horas del día, los siete días de la semana, sí y los 365 días del año. Y más aún.

Betty pasó, sin hacer ruido, al lado de su marido, que dormía ocupando más de lo que le correspondía de su colchón extragrande, para ir hasta sus armarios llenos de ropa, desde la talla 46 (en un buen día, y del último buen día haría cinco años el 17 de mayo) hasta la 52 (en días no tan buenos que, tenía que admitirlo, eran más frecuentes últimamente). Escogió un conjunto de pantalones y blusón, de terciopelo azul oscuro con rayas blancas. Las rayas verticales, le había asegurado la vendedora, hacían parecer más delgada, como mínimo dos tallas menos. De pie frente al espejo dejó caer su ira sobre su pelo con permanente, que descendía con rizos rebeldes en torno a la cara. Los recogió hacia atrás, en un moño. No, era demasiado de bibliote-

caria gorda. Peinó la parte delantera hacia atrás y la sujetó con un pa-
sador. Tampoco, demasiado de colegiala gorda y pasada de años.

No señor, no probaría bocado hasta las seis y media de la tarde.
Sólo agua. Litros y litros de agua. Bueno, quizá un vaso de zumo.
Mango con plátano. Ummm. Desde muy adentro brotó un gruñido
de niña mimada. Y un pomelo para desayunar. ¿No era eso lo que,
para consumirlo, gastaba más calorías de las que tenía? Oh, no, un recuerdo la asaltó, llenándole los ojos de ardientes lágrimas. Donuts.
Donuts con crema de queso y jalea. Había comprado una caja el día
antes en un nanosegundo de debilidad y ahora la estaban esperando
en la cocina como si fuera su familia perdida desde hacía tiempo.
Betty se succionó las mejillas. Uno. Podía tomar uno. Bueno. Ya se
conocía. Dos. Se relamió involuntariamente sólo de pensar en la dulce jalea recubierta de rico y espeso queso. Sólo dos. Y luego nada.
Nada de nada. Ni una sola cosa hasta su batido de régimen para cenar. Cruzaría los dedos y esperaría la muerte.

Jasmine miró la hora en su reloj. La cadena estaba empezando a cla-
vár. En realidad, ella era un poco como su
forma de cocinar; se tomaba su tiempo, lo hacía como es debido.
Con frecuencia, se preguntaba por qué demonios el mundo entero
tenía tanta prisa. Ah, allí estaban. Podía verlos por la ventana de la
librería. Su público, cinco en total. No era un número muy alto, pero
eran de un calibre que los otros autores sólo podían soñar. Tenían
criterio, eran fieles, sagaces y, sobre todo, compradores de libros. Le
gustaba pensar en sí misma como la William Styron de los autores de
libros de cocina. Sus discípulos, adeptos al concepto de la comida
buena y sólida, eran fervientes defensores suyos. Rotundos y seguros
de sí mismos, sostenían su último libro entre las manos con el fervor
con que los comunistas sostienen el pequeño libro rojo de Mao. Menos numerosos, quizá, pero dotados de un sentido del humor mucho
mejor.

Cuando entró tan feliz, haciendo destellar su sonrisa exclusiva
de color fucsia, avanzaron hacia ella. Su publicista se adelantó taco-

neando. Llevaba un vestido negro corto, del cual sobresalían unas piernas que parecían estacas. Realmente, pensó Jasmine, si aquella chica comiera y pusiera algo de carne encima de aquellos huesos de calavera que llamaba mejillas, quizá le consiguiera algo de publicidad en las revistas o en televisión en lugar de esas míseras reuniones de las que nadie se enteraba nunca.

—Llevan horas haciendo cola —dijo Susie la publicista y señora de la exageración.

Una mesa en un rincón estaba atestada con pilas de sus libros de cocina. Jasmine echó una ojeada a la silla, un ejemplar de oficina curvado que cercenaba cualquier idea de comodidad. Susie la cogió y se la llevó con gran decisión y volvió empujando el sillón giratorio con ruedas del encargado, que protestaba. Jasmine murmuró:

—Café, con mucha leche y azúcar —y se acomodó para llevar a cabo el aspecto más agradable de su trabajo, estar en íntima comunión con su gente.

El primero de la cola avanzó hasta ella.

—Señor Dupree, ¡qué alegría verlo!

—Señora March.

El señor Dupree irradiaba un supremo placer. Llevaba su pesada carne alta y firme. La grasa le recubría el cuello como una boa. Sus corpulentas manos empujaron hacia delante el libro de color grosella. Jasmine lo abrió resueltamente por la página del título y garabateó su lema habitual: «Un buen festín es la mejor venganza».

—¿Qué tal está la señora Dupree? —preguntó.

—Ha muerto.

—Lo siento mucho.

—Oh, murió feliz. Con una receta de usted entre los labios.

—Me alegro.

—Estoy impaciente por tener su próximo libro.

—Trabajo lo más rápidamente que puedo, señor Dupree.

Y así siguió durante media hora. Momentos de contacto, el intercambio de uno o dos secretos culinarios, unas palabras de estímulo, y todo el tiempo la pluma moviéndose sin descanso, con la roja tinta fluyendo como si fuera sangre de pollo.

◆ ◆ ◆

Al otro lado del Key Bridge, en Arlington, Virginia, sonó, estridente, un despertador en un bloque de pisos venidos a menos, habitados por gente que quería llegar a ser alguien. Desde debajo de unas sábanas arrugadas, una mano que parecía un pulpo desnutrido tanteó para destruir el origen del ruido. Tina Sardino, en los últimos estertores de la veintena, se incorporó. Flaca, con pómulos huesudos, pelo rojo largo y fino, y la hambrienta y ambiciosa mirada de un chacal, parpadeó al ver el caos que la rodeaba. Botellas de champaña vacías. Cajas de comida china vacías. Dos copas de vino vacías. Había sido una fiesta de fábula, pero ahora, como de costumbre, Tina estaba sola. Se llevó las manos a las sienes, que le martilleaban con furia, y abandonó la revuelta cama.

Cuando entró en la cocina, un trío de cucarachas la miraron, deteniéndose en mitad de un bocado. Tina las pisó con fuerza, sin alterarse, y luego batió tres huevos crudos y zumo de zanahoria y se tragó la mezcla de golpe mientras se pinzaba la barriga para ver si había exceso de grasa. Nada de nada.

Otra vez llegaba tarde. A la clase de interpretación. En la que trabajaba para mejorar su voz, su expresión, su presentación, su método. Donde, básicamente, charlaba con los demás estudiantes. Formaban algo así como un grupo informal de terapia, animándose unos a otros, diciéndose mentiritas piadosas sobre lo buenos que eran, lo inspirados que estaban, y que era sólo cuestión de tiempo que los descubrieran. Pero en el caso de Tina, estaba absolutamente segura de que todo eso era verdad. Sólo había que verla, se decía. Tenía «calidad de estrella» escrito en toda la cara, perfectamente esculpida. Tenía talento. Tenía el físico. Así que aceptaba sus lisonjas como si le fueran debidas. Seguía estando segura de que era sólo cuestión de tiempo que lo lograra, que saliera en la gran pantalla y en las portadas de las revistas y que olvidara los nombres de todos sus compañeros e insistiera en tener un número de teléfono no incluido en la guía.

Tina cerró los ojos para no ver la sordidez de su piso. Lo pagaba con los ingresos de su trabajo a jornada parcial como secretaria. Naturalmente odiaba aquel trabajo, pero no tenía nada que objetar al equipamiento. Utilizaba la fotocopiadora para los folletos que anunciaban las próximas representaciones, el franqueo automático para enviar su foto y su currículo. Incluso, y se moriría si alguien lo descubría, el número del Federal Express, si tenía mucha prisa. Pero la ambición no se anda con zarandajas. Todo el mundo lo sabía. Por lo menos los que habían triunfado, pensó con petulancia. También sabían que era El Físico lo que contaba. Claro, la técnica interpretativa ayudaba, pero a la larga, si no tenías el físico, ya podías olvidarte. Meryl Streep había tenido suerte. Eran las Pamelas Anderson Lee de este mundo las que mandaban de verdad. Tina valoraba su cuerpo como el templo que era. Lo nutría, comulgaba con él, le ofrecía sustento como la diosa de un alto sacerdote ante el altar. ¿Su sacerdote? El doctor Sears, conocido para el mundo como doctor Zone, por el título de su libro.

Su guía era simple, pero estricta. Las patatas y el arroz eran mensajeros de la muerte. Las proteínas eran un don de la vida. Tina llevaba su libro a todas partes, como una biblia y lo consultaba religiosamente antes de dejar que cualquier alimento pasara por sus labios. Su mantra era tan obvio que no podía creer que no lo hubiera visto antes. Había ido dando bandazos, un ser sin lustre ni definición hasta que el doctor Sears le proporcionó una definición molecular del bienestar. Le había tendido la mano desde los estantes de Crown Books y le había mostrado el sitio donde se reunían todas las perfecciones; la física, la mental y la espiritual. Le atrajo desde la primera página y la llevó a un lugar donde su cuerpo y su mente trabajaban juntos de forma óptima. Del resto se encargaba ella.

Careme estaba en el borde de la cancha de baloncesto de su escuela con sus dos mejores amigas, Lisa y Alessandra. La madre de Lisa era la secretaria de prensa de la Segunda Dama. El padre de Alessandra era el Embajador de Venezuela. La escuela, con sus edificios de piedra, se alzaba en lo alto de una colina por encima de Wisconsin Avenue. Tenía una combinación ecléctica de alumnos de escuela privada y más en la onda que las instituciones más propias del «establishment», St Alban's sólo para chicos y National Cathedral School, sólo para chicas. Careme sabía que, económicamente, no le correspondía estar allí, pero que sus padres habían ahorrado y se habían privado muchas veces de ir de vacaciones para que ella pudiera estudiar en compañía de la clase media alta.

—¿Has visto ese salto? —Los brazos de Lisa estrecharon con más fuerza contra su pecho el libro que llevaba.

—Es taaan mono —gimió Alessandra, que echó hacia atrás, una vez más, la melena larga y oscura, manteniéndose erguida como un soldadito de juguete.

Careme no dijo nada, limitándose a asentir, sin apartar ni un momento los ojos de los brazos de Troy, largos y musculosos, con un tono café moca que resplandecía bajo el sol. Troy era apuesto, desenvuelto, estudiante de notable alto y, Careme confiaba, el hombre que la despojaría de su virginidad.

Los ojos de Troy miraron hacia donde estaba Careme. Echó hacia atrás la cabeza, saludándola. Ella sonrió ligeramente y apartó la mirada.

Lisa le dio un golpecito con el codo. Careme frunció el ceño. Lisa no se estaba enrollando. Alessandra se echó de nuevo el pelo hacia atrás y volvió la espalda al campo.

—Bueno, ¿qué queréis hacer? ¿Tomamos una pizza antes de clase?

—De acuerdo.

—Cojamos mi coche.

Se metieron en el BMW desechado por el papá de Alessandra y fueron a Armand's donde pidieron una pizza de espinacas para compartir.

Lisa volvió a darle con el codo a Careme.

—No puedo creerme que quieras hacerlo. Es que ya no se lleva.

—¿Qué quieres decir?

—¿No te has enterado? La virginidad está de moda. Ya nadie quiere librarse de ella. Por no hablar de que los hombres se están extinguiendo. Dentro de veinte años ni siquiera serán una especie. Los hemos superado en todo. ¿Por qué tendríamos que acostarnos con ellos?

—Vaya, porque están muy buenos.

—Tú te crees todo lo que lees, ¿no?

—Lisa, pero qué borde que eres a veces.

—Bueno, es tu vida.

Alessandra apartó con dificultad los ojos de los hombres que preparaban las pizzas.

—A mí me gusta hacerlo todo, menos… De esa manera no pierdes nada.

—Pero entonces es como en la Edad Media —dijo Lisa.

El cajero empujó la caja de pizza por la ventanilla. Lisa la abrió y dejó al descubierto una masa verde y cremosa. Alessandra se inclinó hacia delante para aspirar el aroma profundamente.

—El paraíso —murmuró, dirigiéndose a su trozo como a un amante—. Ven aquí encanto —Echó más parmesano sobre la pizza ya saturada de queso, añadió una buena dosis de chile en polvo, se la llevó a la boca y se la metió dentro.

—Mira, a mí me parece que tienes que hacerlo —dijo Alessandra con la boca llena.

—Sí, claro, tú lo que quieres es que te lo cuente —dijo Lisa.

Alessandra no respondió. Estaba engullendo la pizza a toda velocidad, como si temiera que, de repente, fuera a saltar de la caja y tratar de escapar.

—Mi madre dice que hay que hacerlo con alguien que te ponga —continuó Lisa.

—¿Tu madre te ha dicho eso? —preguntó Careme.

—No, la oí, una vez, hablando con sus amigas. La noche de las chicas. Sólo que las chicas no habían salido, se habían quedado en casa, dando cuenta de una caja entera de vino.

—¿Ella lo hizo con alguien que la ponía?

—No. Con un tío que pensó que le gustaría a su madre. Dice que no ha dejado de lamentarlo desde entonces.

—¿Se casó con él?

—No. Fue sólo su primera vez, tenía diecinueve años o algo así.

—Entonces, ¿por qué…?

—No lo sé. Es muy extraño.

Careme picoteó su pizza, mordisqueando la corteza. Estaba en un dilema. Se moría de ganas de perder la virginidad, era un peso que llevaba colgado del cuello como si fuera una bola de hierro, pero quería estar segura de que fuera el tío adecuado. Había tenido la tentación de preparar un cuestionario, una solicitud de «Despójame de mi virginidad» y pasárselo a un par de candidatos debidamente escogidos. Podían anotar sus puntos fuertes y débiles. ¿Qué les llevaba al terreno sexual? ¿Dónde se veían practicando el sexo en los próximos cinco años? La verdad es que no sabía exactamente qué preguntar y sus dos mejores amigas, igualmente virginales, no le habían sido de ninguna ayuda. Pero sí que sabía que él tenía que ser listo, sexy y tener experiencia. Y según todos los rumores, Troy tenía experiencia y mucha.

Alessandra, que había acabado sus dos porciones y estaba sorbiendo los restos de su Coca-Cola, miró con ansia el trozo de pizza de Careme, todavía intacto.

—¿No te lo vas a acabar?

—No, ¿lo quieres?

—Nunca comes.

—Jo, suenas como mi madre.

Careme tiró su pizza a la basura. Alessandra y Lisa intercambiaron una mirada, pero no dijeron nada.

Alessandra miró su enjoyado reloj y soltó un grito ahogado.

—¡Ala, tías, es la una!

—¡Mierda!

—¡Vamos, rápido!

—¡Esperad! Tengo que ir al lavabo… —gritó Alessandra.

—No tenemos tiempo —dijo Careme y, cogiéndola de la muñeca, la arrastró calle abajo.

A última hora de la tarde, Jasmine se detuvo ante la puerta. Respiró hondo y comprobó rápidamente que la costura de las medias estuviera recta antes de agarrar el picaporte dorado en forma de piña.

—¡Jasmine! —exclamó, con voz aguda, la mujer corpulenta que abrió la puerta.

Era Sally Snow, una autora de libros de cocina especializada en pasteles y pastas bajas en calorías. Además, tenía su propia columna en el *Washington Post*.(Escrita con mucha ayuda, según una amiga común que formaba parte de la plantilla del periódico). La fiesta era en honor de su último libro, *Ni una caloría, Lucía*. Había una pila de libros en el recibidor, una pluma lista para firmar y una cajita preparada para guardar los cheques.

—Entra, entra —invitió Sally, enviando dos besos hacia las mejillas de Jasmine—. Miranda está aquí. Y también Karen. Pam vendrá más tarde. ¡Oh, no tenías que haberlo hecho! —dijo al coger la fuente con canapés de caviar de las manos de Jasmine.

En la cocina, una docena de mujeres se agrupaban en torno a una mesa cada vez más cargada. Cogían y masticaban con una mirada afectada. Jasmine tenía una relación profesional con aquellas mujeres desde hacía diez años. Se encontraban con bastante frecuencia en las reuniones de *Les Dames d'Escoffier*, una sociedad gastronómica para cocineras profesionales. Todas asistían a las fiestas de presentación de los libros de las demás, ya que sentían una necesidad espantosa de que las demás asistieran a las suyas. Parecían agruparse según las ventas de sus libros. Como los de Jasmine nunca habían conseguido una segunda edición, se sentía un poco fuera del círculo.

—Sírvete vino —instó Sally a Jasmine mientras espantaba a su corpulento hijo de diez años de la mesa de los pasteles—. Fuera. Luego podrás comer alguno.

El chico se hizo con un *brownie* y escapó a todo correr. Sally se subió a un taburete, hizo tintinear su copa y movió los brazos para captar la atención de la sala.

—Miembros de mi familia, miembros de mi clan, compañeras gastrónomas, es muy amable por vuestra parte haber venido a honrar mi último libro. Por supuesto, es obligado expresar otras felicitaciones. Nuestra muy querida estrella, Miranda Lane, está aquí. ¡Su última obra *Jamaica se vuelve japonesa* ha entrado en la lista de best-sellers del *The New York Times!*

Hubo tibios aplausos. Al otro lado de la sala, Miranda Lane, una mujer tan despojada de carnes como un robot, se iba metiendo en la boca fritos de maíz orgánico Blue Corn, con aire de suficiencia.

Sally continuó.

—Veamos, hay unos cuantos ejemplares de mi libro en el vestíbulo. Hoy con un descuento único. Para mis amigas, 12,5 dólares. Acepto Visa y Mastercard. No seáis tímidas.

Jasmine llenó una copa grande y examinó la mesa que parecía un despliegue de Bon Appetit. Cada plato entraba en la categoría de «Difícil de preparar». Sabrosas tartaletas con masa hecha en casa, un paté a la pimienta, una terrina de tres verduras, sus propios napoleones hojaldrados rellenos de salmón ahumado y caviar. Jasmine cogió el paté. Extendió la cremosa pasta de cerdo sobre la lengua y detectó coñac, un toque de nuez moscada, incluso alcaravea, debajo del fuerte sabor a pimienta.

Al otro lado de la sala, la nueva redactora jefe de la sección de Cocina, Missy Cooperman, con su traje de Chanel amarillo, tomaba sorbitos de su copa de champaña y escuchaba sólo a medias mientras Sally trataba de interesarla en una idea de pasteles bajos en calorías por colores. La sección de Cocina, que había sido votada como la mejor del país tres veces seguidas bajo otra responsable, ahora se estaba viniendo abajo. Demasiadas recetas difíciles, se quejaban los lectores. Demasiados errores. Demasiadas referencias a París.

Jasmine se puso en pie. De vez en cuando escribía para el *Post*, pero Missy siempre actuaba como si le estuviera haciendo un favor al publicar sus artículos. Hacía que Jasmine escribiera largas cartas con preguntas y luego, muchas veces, eliminaba el artículo una semana antes de la fecha prevista para su aparición. En opinión de Jasmine, aquella mujer sabía tanto de buena comida como un caballo de fosfatos pero, eso sí, tenía el poder de presentar tu libro de cocina ante el mundo, así que Jasmine hizo un esfuerzo.

—¿Qué tal, Missy?

Missy le sonrió distraídamente.

—Jasmine March. Escribí sobre pescado en escabeche.

—Ah, sí, Jasmine —Missy le tendió una delgada mano—. Me alegra verte.

—La sección de esta semana era estupenda. Me encantó el artículo sobre los quesos del valle de Lot. ¿Se pueden conseguir aquí?

La sonrisa de Missy se hizo más forzada.

—No, creo que no —Se volvió hacia Sally—. Tengo que irme.

—Muchas gracias por haber venido. Ha sido muy amable por tu parte —zureó Sally, deshaciéndose en agradecimientos.

Missy hizo un vago saludo hacia el resto de la sala.

—Ha sido encantador —dijo y desapareció.

Sally la contempló mientras se alejaba, como si fuera la Reina de Inglaterra la que salía y ella no estuviera segura de si tenía que seguir haciendo la reverencia. Finalmente, se excusó para ocuparse de su mesa.

Miranda Lane se acercó sigilosamente hasta Jasmine. Su fina melena de colegiala a lo paje le cayó sobre la cara, rozando sus grasientos labios mientras tendía la mano hacia una tarta de queso.

—No toques la Apetitosa y Ligera Tarta de arándanos rojos, de Sally —advirtió—. Sabe a papel de fotocopiadora.

—Enhorabuena por tu libro —dijo Jasmine—. Debes de estar orgullosa, todo ese trabajo…

—Se está vendiendo como rosquillas. He tenido que contratar a un puñado de profesionales para que me digan qué hacer con tanto dinero.

Las papilas gustativas de Jasmine se agriaron. Era algo más que sabido que Miranda robaba recetas, sin reconocer nunca la autoría. Sin embargo, quería mostrar su respaldo, ser una buena colega.

—¿Estás preparando otro?

—Estoy dándole vueltas a algunas ideas. Pero sobre todo, trato de no contestar el teléfono, no descansa un momento con tantos editores que no paran de llamar.

Jasmine se chupó la lengua y descubrió que tenía un desierto de arenosa envidia en la boca.

—Vino —dijo con voz ronca y se alejó, ojeando, al pasar, las estanterías de Sally, atestadas de libros de cocina. Al acercarse para examinar un clásico, quedó camuflada detrás de un enorme ficus. En ese momento, Miranda fue hasta Sally, que estaba reponiendo los huevos a la diabla trufados.

—¿Te has enterado de lo de Jasmine?

—No, ¿qué le pasa?

—Tiene los días contados.

—Estás de broma.

—No. Me lo ha dicho Garrett. Acaba de leer las pruebas de su último libro. Demasiadas grasas. Un desastre. Va a cancelarle el contrato.

—Cabrón.

—De todos modos, nadie compra sus libros. Y mucho menos con todo ese exceso de calorías.

—Es duro.

—Es una cuestión difícil.

—Pobre Jasmine.

—Garrett está abierto a recibir propuestas.

—¿Estamos hablando del mismo Garret?

Rápida y silenciosamente, toda la sangre del cuerpo de Jasmine se convirtió en hielo que se derretía lentamente. Le estaban cortando las amarras. La dejaban a la deriva. Un autor de libros de cocina sin editor. Era como masa sin mantequilla. No sólo insípida sino completamente inútil. Su eliminación se erguía delante de ella, con la guadaña oscilando, y las negras vestiduras inflándose al viento. Se atragantó con la galleta y tuvo un ataque de tos que hizo que se le saltaran las lágrimas. Notó el súbito silencio al otro lado de la planta, una larga pausa y luego la alegre voz de Miranda:

—¿Has probado los napoleones de Jasmine? Son absolutamente deliciosos.

Jasmine entró corriendo en su casa y fue directamente a la cocina. Se sentó delante de la despensa abierta y respiró profundamente. Alargó el brazo y palmeó el enorme tarro transparente lleno de frijoles secos. Manoseó la bolsa de cinco kilos de arroz Basmati, dulce y fragante. Besó los garbanzos, las alubias, las setas silvestres secas. Ah, sí, incluso los *ceps* secos. Ah, se sentía mejor. Y mira, allí estaban los vinagres: balsámico, de Jerez, de vino tinto y de vino blanco, de sidra, de frambuesa. Y los aceites, tantos aceites. Y todas aquellas verduras en adobo. Las preparaba ella misma, seleccionando las más tiernas, frescas y mejores, añadiendo aceite de oliva virgen extra y guardándolas en hermosos tarros. Ah y mira, pensó sonriendo, el aceite de nuez que asomaba la nariz por detrás de una bolsa de hilo, llena de nueces frescas. Podía preparar una ensalada de queso de cabra en cualquier momento. Respiró hondo recuperándose. Acarició con los dedos las etiquetas de las latas de ostras ahumadas, mejillones, arenques y de las sardinas sin espina en aceite de oliva. Podía hacer un paté de sardinas en un abrir y cerrar de ojos. Y lo mejor de todo eran sus crepes al estilo francés, envasados al vacío, que guardaba para un caso de urgencia. Un giro de muñeca y podía sentarse ante un festín de crepes desbordantes de fruta en almíbar y recubiertas con una gruesa capa de nata batida. Cerró la puerta y suspiró. Necesitaba todo aquello.

Le costó tres intentos hablar con Garrett, pero finalmente oyó su voz fina e impaciente por el teléfono.

—Tienes más grasa en ese libro que una freidora de McDonald's. Nuestro controlador de datos sumó las calorías y casi le da un ataque al corazón. No sé cuántas veces tengo que decírtelo, la grasa está pasada de moda. Aquellas dos grotescas damas en motocicleta hicieron que todos se quedaran sin almuerzo.

—Sus recetas eran de fábula.

—¿Y a quién le importa?

Jasmine se aferró a su paquete de crepes en busca de apoyo.

—Pero es que ahora ya nada tiene ningún sabor —dijo—. Devolvamos el sabor a la comida y la gente no tendrá que atracarse frenéticamente para sentirse saciada.

Hubo una pausa al otro extremo de la línea. Jasmine oyó ruido de ronchar.

—Escucha —dijo Garrett—, yo le doy al público lo que quiere. Y quiere montones de comida y sin preocupaciones. Y eso significa menos calorías.

—Entonces, ¿por qué todo el mundo está tan gordo?

—Porque comen demasiado, por el amor de Dios. Compran libros de cocina para perder peso.

—Eso es demencial.

—Jasmine, te lo digo yo, hazme caso. Hay tres maneras de vender libros de cocina. Una, ser una celebridad y, cariño, tú no lo eres. Dos, enseñarles a usar algún artilugio nuevo y no se ha inventado nada nuevo desde el microondas. Mira, si se te ocurre una manera de cocinar por Internet, llámame. Y tres, la cocina baja en calorías. Vuelan de las estanterías.

—¿Y qué hay de la buena comida?

—La buena comida la pueden conseguir en Roy Rogers. Tienes

que venderles algo nuevo. Como tu amiga, Miranda Lane. Su libro es el sueño húmedo de un editor: a la moda, brillante, vendible, en una palabra: japonés-caribeño. Recetas fuera de este mundo: Sushi al estilo de Jamaica, Tofu a la pimienta roja, Tempura de plátano…

—Son asquerosas.

—Ojo Jasmine, que se te ve la envidia.

—Sigo pensando que al público le encantaría un buen libro sobre comidas deliciosas.

—¿Has pensado en las toxinas?

—¿Cómo dices?

—Las toxinas son estupendas. Todo el mundo está tratando de eliminarlas. Haz un libro con recetas bajas en calorías y libres de toxinas y te haré un contrato.

Clic.

Jasmine colgó el teléfono despacio. Permaneció sentada a la mesa de la cocina. Casi tenía miedo de moverse, de lo mal que se sentía. Respiró largo, hondo y con cautela.

Tanto crear, tanto probar, tanto escribir y volver a escribir y volver a probar y nadie escuchaba. Todo aquel trabajo y a nadie le importaba. —¿Para qué me he molestado? —exclamó.

Era la angustia, lo sabía, la angustia de cualquier artista, en cualquier lugar. Pero lo único que Jasmine quería era hacer felices a sus lectores. Hacerles sonreír con cada bocado. Lo único que quería era dar amor. Dar comida es dar amor. Había ofrecido sus servicios. Una exploradora dispuesta a lanzarse de cabeza, a través de la maraña de la mala comida, y conducir a los demás hasta el paraíso. Pero parecía que nadie quería sus servicios, nadie confiaba en su sentido de la dirección. O quizás es que no querían ir adonde ella iba. Jasmine miró alrededor, a su cocina, sus cazos y sartenes, sus pinzas y espátulas, sus cucharones y rollos de amasar… su ejército, y sintió que les había fallado. Apoyó la cabeza encima de la mesa y se echó a llorar.

Betty, una vecina de la misma calle, vino para animar a Jasmine.

—Ha llegado la caballería —anunció, entrando sin llamar, blandiendo en alto una caja de galletas Entenmann's, con pedacitos de chocolate y libres de grasa. Se acomodó precariamente en un taburete junto a la encimera, como un ángel obeso encima de un alfiler diminuto y empezó a describir su última dieta.

—Mira, funciona así. El lunes sólo puedes comer melón. Eso es todo, es lo único que puedes comer. Desayuno, almuerzo, cena; melón. El martes, pollo a la parrilla. Tiene que ver con utilizar más calorías para masticar o algo así; bueno, no lo sé. El miércoles... veamos... ah, sí, ya me acuerdo, el miércoles, rábanos. Eso es lo que consume más calorías. Y el jueves puedes comer col cruda. Lo sé, puuuf. Por suerte, Richard viaja mucho. El viernes, calabaza enlatada. No sé, es por la forma como reaccionan los productos químicos al juntarse. Pero lo mejor de todo son los fines de semana. El sábado y el domingo puedes comer lo que quieras. Cualquier cosa y tanto como quieras. Porque, ¿sabes?, toda la semana has estado entrenando a tu cuerpo para perder peso y continúa haciéndolo durante el fin de semana incluso si comes un montón. ¿No es estupendo? Y ¿sabes qué?, el tío que escribió el libro es un experto en dietas. Tiene un doctorado, así que seguro que sabe de qué habla.

Jasmine contempló su propia y borrosa imagen en el reflejo del frigorífico. Su piel rubicunda estaba pálida. La abundante carne de la que se había sentido tan orgullosa, se descolgaba como una lánguida adolescente. Era preciso reconocer que había llegado a ser más que abundante. Pero a diferencia de Betty, que pensaba que el segundo advenimiento tendría la forma de un régimen a toda prueba, Jasmine no soportaba las dietas. Para empezar, no funcionaban. Había visto como demasiadas mujeres subían y bajaban como un yoyó, con su cintura en constante expansión mientras apoquinaban cada vez más dinero a los profesionales de las dietas. Unos profesionales que les aseguraban con voz aterciopelada y tranquilizadora que esta vez, seguro, la dieta funcionaría; después de todo, se trataba de química. Ah, no hacía falta que escribieran el nombre en el cheque, disponían de un sello.

En segundo lugar, la vida era demasiado corta.

Jasmine se puso dos cucharadas de azúcar bien colmadas en su capuchino.

—Betty, ¿cuándo fue la última vez que tomaste una comida buena de verdad?

—¿Una buena comida?

—Algo que te dejara completamente satisfecha. Que te dejara saciada, feliz, completa.

Betty mordisqueó la galleta.

—¿Las trampas cuentan?

—¿Por qué trampas? ¿Por qué no puedes comer, sin más?

Betty hizo una mueca, horrorizada, como si Jasmine le hubiera propuesto sexo oral.

—No te matará.

—No —suspiró Betty—, pero iniciará mi caída por una resbaladiza pendiente.

—¿Hacia adónde?

—Ya lo sabes —Betty hinchó los carrillos.

—¿Y si no engordaras?

—Comería hasta el día del juicio final.

Jasmine se inclinó, acercándosele.

—¿Sabes qué te digo?

Betty abrió unos ojos como platos.

—No, ¿qué?

—Te digo que comas hasta el día del juicio, porque en cualquier caso, ya estás gorda.

La mano de Betty se apartó con un espasmo de la caja de Entenmann's como si la hubiera mordido. Dejó su Coca-Cola Light y se levantó, tirando de su traje pantalón hacia abajo, por encima de sus michelines, con la máxima dignidad posible.

—Me parece que no tendrías que tomar tanto azúcar, Jasmine, te vuelve muy cruel.

Jasmine sintió que Betty se fuera. Después de todo era una buena amiga. Se habían caído bien casi de inmediato, cuando Daniel y Jasmine se mudaron al barrio. Betty fue la única que llamó a su puerta para darles la bienvenida. Pero fue lo que llevaba entre las manos lo que cimentó de verdad su amistad; una extravagancia de guacamole de quince centímetros de grueso, con crema de queso, queso cheddar, salsa de queso y olivas negras, junto con una bolsa de kilo de nachos. Jasmine y Betty a duras penas consiguieron llegar a la sala antes de romper la bolsa y comer a más no poder, hablando con la boca abierta, esperando, con una cierta impaciencia y con un nacho en ristre, a que la otra acabara de untarlo. Fue entonces cuando Jasmine comprendió que había encontrado una verdadera amiga.

Cuando Betty se marchó, dejando tras de sí tres botellas vacías de Coca-Cola Light y una caja vacía de Entenmann's, Jasmine se arrancó de la silla. Posó la mirada en sus cuchillos, que había dispuesto meticulosamente ordenados sobre la encimera para hacer inventario. Estaba el cuchillo de deshuesar con un mango moldeado liso que encajaba perfectamente en su mano; el cuchillo del pan con su filo de sierra, el cuchillo de carnicero, con la hoja en forma de cimitarra, el cuchillo chino tan versátil que podía picar, filetear, deshuesar y aplanar, trocear, incluso partir los huesos del pollo y las articulaciones de los trozos de carne. El cuchillo de *chef* de hoja triangular, suavemente curvada. El cuchillo japonés arqueado como la espada de un samurai, el cuchillo para ostras de hoja corta y puntiaguda y el cuchillo tajador para cortar fiambres en lonjas finas e iguales. Y por fin, el cuchillo de filetear, para quitar la espina y la piel del pescado fresco, sin dañar la carne.

Jasmine tenía opiniones muy claras sobre los cuchillos. Tenían que ser resistentes y antideslizantes. La espiga tenía que ser entera y llegar hasta el extremo del mango. La hoja tenía que ir remachada en el mango, no pegada. Para su cocina, Jasmine había elegido acero inoxidable de alta calidad. Eran mucho más caros que los de acero normal, pero resistentes a las manchas. Tres o cuatro veces al año hacía que un especialista afilara sus cuchillos. Eran sus posesiones más preciadas. Bien manejado, un buen cuchillo bien afilado era más útil que la belleza.

Abrió la despensa y se apoyó en los goznes. ¿Qué, qué, qué quería? ¿Puré de patatas? No. Tardaría demasiado. ¿Pasta? No. ¿Queso? Algo con queso, untuoso, que se pegara al paladar. Un sándwich de queso caliente. Eso es. Veamos. Mantequilla, cheddar, pan de cereales y una sartén. Tan sencillo, tan delicioso. Untó mantequilla en el pan y cortó las lonjas de queso extra gruesas. Se apoyaba ora en un pie, ora en otro, mientras apretaba el queso con la espátula, deseando que se fundiera más deprisa. Finalmente, empezó a derretirse y, cogiéndolo, se trasladó rápidamente, con su sándwich, a la mesa. Lo engulló a grandes bocados, con sus papilas gustativas hundiéndose y disolviéndose con cada mordisco del suculento queso. ¡Ah, papilas felices, felices! Jasmine siguió sentada a la mesa devorando, metódicamente, el sándwich, lamiendo y masticando. Respiró profundamente, bebió un largo trago de leche fría y reanudó la tarea.

Mientras dejaba que el sándwich confortara su espíritu, hizo examen de conciencia. Y descubrió que ella tenía razón. Garrett se equivocaba. Su público se equivocaba. Puede que no lo supieran, pero sufrían la enfermedad de las bajas calorías. Lo que necesitaban era algo que no les abandonara, que los nutriera y confortara. Había un mundo duro allí fuera, un mundo sin lealtad ni conciencia. Sin sustancia. Lo que necesitaban era peso; el peso de un sabor suculento y gustoso.

Jasmine golpeó con la espátula en la mesa. Garrett no podía dejarla colgada ahora. Tenía un público que nutrir. Pensó en el señor Dupree, solo en su casa solitaria, sin nada más que un libro de recetas sin toxinas y bajas en calorías para sostenerlo. Bueno, eso equivalía prácticamente a la eutanasia. No quería tomar parte en aquello. No, es más, iba a atacar. Iba a darle al público lo que, en lo más profundo de su corazón, en los entresijos más profundos de su estómago, sabía que anhelaban. Iba a devolver las grasas a Estados Unidos. Grasa, gloriosa grasa. Pesada, sustanciosa, sosegadora grasa. Untuosa, exquisita grasa. Y lo más importante, grasa sin culpabilidad. El mundo se hundiría un poco más con el peso de toda aquella gente regordeta y feliz. El cielo, estaba segura, estaba lleno de gente gorda.

4

Daniel estudió la cara de Tina. Se fijó en los dientes ligeramente salidos, en el transparente blanco de los ojos, en los reflejos a lo Tiziano de su pelo, en sus labios, ligeramente agrietados bajo una capa de brillo. Cerró el puño y lo apretó contra la barriga.

—Desde aquí. No lo sacas desde aquí.

—Pero…

Le agarró la mano y cerrándosela en un puño, la incrustó en la barriga de la mujer.

—Ahora, dilo.

—¿El qué?

—Tu diálogo.

—¿Cómo pu-puedes hacerme esto? Yo…

—¿Qué le está diciendo?

—Está herida.

—Sí, ya sé que está herida, pero ¿qué le está diciendo?

Tina miró fijamente a Daniel.

—Le está diciendo… —empezó y se detuvo, sin saber cómo seguir.

—Piensa en cuando descubres que alguien te traiciona y se acuesta con cualquiera. ¿Qué quieres decirle?

—No lo sé.

—No lo sabes.

—Nadie me ha hecho eso.

—Que tú sepas.

Tina se encogió de hombros.

—¿Qué dirías si lo hiciera?

—¡Le diría que se fuera a tomar por culo!

—¡Eso es! Exacto.

—¿Qué?

—¿Que se fuera a tomar por culo! Estás cabreada, no dolida. El dolor llega más tarde. El dolor llega cuando te estás lamiendo las heridas. Pero, en este momento, lo que quieres es agujerearle el pescuezo y sacarle la lengua por el agujero. ¿No es así?

Tina se inclinó y besó a Daniel en la mejilla, cerca de los labios. El aliento le olía ligeramente a ajo.

—Ah, Daniel —suspiró—, eres estupendo.

Hizo que sus labios se curvaran en una sonrisa larga y lenta antes de encaminarse de nuevo a su sitio, en las sillas al pie del escenario. A Tina le gustaba observar a Daniel cuando daba sus charlas sobre interpretación, con las desnudas piernas apoyadas, con indolencia, en el asiento de al lado. Mordisqueó el extremo del lápiz y dejó que su mirada recorriera de arriba abajo el cuerpo de él. No estaba mal para un tío de mediana edad. Nervudo, tenso y esbelto bajo los ajustados tejanos y un polo que solía llevar metido, al descuido, dentro de los pantalones, de tal forma que le formaba una bolsa que hacía destacar sus delgadas caderas. Llevaba el negro pelo tan corto que destacaba la creciente presencia de canas. Recordaba haber oído hablar de Daniel diez años atrás, cuando era el niño mimado de Washington D.C. Estaba en todo y en todas partes: el Kennedy Center, Arena, Folger's... Tina se estremeció de entusiasmo cuando le concedieron una plaza en sus clases. Intentó olvidar que una clase anunciada para doce sólo tenía nueve alumnos y que quizá la competencia no había sido tan dura, después de todo. Con todo, él era brillante, una leyenda, y Tina anotaba cada palabra que decía. Estaba decidida a hablar de él en su discurso, cuando le dieran el Óscar.

Observó sus labios, preguntándose qué tal besaría. ¿Seco, húmedo, fuerte? ¿Estaba felizmente casado? No podía estarlo. Siempre estaba en el teatro, nunca en casa. Uno de esos matrimonios echados a perder. Tina arrugó la nariz. Eso, a ella, no le pasaría nunca. Cuando se casara sería por amor, un amor apasionado. Ella y su hombre tendrían intereses similares de los que hablarían incansablemente mientras consumían comida para llevar, después de haberse agotado físicamente el uno al otro. Se apoyarían mutuamente en sus carreras, pero en lo más profundo de sus corazones sabrían que lo más importante era su pareja, su unión. Su hombre sería supermasculino, pero lo bastante fuerte para dejar aflorar su lado femenino. Naturalmente, tendría un trabajo diurno mejor que el de ella y ganaría bastante dinero para que pudieran vivir en una de esas casas de pisos elegantes, estilo *art deco* en Adams Morgan. Su hombre sería tan atractivo que las cabezas se volverían a su paso, pero sólo tendría ojos para ella. Y sobre todo, no mezclaría proteínas y féculas.

Por supuesto, todavía no había encontrado a nadie que se pareciera ni remotamente a ese hombre, así que se las arreglaba con una pequeña cuadra de hombres casados que la llevaban de copas y a cenar y que luego se lanzaban encima de sus huesos como si ella fuera el último trozo de tarta. Estaba empezando a anhelar un amigo real y auténtico, alguien que la llamara y la hiciera reír. Alguien que estuviera ahí, con toda seguridad, los sábados por la noche. Quería hacer eso tan hogareño que hacen las parejas, que se levantan, se embuten unos tejanos y una camiseta y se van a tomar un desayuno-almuerzo en Timberlake, donde se atiborran de huevos Benedict, con la salsa y las yemas a un lado y el dominical del *New York Times*. Quería, de acuerdo, estaba dispuesta a admitirlo… un marido. Su propio marido. Serviría el de cualquiera, pero tenía que ser algo más permanente, más legal. Quería, por así decirlo, los derechos de propiedad del rancho. Movió las piernas de forma que las pantorrillas se curvaran. Vio como Daniel las miraba. Siguió mordisqueando el boli con desgana. El problema era que tampoco él estaba disponible para el desayuno-almuerzo de los domingos.

Al llegar a casa, después del trabajo, Daniel evitó la cocina y fue directamente arriba. Iba a darse una ducha muy, muy larga y caliente y pensar las cosas más guarras que se le ocurrieran y, probablemente, quedarse en eso, sin hacer nada más. No tenía la energía suficiente. Vio a su hija de reojo, al pasar por delante de la puerta de su habitación. Estaba sentada, de espaldas a él, con la cabecita atrapada entre los cascos y la cabeza oscilando arriba y abajo, al compás de la chirriante música que se filtraba de los auriculares. Echó una ojeada a su habitación de adolescente. En lugar de músicos y actores, como las adolescentes normales, la había llenado de pósters de nuevos empresarios y directores generales de la lista Fortune 500. Warren Buffet miraba fijamente desde una posición destacada por encima de la cama. Seis meses atrás, había anunciado, de forma tajante, que quería ser agente de inversiones cuando fuera mayor. Algo real, dijo. Nada de cuentos de hadas.

Daniel se echó a reír al pensarlo. Se atragantó y acabó tosiendo. Careme se volvió a mirarlo. Se levantó, sin tan siquiera quitarse los auriculares y fue hasta la puerta. Con una sonrisa enigmática, se la cerró en la cara.

Betty sentada con las rodillas apretadas, trataba de ocupar el menor sitio posible en el sofá de *chintz*. Jasmine le dio una taza de té adelgazante endulzado con dos paquetes de Equal.

Betty se limpió los mocos en su pañuelo de papel.

—Has sido tan amable acompañándome, Jasmine.

—¿Para qué son las amigas?

—Es que me pongo como un manojo de nervios.

Betty la había llamado presa del pánico y Jasmine había cogido el coche y había ido a recogerla, a toda prisa y en plena hora punta de la tarde, para acompañarla a su cita. Claro que habían tenido sus más y sus menos, pero el trasfondo de su amistad era sólido y sincero.

Jasmine le dio unas palmaditas en la mano.

—Tómate el té. Te sentará bien.

Betty echó un vistazo por encima de Jasmine. Los veía, a la doctora, con su inmaculada bata blanca y a sus ayudantes. Estaban esperando. Se esforzaban por ser pacientes, pero sus sonrisas profesionales eran cada vez más rígidas, como almíbar que se va endureciendo. Betty oía como, al otro lado de la ventana, pasaban los coches, cantaban los pájaros, incluso oía como el viento acariciaba los árboles. Todos felizmente inconscientes de la ordalía a la que se enfrentaba. Se sentía muy sola, muy vulnerable, pero estoica. Debía ser fuerte. Betty tomó un sorbo de té fortalecedor y asintió con la cabeza.

—Bravo, señora Johnson —dijo la doctora—. No nos llevará ni un minuto —El acento era tersamente británico.

La doctora fue hasta la habitación trasera repiqueteando sobre sus blancos y altos tacones. Se oyó un murmullo y luego reapareció en la puerta y le tendió la mano. Betty la siguió obedientemente, con un aspecto que recordaba a un perro pastor muy grande, vestido con ropa cara. Dentro de la habitación, esperaban dos ayudantes. Guantes blancos, cabello recogido en redecillas. Hacían gestos de ánimo. Detrás de ellos, una cortina. Detrás de ella, Betty lo sabía, estaba el artilugio. Se esforzó por no pensar en él mientras se despojaba de su traje Henri Bendel, talla 50.

—Qué color tan bonito —dijo una enfermera mientras lo colgaba.

A Betty le hubiera gustado quitarse también la combinación, pero no quería que vieran la cascada de michelines.

—¿Preparada, señora Johnson?

Betty asintió.

Descorrieron la segunda cortina para desvelar la báscula.

—Cuando quiera, señora Johnson.

Betty avanzó arrastrando los pies, como si llevara grilletes. Una enfermera le alargó la mano para ayudarla a subir.

La doctora miraba sus gráficos.

—Veo que han pasado dos semanas desde su última visita, señora Johnson. Creía que habíamos quedado en un control cada semana.

—Sí, así es.

—Es por su propio bien, señora Johnson.

—Sí, doctora —dijo Betty, y le temblaba el labio.

—De acuerdo, suba.

Betty subió, vacilando. La báscula se sacudió como si hubiera un pequeño terremoto debajo de ella. La doctora miró por encima de las gafas para ver qué marcaba. Lo hizo dos veces.

—Oh, vaya —dijo y anotó algo en el gráfico. Levantó la vista rápidamente.

—No mire señora Johnson.

Pero Betty ya lo había hecho.

Se tambaleó. Dentro de la cabeza sonó un estruendo, a continuación un chasquido y luego todo estalló, llenándose de estrellas y Twinkies danzantes.

—Cielo santo —dijo la doctora, también conocida como Administradora de Weight Control Clinic, contemplándola por encima de sus falsas gafas de media montura—, la vieja foca se ha desmayado.

Por la noche, Jasmine, de pie junto a sus fogones, pensaba en Betty y en todo aquel desperdicio; desperdicio de dinero, desperdicio de preocupaciones, desperdicio de la vida de una mujer. Sonó el timbre de la puerta y Jasmine gimió.

—¿Vas tú, Jasmine? —preguntó Daniel desde el cuarto de baño.

Jasmine dejó su copa de vino y fue hasta la puerta. Estaba segura de que J.D. y Sue Ellen estaban allí, al otro lado de la puerta, sonriendo sin decir nada y pensando, sin duda, que si Jasmine no abría la puerta enseguida, los asaltarían allí mismo en aquel umbral de Georgetown. Se preguntó cuánto tardarían en marcharse. Eran amigos y vecinos de Jasmine y Daniel desde hacía años. Tuvieron sus primeros hijos al mismo tiempo. Un extraño vínculo. Los amigos que haces aunque no tengas nada más en común con ellos que el hecho de haber procreado al mismo tiempo, de haber llenado, ambos, el planeta con otro ser más. Sus primeras conversaciones estaban llenas de disertaciones sobre los problemas de los bebés para dormir, los aparatos digestivos de los bebés, los primeros alimentos de los bebés. Luego pasaron a las vallas para escaleras, las primeras bicicletas y los horrores de la adolescencia. No, te lo aseguro, mi quinceañera es un incordio mayor que tu quinceañera. Lo que Jasmine sentía por aquellos dos era lealtad, nunca un gran afecto ni interés. J.D. trabajaba en un banco. Sue Ellen era una mujer de negocios a tiempo parcial que había montado una empresa de estarcido y pintura de interiores desde su casa y que servía a la familia republicana.

A los pocos minutos, estaban sentados en la sala. Sue Ellen vestía un conjunto de falda y suéter verde selva, de punto, conservadores y muy washingtonianos. Sus zapatos de salón armonizaban perfectamente con el color verde selva. Su collar de perlas de longitud mediana hacía conjunto con los pendientes de perlas. Lo apropiado y aburrido del conjunto era como para quitar el aliento. Sue Ellen llevaba el ratonil pelo aclarado, con reflejos y domado hasta darle la forma de un pulcro y rubio casco de jugador de fútbol americano.

J.D. se recostó en el sillón, con los pantalones deportivos cruzados en las rodillas y sus caros zapatos de piel refulgiendo. Levantó la copa hacia la luz y la olió.

—Tiene melocotón, roble, vainilla, mucha vainilla. Sue Ellen adora la vainilla...

—¿Que adoro la vainilla? —interrumpió ella—, si no puedo soportar esa cosa herbosa.

Jasmine metió la nariz, como se esperaba de ella, en su copa, llena del vino que J.D. había traído, sosteniéndola en alto como si fuera un cáliz. Él y su mujer habían comprado una parte de un pequeño viñedo en el valle Shenandoah y promocionaban su producto como si fueran chatarreros. En opinión de Jasmine, aquel vino sabía a orines de burro, pero durante todos aquellos años se había guardado su opinión. ¿Por qué iba a cambiar ahora?

—¿Olivas? —preguntó, ofreciendo el cuenco a J.D.

J.D. cogió un puñado y se las comió como si fueran cacahuetes.

—Comimos aceitunas a montones en México, ¿no es verdad, Lucky?

—Verdaderos montones —asintió Sue Ellen.

—Las rellenan con todo lo que se les ocurre. Las tomamos con pimiento, con ajo, incluso con chile. Casi me quedo sin boca.

—Me negué a dormir con él. Le dije que ni soñarlo.

—Claro que no es mucho más lo que se puede comer en ese condenado país.

—Estaba todo taaan sucio.

—Yo no hacía más que preguntar por un Tex-Mex. Me miraban como si estuviera loco.

—En realidad, me parece que no son muy listos. Puede que tanto sol...

—Encontramos un TGIF's, ¿eh, Lucky?

—Casi caímos de rodillas y gritamos «¡Gracias, Dios mío!».

—Comimos bistec con patatas. Comida de verdad. Puede que por eso sean todos tan bajos. Más bajos que enanos.

—¡J.D.!

—¡Bueno, es que lo son!

Sue Ellen soltó una risita y se agenció otra aceituna.

—¡Oh, cielos! —exclamó, arqueando una ceja cuando Jasmine entró llevando una bandeja con su primer plato, pastelillos de cangrejo recién fritos—. Toda esa grasa —murmuró.

Jasmine se volvió y contempló a su nueva enemiga mortal.

—Te puedo preparar una pequeña ensalada aliñada.

—Oh, no.

—De verdad. No tardo ni un segundo.

—Pero…

Las ventanas de la nariz de Sue Ellen aletearon al oler el delicioso aroma procedente de las empanadas con aroma a eneldo y limón cuando Jasmine puso una frente a J.D., prácticamente rozándole la cara. Sue Ellen hizo un mohín ante las perfectas esferas doradas, el delicioso crujido que J.D. hacía al clavarles el tenedor y la sonrisa de éxtasis que apareció en sus labios cuando su boca se cerró en torno a la masa suave y caliente. Ella siguió picoteando, a desgana, su ensalada mixta de brotes de verduras.

Más tarde, J.D. acompañó a Daniel al sótano para ayudarle a buscar otra botella de vino. Miró alrededor.

—Se aguanta bien, este sitio.

Daniel extrajo una cara botella del segundo frigorífico que tenían en el sótano. Se había gastado 20 dólares más de lo previsto en el vino. Siempre le pasaba lo mismo cuando venía J.D. Éste cogió la botella y examinó la etiqueta. Se la devolvió a Daniel sin hacer ningún comentario.

—Acabamos de instalar una piscina, en la parte de atrás, detrás del *jacuzzi* —dijo—. Tenéis que venir este verano y aprovecharla.

—Oye, ¿sabes que tienes buen aspecto?

J.D. sonrió y se dio unas palmaditas en su consistente barriga. Echó una mirada rápida hacia la puerta y se inclinó hacia Daniel.

—Me estoy viendo con alguien —murmuró.

—¿Viéndote con alguien?

—Ya sabes —dijo y bombeó rápidamente en el aire, con la mano cerrada en puño.

—Ah —dijo Daniel.

—A un hombre le sienta bien. El mejor ejercicio del mundo, tú ya me entiendes.

—Daniel —llamó Jasmine desde arriba.

—Voy corriendo.

—¡Qué más querrías tú! —soltó J.D. resoplando dentro de su copa de vino.

Al día siguiente, Daniel doblado sobre su escritorio, hablaba por teléfono.

—Oh, vamos. Diez meses no es nada. Studio Theatre tardó tres años en pagar la electricidad. ¡Oiga! ¿Oiga?

Daniel colgó el teléfono de golpe.

—¡Ignorante!

—Ese genio, profesor.

Daniel levantó los ojos y se encontró con Josh, un joven y antiguo alumno que se había marchado hacía diez meses para probar suerte en Los Ángeles. Josh, vestido de blanco rutilante, con una camiseta bien planchada debajo de una chaqueta de cuero negro, igualmente nueva y brillante, se acomodó en el sillón roto, frente al escritorio de Daniel y echó una mirada a su alrededor.

—Es estupendo ver que las cosas no han cambiado.

Daniel se recostó en la silla y contempló a este niño-hombre, cuyo único talento, que él supiera, era un excelente gusto en los zapatos y una sonrisa electrizante.

—¿Qué haces otra vez aquí? ¿Te han despedido de limpiar mesas?

—¿Qué te parece el coprotagonista de una peli de misterio en la Casa Blanca?

A Daniel se le hizo un nudo en el estómago.

—¿La de Morgan Freeman?

—La misma. Le respeto como a un padre. Pero, ¿sabes?, aprendí mucho de ti.

Daniel hizo un ademán, quitándole importancia.

Josh se inclinó hacia delante y lo miró fijamente con una expresión seria.

—No, de verdad. Fuiste tú. Me enseñaste todo lo que sé.

Daniel se encogió de hombros, incómodo pero encantado.

—Bueno, me alegro de haberte ayudado.

—Aunque tuve que echar por la borda casi todo cuando llegué a Los Ángeles Toda aquella basura sobre las opciones. Una pérdida de tiempo. ¿Adónde vas con esa mierda? Pero, oye, una parte era útil de verdad.

—Bueno, quizá no lo estuvieras haciendo bien. ¿Por qué no te quedas a una clase? Para aprender algo.

Josh se irguió en todo su metro noventa. Iba tan requetelimpio que hacía que todo lo demás pareciera estar cubierto de polvo.

—Tengo que irme —dijo—. Almuerzo con Morgan.

Se detuvo en la puerta.

—Todavía no has arreglado el letrero de la puerta.

—¿Te costó encontrarnos?

Josh sonrió.

—Diablos, claro que no. Pero te enviaré algo de pasta. Hay que adecentar este sitio. La gente querrá saber dónde empecé.

—Hola, ¿hay alguien ahí?

Tina estaba a la puerta del despacho de Daniel. Éste no se había movido desde que Josh se marchó. Durante toda una hora había permanecido con la mirada clavada en el roto ventilador del techo, con la boca reseca y la mirada inexpresiva. Tina se acercó despacio y se inclinó hacia delante, respirando suavemente dentro del espacio vital de Daniel.

—Lo último que dijiste sobre las opciones… Me gustaría que me lo explicaras un poço más a fondo.

Daniel no se movió.

—¿Daniel? —Le tocó suavemente el hombro.

Daniel bajó lentamente los ojos y la miró de arriba abajo, sin perderse un detalle. La corta falda de ante marrón, las botas altas de ante, el toque extra de brillo labial, los oscilantes montículos de…

—Opciones. Sí, eso siempre resulta difícil.

—¿Tienes tiempo?

Daniel hizo girar la cabeza con violencia para restaurar el flujo sanguíneo.

—Tengo como una media hora. Pero necesito café, ¿te apetece?

—Claro.

—Pues, vamos.

Salieron, a la calle 14. La cultura de los cafés todavía no había llegado al este de Dupont Circle, así que la llevó al atestado Seven Eleven y le tendió una taza de poliestireno.

—¿Normal o descafeinado?

Ella tenía la mirada fija en dos borrachos que se golpeaban vanamente en el pasillo de las patatas fritas.

—¡Hoolaa!

—¿Qué?

—¿Normal o descafeinado?

—Ah, normal, por favor.

Daniel buscó cambio en el bolsillo del pantalón.

—Toma —dijo ella—, déjame que pague yo. Me estás ayudando.

Daniel se negó con un gesto y puso las monedas encima del mostrador. Brad, el muy sufrido cajero, sonrió al meterlas en el cajón del dinero.

—*Mr. Man, Mr. Man* —canturreó.

Daniel repiqueteó en el mostrador y llevó a Tina afuera. Se apoyó en una farola y observó como hacía un gesto de asco cuando la basura pasaba rozándole el pie.

—Veamos, ¿qué es lo que quieres saber? —preguntó y tomó un largo sorbo caliente.

—Bueno —empezó, apartando de una patada un envoltorio de Big Mac, que se le había pegado en el zapato—, me preocupa un poco hasta dónde hay que ir en lo de las opciones. Dijiste que los buenos actores retroceden unas cuatro. Pero, ¿no resulta un poco confuso? Quiero decir, digamos que elijo que mi madre muriera cuando yo tenía once años y que por eso, en el fondo, me da mucho miedo tener una relación, pero luego elijo que tuve una relación estupenda con mi padre, así que por eso me estoy insinuando a ese tipo, pero luego decido que ese mismo padre abandonó a mi madre en una cama del hospital y que todos los hombres son unos cerdos...

Un borracho pasó por su lado. Iba mascullando cosas, arrastrando las palabras.

—Dame un poco de eso. Sí, sí. Dame un poco de eso. Sí, sí.

Tina se acercó un poco más a Daniel. Éste podía oler la cafeína dulce en su aliento. Tendió la mano y le acarició el brazo afectuosamente.

—¿Esperabas el Ritz?

—¿Por qué instalaste el teatro aquí?

—Era el único sitio que podía permitirme. Tendrías que haber visto cómo era esto antes. En realidad, con los precios actuales pronto tendré que largarme.

Daniel bebió un sorbo de café e inspeccionó sus dominios a lo largo de las calles 14 y S. El barrio coqueteaba con el aburguesamiento, pero nada había cambiado en realidad. Había un par de teatros más que cuando él empezó, doce años atrás, pero seguías teniendo que contar con un aparcamiento con encargado para calmar los temores de tu patrocinador. Incluso así, más del cincuenta por ciento de los posibles patrocinadores ni soñarían en girar al norte desde la calle K, en dirección a la parte este, más silenciosa y sombría, del noroeste.

Tina se acercó más.

—Pero, ¿por qué estás aquí? En Washington. Eres muy bueno. Bueno como para estar en Nueva York o en Los Ángeles.

Daniel hizo una pausa y luego dio su excusa habitual.

—No podía dejar a mi familia.

Tina lo miró, con los ojos bañados en lágrimas.

—Vaya, eso es muy hermoso.

—¿El qué?

—Que te hayas sacrificado por tu familia.

Daniel se encogió de hombros y apartó la mirada, estoicamente.

Tina le cogió la mano.

—Pero, pero… ¿tu mujer entiende lo que has hecho por ella?

De todas las hierbas aromáticas, Jasmine pensaba que la albahaca era su alma gemela. Frotó una hoja con los dedos y aspiró profundamente el penetrante aroma casi de regaliz. La albahaca era sensual y le gustaba estirarse, verde y sedosa, bajo un sol caliente, con los pies cubiertos de fresca tierra. Casaba tan bien con sus ingredientes favoritos: suculentos tomates maduros, cordero asado poco hecho, sustanciosa mozzarella. Jasmine arrancó tres hojas de su albahaca y las trinchó con tajos precisos y rápidos; luego las introdujo en su ensalada junto con una cucharada de corteza de naranja cortada fina. Hoy su almuerzo iba a estar lleno de sorpresas. Quería impresionar, además de divertir, a aquel invitado en particular. Empezarían con una sopa de tomate en la cual ocultaría un tomate, relleno de pesto y asado a la parrilla, que se iría desvelando con cada cucharada. Luego sacaría pechugas de pollo rellenas de queso de cabra y menta. Y para acabar, peras *poché*, bien recubiertas de chocolate con *eau de vie*.

Jasmine removió por última vez la sopa de tomate, levantó la tapa del recipiente donde el chocolate se conservaba caliente al baño María para echar una ojeada, y bajó la temperatura del horno porque las pechugas se estaban dorando demasiado rápidamente. Era hora de prepararse, pero cuando se lanzaba escaleras arriba para vestirse, sonó el timbre de la puerta. Soltó un taco y sacudiéndose las salpicaduras de salsa endurecida de la sudadera, corrió a abrir la puerta.

Henry Nicholls, apoyado en su paraguas, contemplaba las peonias. Henry, su agente, iba a ser su arma secreta. Conocía a todo el mundo. En especial, era muy amigo de Garrett, su anterior editor. Lo invitaban a aquellas codiciadas expediciones de pesca y a la impresionante finca de Garrett en el campo, en el condado de St Mary. Jasmine confiaba que pudiera persuadir a Garrett para que cambiara de opinión. Y si eso no funcionaba, que vendiera su idea a otra editorial. El problema era que nunca estaba del todo cómoda con Henry. Siempre se las arreglaba para hacerla sentir como si fuera el cachorro más pequeño y débil de su impresionante, talentosa y lucrativa camada. Y si no se ponía a la altura, si no escribía algo, por Dios algo que vendiera, estaba tentado de ahogarla en el estanque de su jardín.

—Henry, entra, entra.

—Veo que tus peonias están en el último estadio de hidrocarencia.

—¿Cómo dices?

—Sed extrema.

Entró sin apresurarse y le dio el paraguas. Jasmine lo cogió respetuosamente, como si fuera una criada, y lo colocó con gran cuidado junto a la mejor silla del recibidor.

—Pasa, pasa. Me alegro de que hayas podido venir.

—Sólo dispongo de una hora.

—Por supuesto. Un hombre tan ocupado como tú.

Mientras lo invitaba, con un ademán, a cruzar la cocina y pasar al invernadero, abrió un momento la puerta del horno. Las ventanas de la nariz de Henry aletearon.

—¿Un aperitivo? —preguntó Jasmine.

—¿Por qué no?

—¿Una copa de Pouilly *fumé*? ¿O prefieres un buen vino blanco con soda bien frío? ¿O tal vez un jerez?

—Whisky con agua.

—Buena idea.

Se recostó en la silla y sacó un paquete de Lucky, sin filtro. Al exhalar, la delgada cara desapareció dentro de una nube de humo. Tendió la mano, sin decir palabra, hacia su bebida. Jasmine tomó un sorbo de jerez y se sentó.

—Probablemente te estés preguntando por qué te he pedido…

—Me he enterado de tu brillante idea.

—… sí.

—Muchísima competencia en eso de los libros de cocina. Ni aunque me fuera la vida, sabría decir por qué.

—Creo que podría aportar algo.

—Ahórratelo, no soy el guardián de la puerta. Pero podría decirte un par de cosas sobre ponerte a ello de la forma adecuada, en lugar de exhibir esa desesperación en toda la frente.

Jasmine se sonrojó hasta las uñas de los pies de color fucsia.

—¿Tomamos la sopa?

Henry se levantó y volvió a dejarse caer en una silla, junto a la mesa de la cocina, que Jasmine había puesto, dándole un aire acogedor, con alegres manteles individuales italianos. Se sujetó la servilleta en el cuello de la camisa, como un niño, y se echó al coleto un gran trago del exquisito Chardonnay de Stag's Leap Napa Valley que Jasmine había comprado para la ocasión. Se pasó la lengua por los dientes y empujó el vino con el último sorbo de whisky.

Jasmine colocó el tomate a la parrilla en un profundo cuenco y vertió la luminosa sopa alrededor. Puso el cuenco delante de él y esperó. Él lo probó, cogió el salero y se sirvió una buena dosis. Empezó a sorber la sopa mientras ella tomaba asiento con su cuenco en las manos.

—Creo que podría hacer un trabajo bueno de verdad.

—Eso no tiene importancia. Muchos consiguen contratos que no se merecen. No tiene nada que ver con el mérito real y sí con el mérito percibido. En eso es en lo que tienes que trabajar. En la percepción que la gente tiene de ti.

Jasmine observó a Henry mientras éste se metía una cucharada de pesto en la boca. Esperó la reacción orgásmica. Pero él se limitó a tender la mano hacia el salero otra vez.

—¿Y cómo puedo trabajar en eso?

—Actitud. Relaciones públicas. Llamadas por teléfono. Muchas personas no quieren hacerlo porque se dicen que no tendrían que hacerlo. Son artistas, no agentes de prensa. Y si hay Dios —que no lo hay— se asegurará de que el mundo caiga en la cuenta de sus dones y les dé lo que merecen. Así que esperan sentados durante años, como chicas junto al teléfono. Penosamente triste. Luego hay otros, que no tienen más aptitudes que un caracol, pero que convencen a los mandamases no sólo de que son las personas adecuadas para el puesto, sino que, incluso, comentan como quien no quiere la cosa que, en realidad, no les interesa en absoluto el trabajo y que va a costarles mucho contratarlos.

Dejó caer la cuchara, que resonó contra el plato y se limpió la barbilla. Jasmine le sirvió un plato con unas deliciosas y crujientes pechugas, que rezumaban una cremosa salsa de queso de cabra, rodeadas de tiernísimas verduras delicadamente hervidas a fuego lento. Henry jugueteó con la salsa con aire desconfiado.

—¿Qué es esto?

—Queso de cabra.

—Ah, ya.

—¿No te gusta el queso de cabra?

Henry se encogió de hombros y empezó a picotear las verduras con aspecto desganado.

—¿Preferirías un sándwich?

—¿Tienes salami?

—Sí. Salami, jamón, y creo que algo de pavo. ¿Queso suizo? ¿Cheddar?

—Suena bien.

Le retiró el ofensivo plato y, después de escarbar en el frigorífico, volvió con una extravagancia de una milla de alto, cargada de mostaza y mayonesa. Henry eructó apreciativamente. Jasmine tomó nota mentalmente de olvidarse de las peras y emplear la salsa de chocolate para acompañar un helado de vainilla.

—Relaciones públicas, ¿no? —apuntó.

Henry masticaba con gran entrega, dejando escapar burbujas de mostaza de entre los labios.

—Lo que digo es que no mendigues, que actúes como si estuvieras por encima de todo eso, como si les estuvieras haciendo un favor aceptando.

—Pero si ni siquiera me tienen en cuenta en este momento, ¿cómo lo hago?

—¿Te acuerdas del instituto y del chico más popular? No lo cazabas siendo muy dulce y pidiéndole por favor que te pidiera para salir.

—No, parecía que eso nunca funcionaba.

—La chica que se llevaba al tío más popular actuaba como si se conformara con él hasta que consiguiera hacerse con un universitario.

—¿Me estás diciendo que tendría que ir a ver a Garrett y soltarle: «Ya sé que ni siquiera estás pensando en mí, pero yo tampoco estoy pensando en ti. Lo que de verdad quiero es largarme a Doubleday»?

—No serías la primera.

—Es una locura.

—Entonces, hazlo como quieras. ¿Qué vas a hacer? Enviarle galletas caseras con notitas en forma de corazón?

Jasmine bebió un buen trago de vino. Toda aquella idea se estaba agriando.

—Pensaba que había un medio más fácil y directo.

—No estamos en la guardería, cariño; no va a llegarte el turno, si esperas pacientemente en la cola. ¿Qué hay de postre?

—Helado de vainilla, hecho en casa, con salsa de chocolate y avellana.

—¡Caray! ¿Qué estás tratando de hacer, matarme?

Le dio el plato y se frotó las manos, relamiéndose por anticipado.

—Si hace que te sientas mejor, yo te publicaría —Cuando ella le puso el helado delante, añadió como si acabara de ocurrírsele—. Pero no soy editor. Y por la conversación que he tenido con Garrett esta mañana, estás despedida. Y si Garrett no va a publicarte, no parece probable que nadie más lo haga. Eres un poco mezquina con esa salsa, ¿me pones otra cucharada?

Daniel traspasó el umbral de la puerta de la casa de Tina.

—Siéntate, ponte cómodo —dijo la muchacha y desapareció en la pequeña cocina, donde se puso a revolver en los armarios.

Daniel se recostó en el gastado sofá. Observó que la mesa baja estaba mugrienta y atestada de revistas *Women's Wear*, un par de palillos chinos, cinco cucharas de té y un gráfico con las esquinas dobladas donde aparecían almidones, proteínas e hidratos de carbono. Un retrato, sólo de la cara, que debía de ser de unos cinco años atrás, ocupaba un lugar destacado entre un grupo de fotos por encima del sofá.

Mientras los rayos del sol de la tarde entraban en la sala, iluminando el polvo que flotaba en el aire, Daniel se preguntó qué demonios estaba haciendo. Igual que se lo había preguntado mientras conducía por el puente Key, seguía por el bulevar Wilson, justo al lado de la gasolinera, y se detenía cinco puertas más abajo a la izquierda. Y volvió a preguntárselo mientras andaba por la acera y entraba en casa de Tina y cada paso lo acercaba más a lo que quería. Y no quería, pero sí que quería, y mucho.

—Prueba esto.

Tina le tendió un vaso grande, lleno hasta el borde.

—Zanahoria, arándanos y brotes de trigo. Recién preparado. Te bebes uno al día y vivirás hasta los ciento cincuenta años.

Se tragó el suyo de golpe y se dejó caer de espaldas en el sofá, a su lado, como si se abandonara a lo que iba a pasar. Daniel bebió un cauto sorbo del vaso.

—¿Qué tal?

Asintió sin entusiasmo y continuó dándole vueltas a la situación: «Bien mirado, todo el mundo lo hace, ¿cuáles son las cifras: el setenta por ciento de hombres? ¿Por qué tengo que estar entre ese treinta por ciento de plastas? Nadie lo sabrá. Todos los grandes hombres tienen amantes, son sólo los tíos beta, de la estúpida clase media los que no lo hacen. Además, ¿no es algo biológico? ¿Es que acaso no nos lo impone la sociedad? Es sólo algo natural».

—No te gusta.

—Es dulce —concedió, dejando que los ojos se le fueran hacia las rodillas de la muchacha.

«Después de todo —siguió dándole vueltas al asunto—, los hombres están hechos para tener varias compañeras sexuales. Una persona no puede serlo todo para nadie. Estoy salvando mi matrimonio. Es una válvula de escape; de lo contrario, podría buscar más en serio. En realidad, estoy salvando mi matrimonio. Además, sólo va a ser esta vez. Dentro y fuera. Gracias, señora. Quiero decir, ¿qué espera, en todo caso? Sólo una vez. De verdad. Sólo una.»

Daniel dejó el vaso y se inclinó hacia Tina. Acunó su firme trasero en sus manos y notó la deliciosa excitación. Deslizó la mano hacia arriba, por su curvado talle hasta los pesados pechos, grandes y adorables y firmes.

Careme contempló al pequeño ratón gris que había dentro de la nevera de espuma de poliestireno. Sonrió y lo acarició suavemente con el dedo antes de cogerlo por el rabo y levantarlo. En su jaula, Medea volvió un ojo interesado hacia los débiles chillidos. Careme dejó el ratón en el arenoso suelo a su lado. La cola de Medea se deslizó hacia delante, se enroscó en torno al desgraciado roedor y empezó a apretar. Incluso Carene tuvo que apartar los ojos.

Al hacerlo, se vio en el espejo oval, al otro lado de la habitación. Se acercó. Abrió bien las ventanas de la nariz. Luego se echó todo el pelo hacia delante, por encima de la cara y miró a través de él, como si fuera una cortina. Le gustaba su aspecto. Muy *Vogue*. Abrió bien la boca, como si estuviera gritando en silencio para escapar de su jaula definida por el pelo. Sería una buena diseñadora de moda, pensó. Tenía ideas.

De golpe, lanzó el pelo hacia atrás y frunció los finos labios, impulsando los senos hacia arriba y sacando las lisas nalgas hacia fuera.

—Eh, tú —murmuró—. Eh, tú. ¿Quieres un poco de esto?

Se bajó los *shorts* hasta la parte inferior de las caderas.

—¿Qué? ¿Quieres un poco de esto? O de esto.

Tiró del *top* para dejar a la vista su pecho plano y huesudo. Torció el gesto y volvió a bajarse la camiseta.

—Aah, sí, aaah, sí —susurró mirándose al espejo y bajándose los pantalones y las bragas, centímetro a centímetro hasta los muslos. Se dio la vuelta para desvelar un asomo de trasero.

Apartó los pantalones de una patada y se estiró para tocarse los dedos de los pies, levantando la cabeza para mirarse en el espejo. Media vuelta y saltó a la cama, cayendo con brazos y piernas extendidos. Empujó la pelvis hacia arriba, cerró los ojos y se entregó a su fantasía favorita, en la cual yacía, recubierta de rizos de mantequilla y caramelo líquido. Un hombre no identificado la hacía rodar sobre almendras trituradas. Con una mano sostenía en alto un cuenco con nata batida. «¿Qué, lo quieres? —resollaba— ¿Eh, lo quieres?»

—¿Careme?

Su madre estaba al otro lado de la puerta. Careme dejó escapar un chillido. Se dio media vuelta y resbaló fuera de la cama, cayendo con estruendo al suelo.

—Careme, ¿puedo entrar?

Careme agarró los pantalones que habían caído encima de los ojos de su osito de peluche. Forcejeó para ponérselos mientras corría hacia la puerta, pero dio con la espinilla contra la esquina de la cama.

—¡Aay! —Careme se dobló en dos, con los pantalones todavía a la altura de las rodillas, apretando la mano, desesperada, contra el corte de la pierna.

—¡Careme! ¿Estás bien? —preguntó su madre sacudiendo el pomo de la cerrada puerta.

Careme tiró de los pantalones hacia arriba, enganchándose la uña del pulgar y arrancándosela cerca de la base.

—¡Ayyy!

—¡Careme!

Metiéndose el dedo, que sangraba, en la boca, Careme fue dando saltos hasta la puerta y la entreabrió apenas.

—¿Qué?

—¿Qué estás haciendo ahí dentro?

—Nada.

Los ojos de su madre le recorrieron la cara, buscando indicios. Las encendidas mejillas de Careme permanecieron firmes.

—Te he pedido hora con el médico.

—Venga ya.

—El martes por la tarde. Tendrás que salir antes de la escuela, pero es lo mejor que me han podido dar.

—No necesito…

—Es un especialista en nutrición. Quiero saber qué dice.

—¿Es un hombre?

—El único que he podido encontrar. Pero tendría que gustarte. Es joven. Suena como si tuviera doce años y fuera extranjero.

—Qué bien.

Careme cerró la puerta, se dejó caer de espaldas en la cama y trató de calmar su dolorido cuerpo.

Tina echó una ojeada al reloj mientras Daniel se ponía los calcetines. Las nueve y media. Dios, ¿qué se había hecho del día? Habían pasado toda la tarde follando, comiendo, bebiendo y durmiendo. La mayor parte durmiendo, en realidad, tumbados, inconscientes, atravesados encima del *futon* como dos borrachos de los barrios bajos. Le martilleaba la cabeza, tenía la boca más reseca que la calefacción central y el pelo… mejor ni hablar del pelo. Se estiró. Le dolían todos los músculos.

—Me parece que me estoy muriendo.

Daniel gruñó. Se puso de pie y se pasó la mano por el pelo. Soltó una larga bocanada de aire.

—Detesto dormir y salir corriendo —dijo.

Tina se puso una camiseta larga y lo siguió hasta la puerta. Tropezó con una de las botellas de champaña que habían consumido.

Daniel la atrapó cuando se desplomaba al suelo. Ella soltó una risita hundiendo la cara en su cuello.

—Chao —dijo él y la besó ligeramente en los labios.

—Adiós —dijo ella, devolviéndole el beso.

—Te llamaré —dijo él.

La sonrisa se le enfrió en la cara.

—Bien —contestó.

Y él desapareció.

Tina contempló su apartamento. Una copa de vino rota en el fregadero. Patatas fritas, sin grasa, aplastadas e incrustadas en el sofá. Un envase de comida china baja en calorías derramada. Un charquito de salsa agridulce había manchado su jersey.

Mierda. Cogió el jersey y lo levantó. Tenía una hermosa mancha naranja justo encima del pecho. Tina lo retorció formando una bola y lo tiró a un rincón. Miró el reloj. ¿Cuánto tiempo hacía que no consumía proteínas?

En el exterior, Daniel miró hacia la ventana de Tina un momento. Luego con un gruñido de alivio, se dobló para meterse en el coche. ¡Dios! Lo había hecho. Lo había hecho de verdad. Se había desnudado con otra mujer y se la había metido. Dentro y fuera y dentro y fuera y se había corrido. Una corrida a fondo. Dios. Lo que le horrorizaba era lo bien que se encontraba. Se sentía culpable, claro, en algún sitio. Pero la excitación todavía no se había apagado. La adrenalina seguía a toda velocidad, dándole coces por todo el cuerpo. Ahora ya era parte del clan. Puso la primera. Su técnica no había estado mal. Demasiado rápido la primera vez. Pero, vaya, ¿qué se podía esperar? No había estado tan excitado desde… Coño, ¿cuánto hacía? Por suerte, no había tardado mucho en recuperarse. Y Dios, ¡qué cuerpo tenía! Duro y luego suave y duro. Y cómo se retorcía…

Daniel tuvo que aparcar a cinco manzanas de su casa. Mejor, pensó filosóficamente, ya que volvía a tener una erección del tamaño de una Budweiser presionando contra el pantalón. El aire fresco la haría volver a sus cabales. Cuando metía la llave en la cerradura, hizo una pausa. Se detuvo a sacudir cualquier pelo delatador de la ropa. Olió para ver si llevaba trazas de perfume. De repente, se le hizo un nudo en la garganta. ¿Y si Jasmine estaba al otro lado de la puerta, esperando, sabiendo? Una gota de sudor le perló la frente. Su cita empezó a oler mal. Tenía náuseas. Giró la llave y, lentamente, sin respirar, abrió la puerta. El recibidor estaba vacío. Se deslizó al interior. Aguantó la respiración para escuchar. Nada. En el piso de arriba, la luz del rellano estaba encendida para darle la bienvenida a casa y a su cama. Daniel respiró y sonrió. Olvidando su terror y palmeándose la barriga, fue hasta el frigorífico.

En la cocina, encontró a su mujer sentada a la mesa, sembrada de platos, con la mirada vidriosa clavada en la pared. Eso por sí sólo no habría sido nada extraño, si no fuera porque se había pintado marcas de guerra en las mejillas con chocolate deshecho.

—Jasmine.

No hubo respuesta.

Le dio unos golpecitos en el hombro. Ella levantó la mirada como si se acabara de despertar. Se pasó la mano por el chocolate de la cara y luego se lamió el dedo.

—¿Soy yo? —preguntó— ¿es que todos somos unos gallinas, falsos blandengues y tarados?

Daniel dio un paso atrás. La sensación de mareo volvió.

—Quiero decir, mira —dijo ella—, sólo mira cómo está el mundo. Todos buscan amor y nadie lo encuentra.

Daniel parpadeó rápidamente. Quizá lo mejor sería una confesión rápida. No, no podía hacerlo. Ella lo ataría al potro de tormento. Echó una ojeada a su alrededor. Tenía las herramientas y sabía cómo usarlas.

—Y los que mandan se niegan a dárselo —continuó ella—. ¿Quién los ha puesto al mando? ¿Qué saben ellos? Bien mirado, lo único que la gente quiere es un poco de amor, un poco de afecto. Quieren una experiencia sensual plena. ¡Quieren satisfacción! ¿Me equivoco?

Además, había leído no sabía dónde que las esposas no quieren saberlo. JD también lo había dicho. No quieren saberlo. No quieren saberlo. No quieren…

Jasmine golpeó fuerte con el puño en la mesa. Daniel pegó un bote.

—Tanto nada de grasa, nada de sal, nada de esto, nada de aquello. Tiene que acabarse. La gente tiene que tener lo que necesita. ¿No opinas lo mismo, Daniel?

Daniel se sintió aliviado. Estaba hablando de comida. Claro, de eso hablaba. Sí, oh sí.

—Sí, claro. Claro que sí. —dijo y se marchó rápidamente de la cocina.

5

Por la mañana, Careme tumbada cuan larga era en la cama, pensaba en la fiesta de la noche. Troy estaría allí. Con su pelo oscuro y sus ojos muy, muy oscuros. Y sus largas piernas y sus grandes brazos. Y se la llevaría arriba, a uno de los dormitorios, y echarían el cerrojo y la acostaría en la cama y lo haría. Y ella se convertiría en mujer. Un sujeto sexual con todas las de la ley. Y podría ir a fiestas y nadie diría: «¿Todavía eres virgen?» «Virgen, virgen, ¿qué es lo que eres, la Virgen María? ¿A qué estás esperando, por todos los santos?» Y sería estupendo y él también sería estupendo. Y se habría acabado.

Y luego bajarían y todo el mundo, bueno, lo sabría y ella estaría genial y las chicas, todas, estarían celosas, porque ella la había perdido con Troy. Y tomarían una copa de vino, o algo, para celebrarlo. Y él la acompañaría a casa y la besaría dulcemente en los labios y se quedaría mirándola hasta que entrara. Y ella volvería a esta habitación, a esta cama. Pero sería diferente. Sería una mujer. Una mujer viva de verdad. Probablemente, tendría que cambiar la habitación. ¿Qué aspecto tiene la habitación de una mujer de verdad? Para empezar, tendría que dar el pasaporte a los pósteres. Las mujeres de verdad tienen arte de verdad. Podía ir al rastro y comprar un cuadro. Un cuadro de verdad. Con pintura de verdad. Al óleo. ¿Podría pedir que pusieran un bidé en el cuarto de baño? ¿No es eso lo que usan las mujeres de verdad? Su madre no lo hacía. Pero, claro, su madre era su madre.

Careme se puso en pie con un movimiento delicado. Por la noche iba a convertirse en mujer. Repasó su armario. ¿Qué se pondría en su último día de niña?

◆ ◆ ◆

Cuando Jasmine se despertó, su mullido cuerpo estaba lleno de vida bajo las mantas, tenso y dispuesto. Se quedó echada, escuchando el fuerte ruido del agua de la ducha de Daniel golpeando contra la bañera de porcelana blanca y fingió que le caía encima, como agua de lluvia.

La ducha paró y escuchó como Daniel salía y hacía un enjuague con el elixir bucal, haciendo penetrar el líquido al interior de sus muelas estropeadas para desinfectar el olor a almizcle viejo de su boca.

Sin duda, Jasmine tenía el mismo olor descompuesto por la mañana, pero solía olvidarse de hacer nada al respecto, convencida de que un buen latigazo de café fuerte y caliente era suficiente para destruir el más ofensivo de los olores.

La puerta se abrió y Jasmine continuó echada con las sábanas tapándole la cara, como un sudario. Oyó a Daniel andar por la habitación, sin hacer ruido, para descorrer las cortinas y ponerse sus nuevos vaqueros negros, demasiado ajustados. Oyó como bailaban las perchas cuando cogió una camisa, como Daniel abría el cajón de arriba a la izquierda en el tocador y como revolvía en su interior buscando calcetines, y el roce contra el suelo cuando cogió los zapatos y salió del dormitorio. Su cuerpo mudo ardía de furia en su interior. La franela que le rozaba el muslo parecía seda, la hilera de botones atrapados bajo la nalga derecha, se le incrustaban como dedos, el frufrú de las sábanas sonaba como un murmullo apremiante y gutural. Jasmine cerró los ojos y gimió de frustración.

No era fácil ser una esposa de mediana edad. Esa sensación asexuada que sentías cuando pasabas horas arreglándote el pelo y gastabas un montón de dinero en ropa, sólo para llegar a una cena y que te ignoraran por completo en beneficio de una jovencita sin maquillaje y con un vestido de una tienda Gap sin tirantes. Esa atención ceremoniosa con que te trataban los amigos de tu marido, como si te hubieran convertido en un eunuco sagrado. Esa sensación, con frecuencia no reconocida ni expresada, de que tu sexualidad tiene tanta marcha y es tan apetecible como tu lavadora-secadora.

Ahora la experiencia sexual más satisfactoria de Jasmine procedía de su peluquero que, una vez al mes, cuando iba a lavarse y cortarse el pelo, le masajeaba la parte de atrás de la cabeza con tanta firmeza y penetración que la hacía gemir de placer. Las otras clientes habituales levantaban los ojos de sus *Cosmos* y *Glamour*, pero a ella no le importaba; se concentraba en aquellos dedos gruesos, insistentes, en el éxtasis que se desataba al contacto con ellos y se desbordaba por toda su cabeza y su cuerpo como un rayo de sol líquido y caliente.

Por supuesto que había dulzura en el matrimonio. Sonrisas a través de la habitación. La ocasional cena con velas donde te sentías, de verdad, adulta, y contemplabas asombrada todas esas parejas cosmopolitas charlando a tu alrededor. Los regalos sorpresa en tu cumpleaños, porque tu marido es la única persona de la familia a la que has educado para darte cosas. Y, claro, ¿quién iba a prescindir de la estabilidad? El saber que si te echabas un pedo en la cama, lo más probable es que tu marido volviera igualmente la noche siguiente.

Jasmine siguió a Daniel abajo hasta la cocina. Abrió los armarios y empezó a sacar los ingredientes para hacer pan. Pan. Eso es lo que quería esa mañana. Pan. Fragante a levadura, caliente, recubierto de mantequilla o mojado en aceite de oliva. Salado, crujiente, con trocitos de avellana o de cebolla. Blanco, trigo, maíz. El pan de cada día. La esencia de la vida. Vaya, chica, pensó Jasmine mientras dejaba caer la harina en la levadura templada y empezaba a remover, estaba empezando a sonar como la jefa de una sección de alimentación.

Ah, pero es que hoy era un nuevo día y ella tenía un nuevo plan. Tenía una esperanza renovada. No iba a dejar que Henry la desanimara. Henry, que comería mierda con cuchara si estaba bañada en chocolate. ¿Él, qué diablos sabía, después de todo? No, esta vez ella iba a hacerse con el control. Iba a encontrar su propio editor. Iba a dirigirse a la gente directamente. Todo tenía que ver con el control. Control del producto, de la distribución, del capital. Ella, no el intermediario, iba a estar al mando.

Es más, pensó mientras golpeaba la masa de pan con rabia contra el mármol, iba a hacerse con el control de todo. De su carrera, de su relación con su hija, de su cama. Especialmente de su cama.

Jasmine echó una ojeada con los párpados entrecerrados hacia donde Daniel atacaba su Fiber One. Porque, después de todo, no era siempre una pendiente resbaladiza, esa combinación de matrimonio y profesión. Ella era un poco obsesiva, era la primera en admitirlo, respecto a su profesión. Pero era de esperar. La comida era algo serio. Y tenía que tomárselo en serio. Y ahora más que nunca, tenía que librar su batalla. Claro que la vida era una colección de batallas. Y para ella, la más perdurable siempre había sido su matrimonio. Cualquiera que dijera lo contrario se engañaba. Por supuesto, a veces, tenías que dar más de lo que recibías. Con frecuencia. Casi siempre. Pero dar en una relación entregada era un gozo. Un gozo con espinas. Sí, ese era el término, un gozo con espinas.

Se obligó a sonreír al oír el ronchar reblandecido que emitía la boca de Daniel.

—¿Sabes?, anoche estaba tan metida en mis propios problemas que incluso olvidé preguntarte qué tal te había ido el día. ¿Te fue bien? —dijo sonriendo.

Daniel dejó de mascar. Parpadeó rápidamente.

—Puede que todavía consiga convertir a esos tíos en actores —gorjeó.

—¿Qué son ahora?

—Gorilas.

—¿Las chicas también?

—En particular las chicas.

Jasmine se echó a reír y lo rozó, seductora, al pasar, acariciándole el trasero con una mano traviesa. Daniel pegó un bote como si le hubiera picado una avispa.

Jasmine dio un paso atrás.

—¿Qué te pasa?

—Nada, es sólo que... no te había visto acercarte.

Ella lo cogió por el cuello de la camisa.

—Pues será mejor que vigiles la retaguardia —le susurró, con voz espesa, acercándose mucho.

Lo soltó y salió alegremente de la cocina. Sí, por la noche, se dijo, iba a entregarse a una gran pasión. Ya bastaba de ese vivir como dos compañeros de habitación bien educados que se metían en la cama cada noche como si compartieran un banco en la parada del autobús. Cansados, malhumorados, esperando que algo se los llevara de allí. No, esta noche iba a alargar el cuello, sacar los dientes y saltar. Iba a derribar a su presa, a sujetarla debajo de ella, a sumergirse en sus partes más sensibles y levantar los ojos al cielo con jugo en sus labios. Ah, sí, y él gemiría de gratitud.

Tina, sentada en el sofá, meditaba sobre el apareamiento de la noche anterior como si fuera un cirujano, diseccionando segmentos para convertirlos en trozos manejables. La invitación. Había pensado largo y tendido en aquella invitación, porque quería que fuera tímida y comedida, divertida y seria. No quería que él pensara que hacía ese tipo de cosas sin pensar. De vez en cuando, sin duda. Después de todo, era una mujer nueva, libre en su sexualidad, competente al cuidarla y atrevida al expresarla. Pero al mismo tiempo, y esto era importante en extremo, era necesario que él pensara que había pasado algo especial. Un leve vínculo, por ligero que fuera. Así que lo invitó a tomar algo. Cuando al principio, él puso reparos, ella insistió en lo perdida que se encontraba desde que no había conseguido aquel papel tan codiciado en la serie de televisión y en que, aunque él probablemente tenía cosas mejores que hacer, agradecería mucho una mano amiga. Él picó. El resto fue pan comido. Incluso bastante agradable. Nunca lo había hecho encima de una televisión. Y francamente, como esas cosas importan, el suyo era de buen tamaño. Mirándolo más de cerca, vio que tenía una curvatura curiosa, hacia la izquierda. Se preguntó qué efecto tendría eso a largo plazo en la vagina de una. Pero más tarde, aunque comprendía, por supuesto, que él tenía que marcharse, no pudo evitar del todo sentirse un poco como una fulana de 50 dólares. Y le había prometido llamarla, algo que—miró el reloj— a las diez de la mañana todavía no había hecho y se preguntaba si estaba esperando que no hubiera moros en la costa para usar el teléfono. Suponía que la intimidad en su casa, con aquella mujer suya, era prácticamente cero. Así que siguió sentada, acariciando a Sugarfree, su perra terrier, mientras convertía en zumo una bolsa extra grande de zanahorias orgánicas que reservaba para los momentos de tensión extra como aquel, y esperaba. Si por lo menos él supiera lo que detestaba esperar.

Daniel se acomodó en lo alto de su taburete habitual en Kramer Books. Pidió su café con leche descremada y su bollo muy rico en salvado y abrió la sección de fin de semana del *Washington Post* para ver las críticas. Tomó un sorbo, largo y satisfactorio, de café. Tan sólo hacía una semana, no era nadie, allí bebiendo su lastimoso café y crispándose al leer las malas críticas que recibía. Estaba a punto de pasar al otro lado de los cuarenta, un don nadie asexuado, un buen chico, un simple ciudadano en el totalitario estado del matrimonio. Pero, hoy, reconozcámoslo, era un semental. Era uno de los buenos. Era un rebelde. Con causa. Y qué causa. Sonrió con suficiencia. Una mujer joven satisfecha vivía al otro lado del puente. Probablemente todavía estaba en la cama, exhausta por la gimnasia de la noche anterior.

—Daniel.

Daniel pegó un salto.

Tina estaba allí, junto a él, con el pelo todavía alborotado, pero con los labios frescos como frutas.

—Pensé que estarías aquí —dijo trepando al taburete de al lado.

—Un *bagel*, tostado —le pidió al camarero—. ¿Puede ponerle esto encima cuando esté hecho? —dijo dándole un Tupperware. El camarero lo abrió e inspiró entre dientes, con gesto de asco—. Sólo es un batido de tofu y zanahoria. Alto en caroteno beta.

Revolvió en el bolso, que Daniel observó que era casi del tamaño de una bolsa para la colada.

—Te olvidaste el libro.

Daniel tenía un aire confuso cuando ella le dio el libro.

—Mira en el interior —instó ella. En la primera página había escrito «Recuerdos divinos» y la fecha.

—Iba a escribir algo más, pero nunca se sabe quién puede verlo.

—¿No se supone que soy yo quien debería escribir la dedicatoria?

Tina se encogió de hombros y tomó delicadamente un bocado de *bagel*.

—No me pareciste un tipo convencional —dijo sonriendo, con los dientes ligeramente manchados de batido de tofu y zanahoria, alto en caroteno beta—. ¿Quieres otro café?

Daniel lo pidió, un tanto irritado por que su desayuno triunfal se viera empañado por su triunfo.

—¿Cómo sabías que estaría aquí?

—Te vi aquí una vez hace un par de meses y luego te he vuelto a ver un par de veces más. Supuse que sería una especie de ritual.

Permanecieron en silencio unos momentos. A Daniel le zumbaba la cabeza. Bajó la vista hacia los tejanos de Tina que se pegaban a sus pequeñas caderas como un guante. El ceñido suéter dejaba poco a la imaginación.

—¿No trabajas hoy? —preguntó con el máximo aire de indiferencia que le fue posible aparentar.

Ella captó el sentido y sonrió.

—He llamado diciendo que estaba enferma.

—¿Y lo estás?

—No, sólo cansada. ¿Tú no?

—Lo estaba. Ya no.

Ella sonrió de nuevo, mirándole los labios.

—Qué lástima; iba a ofrecerte una cama.

La entrepierna de Daniel se encabritó.

—¿Has terminado?

Pagó los desayunos y salieron los dos a toda prisa.

Mientras Jasmine saboreaba la superficie azucarada de su capuchino, recordaba como Careme había pasado volando por la cocina por la mañana, tarde ya, observó Jasmine, para ir a la escuela. Alta, delgaducha, con claros mechones de pelo brillante cayéndole por encima de la cara, tan preciosa sin esfuerzo alguno que a Jasmine se le encogió el corazón.

—¿Vendrás a cenar? —gritó a aquella ninfa vestida de blanco.

—De acuerdo —fue la respuesta.

Jasmine se preguntó, mientras recorría la desordenada cocina con la mirada, por qué todas sus inocentes invitaciones a comer acababan sonando como una orden del General Patton. Se encogió de hombros y absorbió el silencio de su casa. Una tortilla. Una perfecta tortilla clásica. Eso es lo que necesitaba. Cogió su sartén para tortillas. Y si alguien se lo hubiera preguntado habría estado lista para decirle que una sartén para tortillas sólo debe limpiarse con un trapo después de usarse, nunca fregarse, y que debe reservarse sólo para tortillas o huevos fritos solos.

Y si se lo hubieran preguntado, les hubiera dicho que calentaran una cucharada grande de mantequilla en la sartén hasta que espumara, que añadieran cuatro huevos batidos y sazonados y los removieran con un tenedor entre ocho y diez segundos, hasta que empezaran a espesar. Que apartaran el huevo ya cuajado hacia atrás e inclinaran la sartén para que la parte no cocinada se vertiera hacia los lados. Que dejaran hacerse la tortilla hasta que la parte inferior estuviera ligeramente dorada y la superior ligeramente cuajada, que luego la espolvorearan con queso parmesano y ladearan la sartén. Que usaran un tenedor para enrollar o doblar la tortilla, que la sacaran deslizándola a un plato caliente y que la sirvieran inmediatamente. Si le hubieran preguntado, Jasmine hubiera mencionado que en el interior de esta tortilla en concreto, había puesto puré de calabaza cocida con mantequilla, la había espolvoreado con queso parmesano rallado y luego había atacado.

Su mirada fue a dar en la cafetera especial para capuchino y rumió la idea de hacerse otro café. Sabía que sería un error. A las dos de la tarde tendría las pupilas dilatadas hasta más arriba de las cejas, pero la idea de la leche dulce, fragante y caliente y los granos de Arábiga resultó ser demasiado poderosa. Cogió su taza de café Starbucks de tamaño extra grande.

Bueno, el café se convirtió en café y pastel, mientras daba vueltas a un nuevo libro de cocina, que se convirtió en una reconfortante sopa caliente de guisantes y menta, que se convirtió en la prueba de una nueva receta de *brownies* de frambuesa. Después de una doble ración, Jasmine quedó libre para subir al baño del piso de arriba.

Se desnudó, dejando caer la ropa al suelo y se examinó tan meticulosamente como si fuera un pollo desplumado. Bien, dijo con un gesto de aprobación. Se mordió el labio. No exactamente material de revista. Sus pechos, en un tiempo opulentos, yacían ahora, como pellejos de vino, contra sus bien forradas costillas. La barriga se abolsaba en un rollo que parecía una pálida salchicha. Pero tenía la piel lisa y sin manchas, como si la hubieran tallado en mármol italiano de veta clara. Sus muslos eran pesados, pero sólidos, un portalón incitante al bosquecillo color caoba oscuro que emergía por debajo de su barriga. Se dio media vuelta, mirándose, seductora, con el rabillo del ojo, en el espejo, como una odalisca, y se examinó las nalgas, que aunque importantes, seguían manteniéndose en alto, como dos melones.

Abrió el agua caliente y puso manos a la obra. Volvió a examinar el envase. Henna de color castaño. Le prometía un pelo castaño sedoso y espeso. Era un antiguo secreto de belleza. La misma Cleopatra lo usaba y mira la vida sexual que había tenido. Jasmine olió el polvo verdoso. Olía a una mezcla de hierba segada hacía tiempo y estiércol. Se tocó los rizos, que eran cada vez más ralos y estaban salpicados de un gris metálico. Leyó las instrucciones impresas en la caja como si fueran una receta y utilizó una cuchara medidora para mezclar el agua y la henna. Lo revolvió todo bien, aplastando los grumos con el dorso de la cuchara. Luego, cerrando los ojos, se aplicó la mezcla en la parte superior de la cabeza. Se le quedó allí, como si fueran gachas de avena. Lentamente, fue masajeándola para que penetrara en el cuero cabelludo, limpiando los pegotes que le caían en la nariz. A continuación, se cubrió la cabeza con una bolsa de plástico y miró la hora en su reloj. Veinte minutos. Tiempo de sobra para mezclar y amasar el pan de romero y cebolla para la cena.

Una hora más tarde, se acordó del pelo y corrió a la bañera. Observó como el oscuro color de chocolate desaparecía en remolino por el desagüe y sonrió, esperanzada. Puso en marcha el secador y fue crepándose el pelo, tirando de las raíces para que los mechones se levantaran y ahuecaran, en abundancia, en torno a su cara. Paró el secador, retrocedió un paso y contempló su obra. Su pelo, que brotaba de su cabeza como la espuma de una botella de cerveza, previamente agitada, tenía el color de una berenjena madura.

◆ ◆ ◆

Tina se agarró un dedo del pie, con la uña pintada profesionalmente,
estiró la pierna hacia fuera, como una bailarina de ballet y respiró.
Daniel estaba tumbado encima de sus muchas y variadas almohadas
y cojines y sonreía, con el miembro dormitando como un cachorrillo
entre los rizos de la entrepierna.

Con un último estiramiento de pierna, Tina saltó de la cama. Se
envolvió en el albornoz de toalla y salió con paso suave de la habitación. Al volver, llevaba una bandeja cargada de platos con clara de
huevo duro picado, lonjas de pavo, temblorosos trocitos de tofu y un
plato enorme lleno de manzanas cortadas. Se acomodó con la bandeja entre las sábanas y codeó ligeramente a Daniel.

—Venga, ataca.

—¿Qué diablos es esto?

—Tu pasaporte a una salud y vitalidad estupendas.

—No lo creo.

Tina dejó caer un blando trozo de tofu en su boca, seguido de un
puñado de manzanas. Masticaba y emitía un rumor con una concentración estudiada.

—¿Qué estás haciendo?

—Estoy haciendo sitio para el sagrado acto de la digestión.

Daniel metió la cabeza debajo de la almohada.

—Ummm —murmuró ella—. No sabes lo que te estás per-
diendo.

Daniel sacó la cabeza y salió de la cama de un salto.

—Tengo que volver.

Tina le recorrió el cuerpo, detenidamente, calibrándolo.

—Apuesto a que crees que con desintoxicar es suficiente.

El ego de Daniel se marchitó frente a su penetrante mirada.

—Mira —continuó, metiéndose una cucharada de claras de huevo en la boca— lo sé todo sobre desintoxicar: polvos de psyllium, fro-
tado de piel, semillas de lino, spirulina…

—¿Spirulina?

—¿No conoces la spirulina? Es un limpiador y vigorizador de
gran potencia.

—¿Dónde lo encuentras?

—Yo tengo un proveedor especial.

—¿De verdad?

—Y por supuesto, la cuerda.

—¿Usas la cuerda?

—Cualquiera que practique la desintoxicación en serio lo hace.

Daniel se estremeció.

Tina lo observó, masticando, con pedacitos de huevo pegados a las comisuras de los labios.

—No estás tan comprometido, ¿verdad?

—Bueno…

—No, ya lo veo. Una gran evacuación diaria y ya te das por satisfecho.

—¿No es suficiente?

—No estamos hablando de evacuaciones, Daniel. Hablamos de revigorizarte. De convertirte en otra fuerza de la naturaleza. No vas a conseguirlo con unas caquitas. Mira, la desintoxicación es muy importante. Hemos de eliminar un montón de cosas, mucosidad, metales pesados, partículas residuales importantes que se han ido acumulando a lo largo de los años. Que están adheridas a las paredes del colon, obstruyendo nuestro tracto digestivo. Impidiendo la absorción de nutrientes vitales.

Tina se puso en pie y dejó caer el albornoz al suelo. Daniel tuvo que admitir que fuera lo que fuera lo que estuviera eliminando, el resultado era estupendo.

—No me interpretes mal, eliminar toxinas es un gran comienzo. Pero yo estoy hablando de un nuevo planteamiento de tus necesidades físicas y nutricionales…

El teléfono empezó a sonar, interrumpiéndola. Sólo que no era un timbre lo que se oía, sino la Quinta de Beethoven. El contestador se puso en marcha antes de que acabara el segundo compás.

—Oye Tina, que no voy a poder venir esta noche —anunció una voz masculina antes de que Tina llegara de un salto al aparato y bajara el volumen hasta dejarlo mudo. Miró rápidamente a Daniel, corrió hasta él y lo abrazó.

—¿Dónde estaba? —murmuró, enterrando la cabeza en su cuello.

De acuerdo, Daniel tenía que admitirlo, estaba celoso. No se le había ocurrido que ella conociera a ningún otro hombre.

—Tengo que irme —dijo, con una voz un poco malhumorada.

—¿Seguro?

—Del todo.

—¿Qué tal un poco de proteínas para el camino?

Le deslizó una mano por los pantalones y le bajó la cremallera. Con la otra, cogió una lonja grande de pavo. Cuando se la envolvió alrededor, él casi se echó a reír. Pero entonces, ella empezó a mordisquearlo.

—No puedes dejar los principios de la dieta Zone. Te dará una vitalidad que no podrás ni creértelo —murmuró deteniéndose un momento.

Daniel se dejó caer de nuevo en la cama, con los dientes apretados.

Después ella se acurrucó junto a él.

—Oye, Daniel, ¿no te alegras de que nos hayamos encontrado?

—Ah, sí —suspiró él, con su vitalidad plenamente restablecida.

Careme vestía de blanco. Pensaba que era lo apropiado. Se sentía como una doncella ante el altar. Miró hacia su sumo sacerdote que justo en ese momento estaba engullendo un buen puñado de galletas saladas a la mostaza. Careme se balanceó sobre sus tacones altos. Ella y sus amigas habían llegado temprano a la fiesta de Scott Meal. Demasiado temprano. Miró la hora en su reloj. Apenas las nueve de la noche. Pero estaba tan ansiosa por empezar que las había obligado a realizar a toda prisa el ritual previo de beberse sus seis cervezas en el coche. No se podía entrar en ninguna fiesta sin ese *tête-à-tête* alimentado por cerveza, que solía procurarles Alessandra, que la birlaba de la rebosante despensa de sus padres. Iban en coche, aparcaban cerca del lugar de la fiesta y luego se ponían cómodas para beber y planear la estrategia de la noche.

Alessandra se miraba atentamente en el espejo retrovisor, separando las pestañas de los ojos cargados de rímel. Lisa hizo una mueca mirando su cerveza.

—¿Guinness? ¿Qué es esto? Sabe a estofado de buey.

Alessandra se encogió de hombros.

—Es lo único que he podido encontrar. Hacen la compra mañana.

Careme miraba por la ventana, soñando con las miradas que atraería cuando entraran. Los suspiros de los chicos no elegidos, la envidia de las otras chicas. Se imaginaba abrirse paso entre la muchedumbre mientras se dirigía hacia Troy, que la esperaba, como un caballero andante, con la mano tendida hacia ella, su elegida.

Alessandra cerró la visera de golpe.

—¡Atención chicos, ahí vamos!

—A por todas —dijo Lisa

Pero ahora estaban allí, de pie, como enredaderas pegadas a la pared, en la sala de juegos de los bajos de Scott Meal. La casa, en River Road, ya existía en tiempos de Lafayette. El padre de Scott, director de la empresa de construcción más grande de la ciudad, la había restaurado y le había añadido canchas de tenis, una piscina y un circuito de minigolf de tamaño profesional. Ahora reinaba sobre el paseo ajardinado de Rock Creek, con sus tres pisos de altura y sus cuatro pretenciosas columnas blancas.

A los amigos de Scott se les pedía que usaran la entrada lateral que llevaba directamente, escaleras abajo, hasta una gran sala cavernosa, casi monástica. Unas sillas medievales de respaldo alto descansaban junto a unas paredes de color de oro deslustrado. Gruesas cortinas de brocado cubrían las cristaleras y había que forcejear con ellas para descorrerlas y ganar acceso al patio trasero. En esa temprana noche de octubre, se habían clavado antorchas entre los rododendros. No obstante, hasta aquel momento, los adolescentes se habían resistido al aire helado y se habían quedado repanchigados en los enormes sofás de piel que enmarcaban el centro de la sala, formando un cuadrado. Careme miró hacia donde Scott, anfitrión autoritario, le preguntaba a una invitada que acababa de llegar, si quería una cerveza de Baviera importada y muy difícil de encontrar o el vino «de la casa», un Château Margaux.

—No puedo parar de comer estas patatas; están más que buenas —Alessandra se metió otra en la boca—. ¿Qué son?

—Bluecorn, con montones de sal.

Auténtica hija de su madre, Careme conocía los productos de Sutton Place Gourmet como si fuera su propio ombligo.

—¿Has probado la salsa? Tiene algo genial...

—Anchoas, las huelo desde aquí.

La mano de Alessandra salió disparada hacia su boca.

—He traído dentífrico —dijo Lisa.

—Tengo que irme —dijo Alessandra saliendo a escape hacia el cuarto de baño.

—A veces traga como una verdadera cerda —comentó Lisa, al tiempo que dirigía la mirada hacia Troy—. ¿Ha hecho algo?

Careme negó con la cabeza.

—No te preocupes, ya lo hará. Lo que pasa es que todavía no está lo bastante bebido. Dale una hora y un par de cervezas más.

Careme asintió.

—¿Estás preparada?

Careme volvió a asentir y dio unas palmaditas al pequeño bolso que llevaba colgado del cuello con un delicado cordón.

—¿De dónde los has sacado?

—De la planificación familiar en la calle 16.

—¿No te vio entrar nadie?

—No.

—¿Qué tuviste que hacer?

—Nada. Estaban impacientes por sacárselos de encima. Yo sólo quería un par y ellos querían endosarme la caja entera.

—Mi madre me dio algunos. Quería que estuviera preparada, por si acaso.

—¿Por qué no me lo dijiste?

—No quería que ella pensara que los había usado. Los guardé en mi cómoda, los cinco, al lado de mi foto de cuando era bebé.

Alessandra volvió con una sonrisa reluciente.

—¿Qué ha pasado?

—Nada, los chicos se están emborrachando y nosotras estamos esperando.

Alessandra asintió, miró con ansia la salsa y bebió un sorbito de cerveza.

◆ ◆ ◆

Daniel se detuvo ante la puerta del dormitorio y le pareció oír el hermoso y tranquilo sonido del profundo sueño de su esposa. Sonriendo, abrió la puerta, centímetro a centímetro y se encaminó al baño con pasos silenciosos. Un clic de la lámpara de la mesita de noche y Jasmine se reveló, tendida a través de la cama, con el cuerpo desnudo cubierto provocativamente con su quimono de color frambuesa, el espacio entre los pechos profundo e invitador, el pelo crepado y moldeado en torno a la cabeza como un racimo de uvas.

—Hola —dijo ella, con voz queda.

Daniel se detuvo en seco.

Jasmine dio unas palmaditas en el colchón.

—Pensaba que no ibas a llegar nunca.

Daniel calculó a vista la distancia que lo separaba del cuarto de baño. El camino lo obligaba a pasar peligrosamente cerca de la cama.

—Dios, estoy hecho polvo —dijo, estirando los brazos hacia arriba.

—¿Un día duro?

—Matador.

Se frotó la nuca, como si llevara el peso del mundo posado en ella.

—¿Qué tal un masaje de espalda?

Jasmine alargó el brazo y lo cogió por la muñeca. Las manos de Daniel bajaron instintivamente para protegerse. Jasmine captó la indirecta y le bajó la cremallera.

—Ah —dijo él.

—Ummm —consiguió decir ella.

—Ah, ah, ah.

—Ummm, ummm, ummm.

Fue rápido. Jasmine se dejó caer de espaldas. Ahora le tocaba a ella. Daniel se inclinó y se dejó caer entre sus expectantes pechos. Aspiró el conocido olor y sonrió. Jasmine lo rodeó con los brazos y esperó. Él se hundió más y más profundamente. Ella esperó y esperó. No tardó mucho en darse cuenta de que Daniel tenía la boca entreabierta y una respiración regular, sólo sacudida, de vez en cuando, por un fuerte temblor que le recorría todo el cuerpo. Jasmine suspiró. Lastrada por el peso del cuerpo yacente de Daniel, con una mano buscó a tientas en el cajón de la mesilla de noche. Sacó un paquete de cigarrillos y un encendedor. Encendió un cigarrillo, dio una calada con todas sus fuerzas y dejó caer la cabeza hacia atrás, mientras la nicotina le inundaba el cerebro, sosegándolo. Daniel arrugó la nariz sin despertarse.

6

A la mañana siguiente, Careme enterró la cabeza debajo de la almohada y se preguntó, durante un segundo, cuánto tardaría en ahogarse. Cuando, finalmente, abandonó la idea y se dio media vuelta en la cama, vio el vestido blanco que se había quitado, a tirones, la noche anterior. Estaba en el suelo, como un charco de frustración virginal. Dejó escapar un gemido, mortificada. Su doncellez no deseada. Sus labios no deseados. Su carne no deseada. Durante tres horas estuvo sentada en el borde del sofá, como una paloma añorada, esperando pacientemente que Troy hiciera un gesto. Acunó su única botella de cerveza hasta que el último trago estaba tan caliente y lleno de saliva que casi le dieron náuseas. Se mantuvo apartada de la salsa tóxica y los fritos Blue Corn. Sólo cuando el reloj dio la medianoche y Troy se marchó, dando traspiés con sus amigotes, sin mirar atrás ni una sola vez, admitió su derrota.

Quizá era su aliento. Hizo un cuenco con las manos delante de la boca y espiró y olió. No. Quizá fuera aquella franja de celulitis fijada tozudamente a la parte trasera de los muslos. Pero él no podía verla. La tapaba cuidadosamente el borde del vestido. Debió de adivinarlo, porque no se movió del lado de sus amigos en toda la noche, bebiendo y eructando, jugando al billar y pavoneándose y sin mirarla ni una sola vez. Había oído que a las chicas las dejaban tiradas después del acto, pero nunca antes.

Las lágrimas se agolpaban en los ojos de Careme. Nunca se le había ocurrido pensar que pudieran rechazarla. Pensaba que el orbe entero quería acostarse con ella. Y ahora ya no estaba segura. El único tío con el que ella quería acostarse, no quería. Se apartó de la cama lloriqueando. Conocía a un tipo que la quería. Iría a buscarlo y él haría que se sintiera mejor. Bajó sin hacer ruido a la cocina, donde estaba segura de que él estaría tomándose sus cereales.

Abajo, sola, Jasmine estaba sentada, absorta en la sección Estilo, leyendo y releyendo el primer párrafo del artículo principal por décima vez. Llevaba en ello media hora, leía, caía en la cuenta de que no se había enterado de nada, tomaba otro sorbo de café y empezaba de nuevo. Cuando entró su hija, demasiado flaca y, evidentemente, de mal humor, Jasmine empujó un cuenco con fruta hacia ella. Careme ojeó la oferta y eligió una pera, en lugar de un plátano, porque tenía menos calorías. La cortó en lonjas finas como obleas y las mordisqueó como si fuera un conejo. Contempló a su madre.

—¿Qué te has hecho en el pelo? Parece morado.

Jasmine levantó la vista hacia su hija, con una mirada tan afilada como el cristal tallado. Careme abrió unos ojos como platos y luego parpadeó y miró hacia otro sitio. Jasmine volvió a su periódico y su cuenco de helado de vainilla con vetas de praliné caramelizado. Era muy consciente del aspecto que debía de presentar. Se había vertido café por encima del quimono y tenía el pelo, grasiento por todos los gels que había usado, pegado a la nuca. Había permanecido toda la noche junto a Daniel, con la mirada clavada en el techo, contando las manchas de humedad. Su cuerpo bruñido, acicalado y perfumado, se había ido quedando frío hasta que por la mañana parecía, allí tumbado, una gelatinosa bolsa de basura.

Mientras se iba llevando, metódicamente, cucharadas de helado a una cara que sabía que tenía pegotes de maquillaje viejo, miró a su hija. Observó la piel lisa, los huesos pronunciados, el pecho que subía y bajaba con una respiración llena de energía. Los dientes puntiagudos que mordisqueaban el fino trozo de pera, la sangre que latía delicadamente en la sien… esa bestia, esa bestia que ella había creado, le había chupado la vida.

—¿Qué? —dijo Careme.

Jasmine hizo un movimiento desaprobador con la cabeza y apartó los ojos.

Careme resopló.

—Bueno, yo por lo menos no estoy como un barril.

Jasmine dejó caer la cuchara ruidosamente.

—Me gustaría recordarte que cuando naciste derramé mi sangre por ti. La sangre que late en esas sienes huesudas tuyas es mía. Ese corazón de hielo está hecho de mi carne. Esas piernas y esos brazos chuparon cada gramo de calcio de mis huesos. Y esos ojos y ese pelo se formaron en este mismo vientre. Así que si tienes algún problema con mi aspecto, peor para ti. Tú eres yo.

—¡Nunca!

Jasmine le sonrió como alguien que sabe de que habla. Careme le devolvió una mirada furiosa.

—¿Dónde está papá?

Jasmine volvió a su periódico.

—Está muerto. Me senté encima de él.

Después de que Careme se marchara corriendo, Jasmine se recostó y examinó sus dominios. Diez años atrás, ella y Daniel compraron su casa en Georgetown. En Georgetown oeste, como una habitante del barrio le había dicho una noche en una reunión de la asociación de vecinos, mirándola desdeñosa, dándole a entender que incluso en una zona tan pequeña como aquella se las habían arreglado para dividirse por categorías. Y era verdad que las pequeñas casas de madera de su calle parecían las dependencias de la servidumbre comparadas con las imponentes mansiones de ladrillo de otras manzanas. Sin embargo, todas costaban un riñón y parte del otro y la única razón de que Daniel y Jasmine hubieran podido permitirse comprar aquella casa era que habían asesinado a alguien en ella. En realidad, Jasmine estaba convencida de que todavía se podían ver manchas de sangre en el entarimado del dormitorio. No fue un asesinato que se ganara el honor de aparecer en los titulares, sobre todo porque el tipo al que un ladrón había pegado un único tiro en el corazón era un pobre viejo que vivía solo. No era lo bastante sexy para las noticias de las seis. El hijo del viejo vino desde Carolina del Norte y puso la casa en venta inmediatamente. La venta se cerró en dos días. Jasmine se quedó atontada en los peldaños de la entrada, con el contrato en la mano y las cintas amarillas con «No pasar» de la policía todavía pegadas en la puerta.

Lo primero que hizo fue instalar cerraduras de seguridad. Lo segundo, recortar el seto detrás del cual, según le habían dicho los policías, se debió de ocultar el ladrón para vigilar cuando entraba su presa en la casa. Una casa que tenía el tamaño de una casa de muñecas. Un sótano diminuto como un calabozo, una sala de estar pequeña como una pepita de oro, una cocina y una antecocina del tamaño de un bocado en la planta baja y una estrecha escalera que llevaba a los dos dormitorios y el pequeño cuarto de baño del piso superior.

Trabajando casi prácticamente sola, derribó la pared trasera de la sala y añadió un pequeño invernadero. Encaló el sótano y lo llenó con su segundo frigorífico. Y luego puso la mira en la habitación de sus sueños.

Fundió la pequeña cocina y la oscura y mohosa antecocina en un paraíso de cocina, metálica, con luces y electrodomésticos empotrados. Al fondo, donde antes se oxidaban los viejos fogones manchados, puso una enorme mesa de trabajo de mármol. Donde habían estado, rezumando, los viejos bidones de aceite, colocó un aparador de vivo color azul turquesa. Y en el sitio donde encontró el esqueleto de un gato patilargo, instaló una librería de un metro ochenta de ancho por tres metros de alto, atestada de libros de cocina.

Lo había diseñado ella sola, por completo. Era la cocina de una cocinera. Los quemadores no estaban situados dos delante y dos detrás, sino en una larga hilera de cuatro, al fondo de la encimera de madera de arce. De esta manera no tenía que inclinarse por encima del fuego cuando cocinaba en varios quemadores al mismo tiempo. Además, así había más espacio para trabajar delante. Sus cuarenta y tantas hierbas y especias estaban pulcramente colocadas en una estantería para especias gigante, que le había hecho Daniel. Su cocina contaba con todos los extras: el horno de piedra para pizzas, la olla a presión y vapor encastrada, el espeto múltiple para *kebabs* especial para su horno. Pero su mejor invento era su tabla de corte abatible.

Un enorme bloque de dura madera de arce que podía bajarse para dejar al descubierto su colección de cuchillos.

Era en esta habitación donde, cada día, se sentaba y preparaba recetas sacadas de las imágenes de su cabeza. Probaba y volvía a probar, buscando la receta perfecta, el bocado más sencillo y más delicioso. Luego reunía todas las recetas e intentaba trenzarlas como ristras de ajos para convertirlas en una obra de arte satisfactoria.

Jasmine se situaba a sí misma en una larga línea de visionarios: Françoise Pierre de La Varenne, Auguste Escoffier, Marie-Antonin Carême. Se adhería a la línea francesa clásica y trataba sus enseñanzas como una religión. Estaba totalmente de acuerdo con Brillat-Savarin cuando dijo que un nuevo plato hacía más por la felicidad del género humano que el descubrimiento de una nueva estrella. Reverenciaba a La Varenne, ese genio que había ideado la salsa rubia, el primer fumet de pescado y las exquisitas *duxelles* que bautizó con el nombre de su jefe. Ah, qué días aquellos en que los hombres eran glotones y estaban orgullosos de serlo. Los días en que la comida era tratada como algo precioso y no como algo que hay que evitar como si fuera lepra. En lo más profundo de sus entrañas, Jasmine estaba convencida de que había nacido en la época equivocada. Cuando las cosas se ponían mal de verdad, cerraba los ojos y pensaba en Luis XIV comiendo, un plato tras otro, su cena habitual de tres sopas, cinco primeros platos, tres aves, dos pescados, una variedad de verduras, un asado, marisco y postre. Y culminaba el conjunto con unos cuantos huevos duros. ¡Qué hombre! ¡Qué placer debía de ser cocinar para él! Por supuesto, no todo era miel sobre hojuelas. En 1671, el *chef* que trabajaba para la princesa de Condé se tiró sobre su espada cuando un plato de pescado no estuvo listo a tiempo. Pero así era la vida. Un asunto difícil.

Tomaba notas exactas, probaba cada receta cinco veces, por lo menos, contestaba todas y cada una de las numerosas cartas que recibía de sus admiradores. Lobos solitarios que clamaban en la noche en busca de compañerismo culinario. Así es como ella los llamaba. Almas gemelas que no pestañeaban ante una receta para menudillos ni les daba un repeluzno si tenían que añadir sangre a una salsa final. Gastrónomos que no vivían presos de la culpa habitual que hoy parece acosar a los aficionados a la comida. En su mayoría, eran gente mayor, algunos retenidos como rehenes hambrientos en casa de sus hijos vegetarianos. De vez en cuando, recibía una nota de un adolescente que estaba cansado de las delicias de algarroba que su madre *hippy* traía de la tienda de alimentos naturales y que ansiaba la delicia decadente y prohibida del auténtico chocolate. A veces, era sólo el hombre corriente que anhelaba el visto bueno para saltear sus cebollas en mantequilla y no en aquella margarina baja en grasa, ahora omnipresente.

Jasmine se felicitó al mirar a su alrededor. Esta era su habitación, su dominio, su salón, su refugio. Y cuando el mundo se volvía demasiado grande para ella, demasiado sucio, grosero e insensible, se metía en su cocina, se sentaba en una silla de respaldo alto y se empapaba de la presencia de sus cacharros de metal, confabulados con ella. Eran su ejército, ella era su general y cualquier campo de batalla era suyo con sólo quererlo. La vida, pensaba, nunca era tan simple como cuando se ponía a cocinar.

Tina, en su apartamento, estaba nerviosa pensando qué hacer a continuación. Había estado leyendo libros de afirmación, escuchando cintas por la noche mientras se iba quedando dormida y todos le decían que podía ser quien quisiese, siempre que entonara frases de afirmación diez veces al día durante los próximos treinta días. Y si no veía una mejora notable en su situación, le devolverían el dinero, se lo garantizaban. Así que se sentó y garabateó unas cuantas cosas. Después de todo, averiguar qué quieres ser es toda una tarea. Significa decidir qué es lo que ya no quieres ser. Porque no puedes ser una *prima ballerina* y también la Presidenta de Estados Unidos. Sencillamente, no hay tiempo suficiente. Además, ¿quiénes constituirían el electorado que la impulsaría a la Casa Blanca? ¿Las pequeñas hadas de dulce de ciruela? ¡Por favor! No se puede ser esposa y madre y la nueva Mata Hari a la vez. De hecho, tienes que decidir entre ser esposa o amante, pero eso es otra historia. Ni siquiera puedes ser poeta laureada y estrella de cine. Nunca volverían a tomarse en serio tus escritos. Así pues, el camino a seguir empieza eligiendo. Y es una elección difícil… irreversible. Tina, sentada frente a su mesa de centro de cristal, lo pensó muy bien y luego empezó a escribir. Limitó sus afirmaciones a cuatro, como indicaba el libro. Eran

> Soy una actriz famosa
> Soy una mujer adinerada
> Soy la esposa de un hombre rico
> Soy una invitada habitual de *Good Morning America*

Miró la última anotación un buen rato. Para ser sincera, tenía que admitir que ese era su más ferviente deseo. GMA. Eso sería el no va más. Practicaba con mucha frecuencia. A menudo, por la noche, antes de quedarse dormida, concedía entrevistas imaginarias a Joan Lunden, sonriendo, modestamente, mientras Joan se deshacía en elogios sobre su última actuación y trataba de desvelar su última aventura amorosa (por eso, resultaba difícil de reconciliar con el número tres de la lista, pero tendría que asegurarse de casarse con alguien comprensivo, que tuviera un trabajo flexible, que pudiera quedarse en casa con los niños mientras ella viajaba para filmar exteriores). Y claro, filmando exteriores, con el protagonista masculino, ¿qué se puede esperar? Es casi una conducta obligada, favorecida para hacer que los jugos creativos fluyan, por así decir. Pero, por supuesto, sería excepcionalmente discreta. Imaginaba la ropa de diseño que llevaría, la maquilladora que se precipitaría hacia ella blandiendo la borla de polvos, y el cesto de fruta y el capuchino que la esperarían en su camerino. El tono perfecto que fijaría entre una joven genial y llena de talento y una seductora mujer de mundo.

Tina se puso en pie y fijando la mirada en el espejo repitió solemnemente sus afirmaciones diez veces, fijándose mucho para ver si se producía algún cambio instantáneo.

Jasmine, sentada en el despacho de Missy Cooperman con una caja de sus muy populares milhojas de crema de caramelo y café en las rodillas, observaba el funcionamiento de la pequeña sección del periódico dedicada a la cocina a través del cristal de la ventana del despacho de Missy. Estaba allí para lanzar una idea para un artículo. Missy, alardeando de lo ocupada que estaba, la hacía esperar. Por fin, miró por encima de las gafas.

—No tardo ni un minuto —dijo y apretó un botón de su interfono—. Tim, resérvame mesa en Chez Gerard's, para cuatro, a la una y media.

Su ayudante, Tim, que tenía la mesa justo al otro lado de la puerta, asintió con la cabeza, porque tenía la boca llena de mil hojas de crema. Jasmine trató de no pensar en la gloriosa comida que Missy y sus pocos elegidos iban a tomar con cargo a la amplísima cuenta de gastos de Missy.

—Veamos, ¿qué tenemos aquí? —dijo Missy con poco entusiasmo, cuando Jasmine depositó la caja abierta encima de su mesa.

—Una tontería de nada, para ayudarte a acabar el día.

—Qué amable —dijo, sin alargar la mano hacia la caja. En cambio, se quitó las gafas, se sacudió unas migas invisibles de la chaqueta y entrelazó las manos—. Estoy lista.

Jasmine observó las artísticas fotos de frutas en blanco y negro, colgadas detrás de la mesa, las fotos de Missy estrechando la mano de famosos *chefs* franceses, los libros de cocina ilustrados, de gran formato, amontonados donde debería haber estado su bandeja de asuntos pendientes. Sabía que iba a ser una venta difícil, pero había venido preparada. Se inclinó hacia delante y empezó.

—Me gustaría hacer un artículo sobre la grasa.

Missy torció el gesto como si el olor a mantequilla rancia se hubiera filtrado a través de los finos cartílagos de su patricia nariz.

—Grasa —murmuró.

—Y su magnificencia.

—No consigo ver la relación.

—Me gustaría hacer un artículo diciendo la verdad. Diciéndole al mundo que la grasa no es tan mala. Que podría hacerle mucho bien al mundo. Quiero decir, todos vamos a morir de todos modos, así que mejor sería morir felices, ¿no?

—La idea es no morir.

—¿Nunca?

—Preferiblemente.

Missy alisó un cabello rebelde, devolviéndolo al redil de su rubia melena. Jasmine no sabía cómo seguir.

Missy dio unos golpecitos con la pluma en la mesa.

—A mi público le interesa la comida como medicina. La comida como intervención. Lo que comamos determinará el estado de nuestra vida en los años venideros.

Jasmine no supo qué contestarle. Probó con otra táctica. Se movió en el asiento y bajó la voz.

—Pero, ¿es que el mundo no ha conspirado ya lo bastante contra tus lectores, ofreciéndoles contenidos bajos en calorías, píldoras de régimen y libros de dietas? Cuando están pidiendo a gritos ese cálido abrazo que sólo proporcionan las grasas. Y hasta que lo consigan, sólo un poquito, no estarán satisfechos. Nunca. Así que les doy un pequeño abrazo. Démosles a tus lectores grasas con una G mayúscula para ayudarles a acabar el día y ser felices. Mira este milhojas, por ejemplo —prosiguió Jasmine, inclinándose y cogiendo un pastelillo—. Podrías decir que engorda. Pero, en realidad, es un pedazo de cielo en la tierra. El hecho de que yo pudiera coger unos ingredientes que separados no son comestibles como mantequilla, azúcar, harina y café molido y mezclarlos para crear este, este...

Tomó un enorme bocado y cerró los ojos mientras saboreaba el relleno de café, cremoso y almibarado. Missy retrocedió. El despacho estaba en silencio, salvo por el sonido de una masticación pegajosa. Jasmine volvió a abrir los ojos y continuó:

—Es como una religión, en cierto sentido. Las grasas como Dios. Si les volvemos la espalda, la gente lo buscará por caminos extraños. Por ejemplo, en un materialismo rampante o en cultos satánicos o en bolsas de un tamaño enorme llenas de patatas fritas sin grasa que comen y comen y no pueden dejar de comer, porque lo que de verdad buscan es grasa —Jasmine se detuvo, esperando una respuesta, pero los ojos de Missy ni parpadearon. Jasmine se inclinó hacia delante para rematar la faena—. Cuando vas al fondo de la cuestión, ¿no es la grasa una forma de amor por uno mismo? Permitirte tomar grasas. Deleitarte en hacerlo. ¿Qué mayor amor puede haber?

En la cara de Missy había una expresión peculiar. Parecía resentida, dolida. Sus dientes, raramente al descubierto, parecían los colmillos de un lobo, brillando a la luz del despacho. Jasmine comprendió, de súbito, que Missy se estaba riendo. Reía como si le doliera su negro corazón y se apretaba el pecho, débil por el regocijo. Jasmine guardó su idea de nuevo en su cabeza, como si fuera en una cartera de colegial.

Missy se secó el rabillo de un ojo con un Kleenex y miró el reloj.

—¿Alguna otra idea? —preguntó, autoritaria.

—Esa era mi idea.

Missy pulsó su interfono. Tim asomó la cabeza por la puerta entreabierta, con la nariz todavía un poco manchada de relleno de caramelo.

—¿Sí?

—Tráeme las carpetas de los patés de régimen para untar.

Jasmine abandonó el despacho de Missy sin decir una palabra.

Betty permanecía sentada, rígida, en el sofá de su sala de estar mientras su fuerza de voluntad la iba abandonando como una fuga de aceite. Un hombre horrible. Sádico, cruel. ¿Cómo había podido? Flores, que le diera flores. O perfume. O un pañuelo de seda para el cuello, de colores alegres. Pero no; llega a casa, evidentemente sintiéndose culpable por algo, demasiadas noches hasta muy tarde en el trabajo, un jefe que le exige demasiado, y ¿con qué aparece? Con una caja de bombones. Una caja de un kilo de bombones Godiva. Cremoso chocolate con leche envolviendo avellanas enteras, copos de naranja y chocolate amargo, remolinos de chocolate blanco y frambuesa. Había tomado dos, educadamente, ante sus indulgentes ojos, con el paladar prácticamente agarrotado frente a aquel capricho prohibido. Y luego, había cerrado, con firmeza, la tapa, había envuelto la caja en fino papel transparente, la había guardado dentro de una bolsa y luego la había metido en el congelador. Para conservarla. Para una ocasión especial. Cuando no los deseara con tanto anhelo.

Y ahora estaba allí, en la sala, a sólo quince pasos del congelador. Los bombones la llamaban como si fueran niños y ella apretaba fuertemente los ojos, a punto de echarse a llorar, esforzándose por no oír sus gritos.

Se puso de pie, apretando las manos contra el pecho. Respirar profundamente. Eso es. Respirar profundamente. Quizás una siesta ayudaría. Por lo general, funcionaba. Sí, dormir le iría bien. Sería reconfortante, sosegador.

Pesadamente, cruzó la sala de estar, blanca e inmaculada, con las cortinas blancas y las fundas de sofá blancas a conjunto, hasta el pie de las escaleras. Frotó la abrillantada madera del pasamanos. Y mientras empezaba a subir lentamente se preguntó si su marido iba a volver tarde también esa noche.

Careme estaba confusa. Ahora parecía que Troy no quería dejarla ni un momento. Por la mañana, en clase, no paró de mirarla fijamente, como si hubieran hecho algo, sonriéndole con complicidad, como si los dos compartieran un secreto erótico. Lisa le dio un golpecito con el codo, enarcando las cejas.

Luego pasó junto a ella en el vestíbulo, muy cerca, y rodeándole el cuello con su fuerte mano, le susurró al oído:

—Estabas estupenda anoche.

Y luego siguió su camino, dejando a Careme sin habla y haciendo que llegara tarde a clase.

Después del timbre de las tres, la estaba esperando en el aparcamiento. Solo. Llevaba un libro de cálculo y su chaqueta de cuero marrón. Ella bajó los ojos y miró sus botas de deporte, con los cordones desatados, siguió hacia arriba por los pantalones de pana negra, más arriba de la camisa blanca, más arriba de la nuez, hasta sus labios.

Y se paró delante de él.

—Hola —dijo él.

Ella metió el vientre hacia adentro. Quizá no fuera demasiado tarde. Quizá sucediera esta tarde. Vaya sorpresa se llevaría Lisa.

Troy ladeó la cabeza.

—¿Vamos a algún sitio?

—Podríamos ir a mi casa.

Él sonrió y, alargando el brazo, le recorrió la cadera, de arriba abajo, con un dedo.

—Lo que quería decir es si tienes tiempo para charlar un rato.

Careme se murió con una muerte silenciosa, rápida y horripilante. Aguantó la respiración.

—Podríamos ir a mi casa —repitió él, imitándola, y luego se echó a reír, mostrando los dientes, blancos, limpios, grandes.

Careme podía sentir como todo el aparcamiento vibraba con su risa. Fijó la vista en sus deportivas. Él se inclinó para sonreírle, mirándola a los ojos.

—Tienes que controlar la velocidad.

Pese a todo, Careme seguía sin poder moverse. La empujó, como jugando, y luego dejó descansar la mano, fuerte y cálida, encima de su hombro.

—Venga, vamos, te llevaré a casa.

Jasmine se quedó sorprendida por los ojos de Troy. La penetraban hasta lo más profundo. No era habitual. Lo habitual era que los chicos de esa edad la atravesaran con la mirada, como si no existiera. Era una pared, la acera, el cielo mate y gris. Pero Troy se detuvo y la miró directamente a los ojos como si estuviera rebuscando en un armario.

—Este es Troy —anunció Careme, señalando a un adolescente alto y delgado que estaba detrás de ella. Llevaba la gastada camisa blanca estilo Oxford arremangada, dejando al descubierto unos antebrazos fuertes y lampiños—. Mi madre.

Troy sonrió, le tendió la mano y dijo:

—Usted escribe libros de cocina.

—Sí —respondió Jasmine, sorprendida.

—Tengo un montón.

—¿De verdad?

—Sí. La amiga de mi padre me regaló uno. Trataba de hacerme engordar. Me metí de lleno y empecé a comprármelos yo.

Careme tiró de la mano de Troy.

—Sólo queremos coger algo de beber y luego nos vamos arriba.

Troy no se movió.

—Me entusiasmó *Úsalo o piérdelo*.

Jasmine sonrió.

—¿En serio?

—Mamá, por favor. Troy, ¿qué quieres tomar: Pepsi, zumo de naranja?

—¿Te apetecería una copa de vino?

Careme clavó la mirada en su madre, pero ésta contemplaba fijamente a Troy.

—Me encantaría —dijo él.

Jasmine se dirigió a la cocina, precediéndolos. Metió la mano en el armario y sacó un excelente Saint Emilion. Troy trepó a uno de los taburetes altos junto a la mesa de trabajo central.

—Careme, ¿por qué no bajas las copas, tesoro?

—Vamos a llevarnos los vasos a mi habitación.

—Como quieras —Jasmine sacó el corcho con facilidad y limpió el borde de la botella.

Troy miró alrededor como si la habitación fuera un estudio.

—Oye, no, tomémoslo aquí. ¿Así que es aquí donde trabaja?

—Bueno, escribir, escribo casi siempre en el dormitorio.

—Pero es aquí donde hace sus creaciones.

Careme soltó un resoplido. Jasmine se rió y sirvió tres copas de gran tamaño. Sacó unas *quiches* de queso del frigorífico y las metió en el horno.

—Mamá, no tenemos hambre.

—Yo sí —dijo Troy, haciendo girar el vino en la copa. Lo olió y luego lo bebió cuidadosamente. Sus carnosos labios se fruncieron en un mohín mientras paladeaba el regusto. Ladeó la cabeza.

—¿Cereza y vainilla?

—Bien. Y también algo de moras, me parece.

—Un final agradable. Dulce y maduro, pero firme.

—Exacto, yo también opino lo mismo.

Careme tomó un sorbo e hizo una mueca. Apartó la copa y fue al frigorífico a buscar un vaso de agua fría. Sus finas manos picotearon en el racimo de uvas de encima de la mesa. Troy se instaló cómodamente.

—¿Sabe?, últimamente, he cocinado bastante —dijo.

—¿Algo en especial?

—Me gustan las salsas. Ya sabe, bechamel, holandesa... Esta semana estoy trabajando en una buena *soubise*.

—Ah, un hombre de salsas.

—Ahí se decide la suerte de un cocinero, dicen.

—Tienen razón. En mi opinión, el secreto de la *soubise* es la calidad de la cebolla. Apuesto a que si usas Vidalia, los dejarás boquiabiertos.

—¿Usted cree?

—Seguro.

—¡Muy bien! Es el primer consejo que me da una gran autora de libros de cocina —Se volvió para sonreírle a Careme, pero Careme estaba royendo una uva y fulminando a su madre con la mirada. Troy volvió a Jasmine—. Me sorprende que a Careme no le guste cocinar.

—No hay sitio —dijo Careme.

Jasmine se echó a reír.

—¿Sabes?, es verdad.

—Me parece que está celosa —dijo Troy, guiñándole un ojo a Jasmine mientras se inclinaba para darle unas palmaditas a Careme en la cabeza.

Careme clavó la mirada en la mano de Troy. Jasmine cayó, de súbito, en la cuenta que ella y el posible novio de su hija estaban hablando de ésta como si no fuera más que una latosa niña de tres años, sentada en el suelo, chupando limones.

Jasmine sacó las diminutas *quiches* del horno. Colocó las seis burbujeantes tartas en su fuente favorita. Troy revisó la enorme librería junto a la ventana.

—Guau, ¡qué montón de libros!

—Arriba hay más. Me he quedado sin sitio.

—Me encantan los libros de cocina.

—¿Te gustaría llevarte alguno?

—¿De verdad?

—Tengo ejemplares repetidos.

—¿Seguro?

—Cariño, ¿por qué no vas y traes los dos últimos libros de Marcella? Tengo dos ejemplares de cada uno. Están al pie de las escaleras.

Careme ladeó la cabeza. Troy le puso la mano en la rodilla.

—¿Lo harás por mí? —suplicó.

Careme se marchó, a regañadientes. Jasmine puso el plato de *quiches* delante de Troy.

—Come —ordenó.

Troy mordió la *quiche* con una mezcla tan suculenta de delicadeza y pasión que Jasmine tuvo que parpadear.

—Oh, Dios, oh, Dios, oh, Dios —salmodió.

Jasmine cogió una también y la probó profesionalmente, diseccionando cada bocado en sabores separados.

—¿Qué opinas? ¿Un poco más de nuez moscada? —inquirió.

—Están del car... quiero decir, a mí me saben perfectas.

—Mmmmm —Jasmine tomó otro bocado.

No apartaron los ojos uno de otro mientras comían.

—¿No ha dado nunca clases? —preguntó Troy finalmente.

—No tengo tiempo.

—Es una lástima. Apuesto a que sería estupenda. A mí me iría muy bien una buena maestra —dijo, mirándola fijamente a los labios.

Careme regresó y dejó caer los dos libros delante de Troy.

—Guau, Marcella Hazan. Me encanta —levantó la vista hacia Jasmine y sonrió—. No tanto como usted, claro. Vaya, ¿estos son los últimos?

—Recién salidos de imprenta.

—Vaya, muchas, muchas gracias. Mira esto, Careme, Pato con tocino salado y olivas.

—¡Puaj!

Troy señaló los libros con la cabeza.

—¿Ha hecho alguno de estos platos?

—Las *quiches* que estás comiendo, por ejemplo. Página trece. Estoy haciendo la crítica del libro.

—¿Quiere decir que soy parte de un artículo? Guau, ¡casi nada! ¿De verdad quiere decir que participo en lo que escribe? Eso es guay, ¿no te parece, Careme?

—Tengo que ir al baño —respondió Careme.

Y salió de la cocina lanzándole una mirada llena de odio a su madre. Jasmine se bebió el último sorbo de vino.

—Bueno, será mejor que vuelva al trabajo.

—Sí, yo también tengo que marcharme.

Jasmine envolvió rápidamente las *quiches* en papel de aluminio.

—Toma. Llevátelas. Aquí tenemos demasiada comida.

—Gracias, señora….

—Jasmine.

—Jasmine.

Se quedó mirándola fijamente. Jasmine bajó la vista a sus manos.

—Bueno, pues… —alcanzó a decir él y luego se detuvo— Gracias de nuevo —dijo finalmente y luego desapareció dirigiéndose hacia el ligero ruido del agua del cuarto baño.

Jasmine cogió la copa de su hija, todavía llena, y bebió un largo trago, tratando de apagar todas las llamas que parecían haberse encendido espontáneamente en todas las partes erógenas de su cuerpo.

Careme estaba al lado de la puerta de la calle cuando Troy salía de la cocina con sus *quiches*. Le abrió la puerta de par en par y lo invitó a pasar, con un ademán que parecía el pase de un torero.

—Venga, vamos, Careme.

—Hasta la vista.

Troy alargó la mano y trazó una línea hacia abajo, desde en medio de las clavículas hasta el borde de su camiseta sin mangas.

—¿Estás furiosa conmigo?

—¿Por qué no te vas a casa y comes?

—Sólo estaba siendo amable.

—Ya, ya.

Troy resiguió el contorno de sus pechos pequeños como mandarinas.

—Te prometo no volver a ser amable nunca más.

Careme sonrió.

—¿Lo prometes?

El dedo de Troy continuó bajando la fuerte pendiente hacia el cóncavo vientre.

—¿Por qué no vamos a tu habitación?

—No podemos. Ella está aquí.

—Podríamos coger el coche e ir a algún sitio.

Careme puso los ojos en blanco.

—Eso es tan de instituto.

Troy soltó una carcajada.

—No permita Dios que actuemos de acuerdo a nuestra edad.

—Ya sabes qué quiero decir.

Troy observó su mohín, sus ojos abatidos, sus brazos cruzados. Sopesó las *quiches* que llevaba en la mano y tomó su decisión.

—Tienes razón —dijo. Metió la mano en el bolsillo para coger las llaves y salió a la calle.

Los ojos de Careme se abrieron como platos, con sobresalto.

—¿Adónde vas?

—A casa.

—¿Por qué?

—Me queda mucho por estudiar.

Careme trotó detrás de él.

—Pero…

Se quedó mirándolo fijamente mientras él colocaba las *quiches*, con mucho cuidado, en el asiento de atrás de su viejo Subaru azul.

—Te llamaré —dijo él, sonriéndole antes de meterse dentro del coche.

Careme dio unos golpes en la ventanilla. Él la abrió.

—Quizá podríamos estudiar juntos —sugirió.

—Mmmm, mejor no. No haríamos nada.

—Pero…

—¿Eh?

—Pensaba que de eso se trataba.

—Sigue pensándolo.

Troy puso la primera y, guiñándole un ojo, arrancó con gran chirrido de neumáticos. Careme lo siguió con la mirada fija, presa del pánico, convencida, una vez más, de que su madre acababa de arruinarle la vida.

—¡Careme! —llamó Jasmine cuando oyó cerrarse la puerta de la calle. No hubo respuesta—. Careme, cariño, ven un segundo.

Careme fue y encontró a su madre acunando su copa de vino, con la mirada vidriosa, fija en el jardín en penumbra. Jasmine volvió la cara hacia Careme y le sonrió con su sonrisa maternal, que a punto estuvo de hacer que Careme se subiera por las paredes.

—Qué agradable es Troy, ¿verdad? No habías hablado de él.

—¿Y?

—Nada, sólo que parecía agradable, eso es todo.

—Muy bien.

—¿Vosotros dos…? —se detuvo.

—¿Qué?

—Bueno, ¿qué si os estáis viendo?

—Nos vemos todo el tiempo.

—Ya sabes qué quiero decir.

—Da igual. Tengo que hacer deberes.

—¿Por qué no comes algo? ¿Qué has comido hoy?

—Suficiente.

—¿Cómo qué? No he visto que desayunaras.

—No todo el mundo desayuna.

—Es buena idea.

Careme se encogió de hombros.

—Venga, cómete una pera o algo.

—No tengo hambre.

—Tú crees que la delgadez es atractiva, pero no es así.

—Eso díselo a las revistas.

—Ah, así que ese es el juego. Quieres ser modelo.

—Yo no he dicho eso.

—Entonces come.

Careme se dio media vuelta para marcharse.

—Careme.

—¿Qué?

—Puedes hablar conmigo, ¿sabes?, sobre cualquier cosa.

Careme clavó una mirada impasible en su madre. Jasmine enrojeció, pero siguió hablando.

—Sobre los hombres y las relaciones. Cuando quieras. Creo que sería buena idea que hablaras conmigo.

—¡Oh, mamá…!

Careme alzó los ojos al cielo y se dirigió a su habitación. Jasmine se recostó en la silla y pensó como, sólo ayer, ella era el mundo entero para Careme, como su hija de tres años salmodiaba en el baño lo mucho que quería a su mamaíta. Una hija. Qué emoción había sentido. Tenía la oportunidad de dar todo lo que sentía que ella no había recibido, físicamente, pero en especial, emocionalmente. La había alabado, le había dicho que podía ser cualquier cosa que quisiera. Le había repetido una y otra vez qué guapa era, qué inteligente. Qué especial. Sabía que se suponía que esto era sólo una fase. Adolescentes. Pero antes pensaba que sería diferente con su hija. Pensaba que lo habrían superado. Su bebé, Careme. Sin dientes ni pelo. Con su gordo culito encarnado que siempre se ponía al rojo vivo por mucho cuidado que tuviera. Con sus llantos desesperados tres veces cada noche y unas cacas que habrían hecho desmayarse a un babuino. Su niñita, Careme.

Jasmine se apoyó para levantarse de la silla. A decir verdad, estaba más que harta de la cocina de Marcella y de su palabrería. Aunque, en teoría, hoy tenía que probar la Sopa de Ciruelas, abrió su armario de productos para hacer pasteles. Quería chocolate. Un chocolate que rezumara, suntuoso, cremoso, reconfortante. Pondría chuletas en la parrilla y prepararía una ensalada para la noche. Hoy iba a concentrar sus esfuerzos en el postre. Sacó su cuenco grande y el mezclador. Sacó tabletas de chocolate, vainilla y azúcar. Metió la cabeza en el frigorífico para contar los huevos. Diez. Justo los suficientes. La boca empezó a hacérsele agua y con la lengua tuvo que achicar el pantano en que se le había convertido. ¿Nata? Un envase de medio litro asomaba por detrás de la mayonesa. Lo olió. Le faltaba un día para caducar. Fue hasta el armario de las bebidas y examinó su selección. Brandy, Amaretto, Grand Marnier. Mmmm, sí Grand Marnier, un sutil toque de naranja. El chocolate y la mantequilla burbujeaban al calor del baño María. Untuosos y suaves. Jasmine batió los huevos y el azúcar hasta que tuvieron un color limón claro. Vertió el chocolate con un largo y experto movimiento del brazo. Unas cuantas hábiles vueltas con la espátula convirtieron la mezcla en lo que de verdad ansiaba. De pie, frente al cuenco, la probó directamente de la espátula. Un buen chorro de Grand Marnier. Otro sabor. Y otro. Redujo el número de claras de huevo batidas, para que coincidiera con la mezcla reducida. Finalmente las añadió al chocolate. Mientras las incorporaba con mano experta, empezó a sollozar. Alisó la superficie mientras se secaba la nariz con la manga y metió con cuidado la mousse en el frigorífico, cegada por las lágrimas. Se apoyó en la puerta cerrada y apretándose el estómago para contener la angustia, se dejó ir.

Cuando Daniel regresó del trabajo se encontró a su mujer sentada a la mesa sembrada de cacharros, con la mirada clavada en la pared, los ojos enrojecidos e hinchados y acunando medio cuenco de mousse de chocolate entre los brazos. Esta vez no tenía marcas de guerra de chocolate, sino copos de clara de huevo batida a punto de nieve punteándole el pelo como si fueran bolitas de algodón. Daniel abrió el frigorírico y cogió una cerveza.

—¿Te has peleado con Careme?

Los ojos de Jasmine se elevaron con dificultad para mirarle a la cara.

—¿Es así como se llama?

Daniel sonrió. Cogió una cuchara y la sumergió en la mousse.

—Mmmm —Se aferró a la cuchara como un recién nacido al pezón. Cuando la dejó limpia, ladeó la cabeza—. ¿Un poco demasiado de Grand Marnier? ¿Tú que opinas? No es que me queje, pero si se trata de una receta o algo así…

Jasmine permaneció sentada, inmóvil, mientras él atacaba el cuenco que ella sostenía en la falda. Daniel movió la cabeza con un gesto negativo.

—La de veces que te lo he dicho. Juega contigo como un gato con un ratón.

Jasmine cerró los ojos.

Él volvió a meter la cuchara en la mousse.

—¿Qué hay para cenar?

—Te lo estás comiendo.

—Pues está para chuparse los dedos.

Jasmine se puso a reír. Echó la cabeza hacia atrás y soltó una sonora carcajada. Daniel sonrió. Le encantaba su manera de reír. Era lo que primero le había atraído de ella. Su absoluto abandono a cualquier humor. Especialmente al suyo. Jasmine le tendió el cuenco y fue, con pasos inseguros, hasta el fregadero, donde se echó agua fría a la cara, apretando las frías gotas contra sus ojos ardientes.

Daniel llamó a la puerta de Careme.

—¿Qué?

—Soy yo.

Sin respuesta.

—Si pretendes que te deje conducir mi coche algún día será mejor que abras.

La puerta se abrió de par en par. Careme la había empujado con el pie desde la cama, sin perderse apenas más que un compás de la música que salía por sus auriculares. Daniel recorrió el caos con los ojos y encontró un trozo de cama donde sentarse. Careme lo miraba fijamente, balanceando la cabeza hacia delante y hacia detrás siguiendo el tenue bam, bam. Daniel alargó la mano y le quitó uno de los auriculares.

—¿Has notado algo raro en tu madre?

Careme se echó a reír.

—¡Jo, papá!, ¿lleváis casados no sé cuántos años y no te habías dado cuenta hasta ahora?

Se dejó caer en la cama. Daniel le tendió la mano. A regañadientes, Careme se quitó los auriculares y se los dio.

—¿Vosotras dos os habéis peleado?

Ella se encogió de hombros.

—Yo qué sé.

—Lo único que hace es preocuparse por ti. Dale un respiro, ¿de acuerdo?

—De acuerdo.

—¿A qué viene tu actitud?

—Es que…, oh, nada.

—Venga, ¿qué es?

—Yo no voy a ser como ella cuando tenga su edad.

—Ya, eso decimos todos.

—Ni de lejos.

Daniel sonrió con tristeza. Recordaba como, dieciséis años atrás, cuando Careme se había arrancado del cuerpo de Jasmine, pensó que se iba a desmayar. La sangre, la cubeta con vómito junto a la cabeza de Jasmine, los gritos. Había sido la guerra. Pero, ¿quién había ganado? Careme, untada de sangre y cerumen, se retorcía bajo las luces, parecía más un roedor que un ser humano. La enfermera se la había puesto en los brazos y él se había quedado mirándola, aturdido, estrujándose el cerebro tratando de encontrar el más mínimo atisbo de conexión. La depositó encima del pecho de Jasmine y observó a la criatura buscar el pezón, con un ojo pegado y el otro mirándolo a él sin verlo. No fue hasta el tercer día cuando se despertó el amor en su interior. Aquel milagro que chupaba, chillaba, eructaba y se cagaba era suyo. «Te quiero mucho, mucho —le canturreaba, mientras la bañaba—. Espero que tú me quieras también».

Ahora cuando miraba los claros ojos y la clara piel de su hija, sus bellos y tersos labios, su frente despejada, sentía un enorme amor por su esposa. Era incómodamente consciente de que ese amor, de repente, estaba despojado de cualquier aspecto físico. Pero era profundo, incontrolable, innegociable, algo similar, tenía que admitirlo, a lo que había sentido por su viejo perro, Ralph.

Se levantó de la cama y le dio unas palmaditas a su hija en el hombro al marcharse.

—Pórtate bien —dijo.

En la planta baja sonó el teléfono. Daniel oyó la voz de Jasmine.

—Sí, está aquí —Luego una pausa—. ¿Me puede decir de parte de quién?

Otra pausa.

—¡Daniel, al teléfono!

—Lo cogeré aquí.

—¿Diga?

—¿Tu mujer te controla todas las llamadas?

—¿Cómo has conseguido mi número?

—Estás en el listín de teléfonos. ¿Por qué? ¿Preferirías no salir?

—No.

—Entonces. ¿Hola? —Tina esperó.

A Daniel le zumbaba la cabeza.

—¿Querías algo? —consiguió decir por fin.

—Oh, sí —suspiró Tina.

Todas las partes del cuerpo de Daniel, hasta aquel momento algo desmadejadas, se pusieron en posición de firmes. Se alisó el pelo hacia atrás. Miró escaleras abajo hacia el recibidor, preguntándose si Careme trataría de escuchar por el otro teléfono. Volvió a sentarse en la cama y cruzó las piernas. Las descruzó de nuevo.

—No entiendo…

Ella se echó a reír.

—¿Ah, no? ¿Te gustaría que te lo dijera letra por letra?

Daniel hizo una mueca, con el sudor bajándole por la espalda y preguntándose si, en caso de que Jasmine cogiera el teléfono, podría salir con bien diciendo que era una llamada de broma.

—Yo estoy listo, si tú lo estás —murmuró, pero la voz se le convirtió en un graznido cuando Jasmine entró en el dormitorio cargada de ropa limpia. Tartamudeando, añadió—: Sí, exacto, por eso creo que si lees el libro de Meisner sobre el tema, verás que es bueno en lo de las opciones. Si no tienes un ejemplar, probablemente podremos conseguirte uno. ¿De acuerdo?

Tina soltó una risita.

—Tu mujer está ahí, ¿no?

—Eso es. Así que no lo dejes y nos veremos mañana. ¿Vale?

—Auuuu.

—¿De acuerdo? Tengo que dejarte. Buenas noches.

Colgó el teléfono con fuerza. Jasmine pegó un salto.

—¿Quién era? —preguntó.

—Una estudiante. Un poco psicópata. Siempre les digo que mi casa es zona prohibida.

Jasmine dobló los calzoncillos de Daniel y lo observó con el rabillo del ojo.

—Tina. ¿Es nueva?

—Sí. No. No lo sé.

—¿No lo sabes?

—Bueno, sí. Supongo.

—¿Es buena?

Daniel tragó saliva.

—¿Buena?

—¿Es buena actuando?

—Oh... Qué va. No. Más le vale no dejar su empleo de día.

Daniel se metió en el cuarto de baño para recuperar la respiración. Se miró fijamente en el espejo, contemplando su cara tramposa. Se lamió los labios, secos y mentirosos. Volvió la cabeza de un lado hacia otro para examinar su engañoso perfil. Luego sonrió. Después de todo, el verdadero culpable era el exceso de oferta. Demasiadas mujeres. No suficientes hombres. Él sólo estaba arrimando el hombro. Aliviando el desbordamiento. En Francia, donde el hombre no era tan hipócrita, eso de tener una amante se consideraba parte del matrimonio. Como un segundo hogar o un seguro de vida, algo que, si te lo puedes permitir, se veía como algo sensato, casi maduro. En realidad, si Jasmine lo supiera, puede que lo aprobara. A ella le gustaba casi todo lo francés. Seguramente, pensaría que era muy continental. Muy refinado. Muy *je ne sais quoi* por su parte. Daniel cogió una botella de su armario de medicamentos y se dio unas palmadas en la cara con su loción al limón para después del afeitado. Ay, Jasmine. Si Jasmine se enterara, saltearía sus pelotas en mantequilla de ajo y las serviría con un buen Médoc. Se rió con una sensación deliciosa. Orgulloso. Luego se detuvo en seco y se protegió la entrepierna con las dos manos. Si Jasmine se enterara...

7

Careme, sentada en medio de la cama, con las piernas cruzadas, respiraba lentamente, muy lentamente. Para absorber mejor todos los nutrientes del aire. Tenía un folleto encima de las rodillas. Su guía para una vida pura y una exquisita pérdida de peso. Aire, decía, esa era la respuesta. ¿Por qué no se le había ocurrido antes? ¿Quién necesita comida? El aire estaba lleno a rebosar de vitaminas y oxígeno limpio. Según la Sociedad de Aire Comestible, el cuerpo humano no necesitaba nada más. Esa obsesión de la sociedad occidental por cebarse comiendo tenía que acabar. Era una adicción innecesaria que consumía tiempo y fomentaba el lucro. Careme se preguntó por un segundo si toda la gente que se moría de hambre en África tenía las narices bloqueadas o algo por el estilo. Pero era suficiente saber que a Careme no la atraparían con esa peligrosa obsesión que se tenía en Occidente con los digestivos de consumo oral. Sus intestinos y su espíritu serían magros. Respirar, decía, eso es lo único que tienes que hacer. Careme se había convertido al respiracionismo. Comía mediante la respiración.

Era un poco drástico, como quizá Careme admitiera para sus adentros, pero sólo para sus adentros, pero era necesario. Estaba obesa. Evidentemente, eso era lo que había provocado el rechazo de Troy. Le había echado una ojeada y se había preguntado cómo había podido meterse aquella vaquilla en la fiesta. Pero iba a dejarlo de una pieza. Si continuaba así, lo más probable es que en una semana perdiera cinco kilos y Troy le suplicaría que saliera con él. Y ella pasaría a su lado, arrogante, como si él no existiera. Alta y provocativa, lo dejaría fascinado con su silueta larga y esbelta y lo más seguro es que cayera de rodillas. Eso es. De rodillas. Careme apretó con fuerza los ojos. Respirar, decía el folleto. Respirar.

Jasmine se detuvo a la entrada del Sutton Place Gourmet y olisqueó. Calabaza. Desde donde estaba podía olerlas. Un buen principio. Veamos. Olisqueó de nuevo. Un poco de tomillo. Nada de salvia. Tomillo. El cerebro se desperezó y se sacudió las telarañas. Mmmm, calabaza braseada hasta estar a punto de fundirse, hecha puré con mascarpone y extendida entre finas capas de pasta fresca... una salsa cremosa y delicada, perfumada con tomillo. ¿Funcionaría? Un toque de ajo, blando y cocinado muy, muy lentamente. Ese sería el truco. Una pincelada de nuez moscada. Sí. A Jasmine se le hacía la boca agua mientras empujaba el carro hacia la sección de hortalizas.

Las verduras recién rociadas brillaban en sus hileras de colores brillantes. Repollos de color azul cobalto, eneldo fresco de color verde helecho y trozos de calabaza del color de un caramelo rebelde. Jasmine se frotó las manos. El otoño era su estación favorita. La mayoría de cocineros preferían la primavera y el verano, ansiosos de bocados de sabor fresco después del duro y sombrío invierno. Los fragantes tomates, las frutas brillantes a punto de reventar, las nuevas verduras de primavera tan vivas y adorables como corderitos recién nacidos. Pero Jasmine anhelaba los suculentos sabores de la tierra. Sentía glotonería por las verduras de raíz, cocidas en caldo a fuego muy lento, enriquecidas con mantequilla y hierbas aromáticas de hojas largas y oscuras. Las imaginaba cremosas, fundiéndose en su lengua, los nutrientes del fértil suelo penetrándole en la sangre.

Cogió una cabeza de ajos en la palma de la mano y la apretó ligeramente, comprobando su resistencia. Frotó la piel de papel y olió. Demasiado vieja. Tendía la mano para coger otra cuando el letrero le llamó la atención. «¿Por qué no nos *nucleamos* una patata asada hoy?», preguntaba. Jasmine miró a su alrededor antes de arrancarlo de la pizarra.

Hornos microondas. Satánicas cajas del infierno. Habían arruinado la cocina. No sólo destruían cualquier sensación de logro culinario. Además, ahora todo el mundo pensaba que se podía llevar una comida decente a la mesa en media hora. Era una locura. Jasmine necesitaba media hora sólo para decidir qué aceite y qué vinagre quería para preparar una vinagreta. Y era una media hora maravillosa. Una media hora en la gloria, donde lo único que realmente importaba era su aceite, su vinagre y las infinitas combinaciones que le bailaban en la cabeza.

Nadie quería dedicar el tiempo necesario. Ese era el quid de la cuestión. Pero tenían que hacer frente a la realidad; no se podía *nuclear* una patata en un microondas. Sólo es posible conseguir esa piel realmente crujiente y ese centro suave y blando en un horno convencional. Es necesario pasar un pincho por el centro de cada patata, para evitar que revienten, luego untarlas por todos lados con mantequilla, espolvorearlas con sal marina y colocarlas en una placa de hornear en el centro de un horno precalentado a 200 grados. *Nuclear.* Era ridículo.

A Jasmine le divertían las tribulaciones que pasaba la gente con las patatas. Sencillamente, los cocineros caseros no parecían entenderlas. Había comido más patatas asadas duras y pasadas de las que quería admitir. Y siempre había intentado deslizar el secreto en la conversación con la anfitriona; lo que una patata necesitaba en realidad era un hervor y grasa caliente. Y continuaba, con tanta educación y tan poca animosidad como podía, explicando cómo pelar las patatas, cortarlas en trozos de entre tres y cinco centímetros y hervirlas en agua salada durante quince minutos. Cómo incorporarlas al aceite, o si una quería darse la gran vida, en grasa de oca, cómo el aceite tenía que llegar, como mínimo, a un centímetro y medio del borde de la fuente de hornear. Cómo asarlas en un horno a 230 grados durante veinte o treinta minutos y luego darles la vuelta y bajar la temperatura hasta 180 grados y dejarlas entre cuarenta y cinco y setenta y cinco minutos hasta que estuvieran muy crujientes y doradas. Y la anfitriona asentiría y luego la ningunearía durante el resto de la noche. Cuando ella sólo intentaba ayudar.

Jasmine levantó la vista y vio a Miranda Lane en el pasillo de al lado. Se inclinaba, cogía manojos de perejil, les alborotaba las hojas y luego volvía a dejarlos donde estaban, sin inmutarse. Jasmine se preguntó que habría planeado hacer. ¿Una receta para su nuevo libro, quizás? El terror se apoderó de ella. ¿Y si Miranda había descubierto las grasas? No, no era posible. La grasa le pertenecía a Jasmine. La guardaría con tanta fiereza como el perro de un depósito de chatarra. Se puso de puntillas para echar una ojeada a la cesta de Miranda: cebollas, zanahorias, tomates, concentrado de tomate, orégano fresco. Evidentemente algún tipo de ragú. Miranda hundió el pulgar en una rolliza berenjena. Ah, claro, una *musaka*. Mmmm, pero ¿dónde estaba el truco?

Jasmine siguió a Miranda a una discreta distancia, mientras ésta se dirigía hacia la sección de lácteos. Jasmine fingía leer las etiquetas de los dieciocho tipos de mermeladas de grosella con un extraordinario interés mientras vigilaba a Miranda que se había quedado como paralizada frente a las mantequillas. Jasmine aguantó la respiración y luego se relajó. A la cesta fue un substituto de mantequilla con un uno por ciento de leche y un cero por ciento de grasa. Se estremeció con sólo pensarlo. Imagina preparar una salsa cremosa con un subproducto industrial. De verdad, pensó, eso era llevar las cosas demasiado lejos. Sintió lástima por el público de Miranda y se alejó de puntillas.

Mientras patrullaba por los pasillos en busca de ingredientes, pensó en la competencia. Ella trataba de enfocarla con un espíritu sano y deportivo. Especialmente con las jóvenes. Le gustaba la idea de una red de chicas mayores. Había ayudado a una joven china a publicar su primer libro, *Estas botas están hechas para «wokear»*. Le parecía que era lo justo. Los tiempos en que sólo había lugar para una única mujer en la cumbre eran cosa del pasado. Y también lo eran los días de arrancarse los ojos unas a otras, de murmurar insinuaciones a los de arriba. Ahora había llegado la hora de que las mujeres se enfrentaran al mundo y a las demás como iguales. Claro que esto significaba que tenías que estar preparada para una auténtica competencia. Tenías que ser dura, vigilar que no te apuñalaran por la espalda, encargarte de las intrusas con rapidez y eficacia. Nada personal. Así eran los negocios. Sonrió. Luego, de repente frunció el ceño, y la frustración plantificó su gordo trasero en lo más hondo de su felicidad. Acababa de recordar algo. ¿Qué diablos iba a hacer con su libro?

—¿Señora March? ¿Jasmine?

Troy la miraba desde arriba, con las manos llenas de higos, pequeños, fragantes, perfectamente formados. A Jasmine la boca se le hizo agua.

—Troy, ¿qué estás haciendo por aquí?

—Voy a probar una de las recetas del libro que me dio. Higos al vino tinto.

—Suena delicioso.

—Eso espero.

Jasmine absorbió la mirada de sus ojos castaño claro, tan abiertos, tan confiados. Tan atractivos. Suspiró.

—A tus padres les debe encantar. Eso de que cocines tú todo el tiempo.

—Mi madre opina que soy raro.

Jasmine se echó a reír.

—Bueno, si eso hace que te sientas mejor, a mi madre le pasaba lo mismo.

Troy sonrió. Una sonrisa amistosa, cómplice, plenamente adulta. Jasmine se volvió y empezó a meter cosas en el carro para parecer ocupada. Los ojos de Troy recorrieron su cuerpo de arriba abajo para, finalmente, volver a mirarla a los ojos.

—¿Quieres venir y probarlos?

—No, me parece que no —dijo, aferrando la barra del carro y empujándolo.

Troy la siguió.

—No muerdo.

Jasmine se sonrojó. ¿Se estaba burlando de su evidente y licencioso anhelo? Se esforzaba por parecer indiferente, pero tenía la solapada sospecha de que llevaba las palabras «Te deseo a morir» destellando como un neón rojo de un lado a otro del pecho. Bajó la vista.

—¡Jasmine! —Miranda había dado la vuelta y tropezado de frente con el carro de Jasmine. Cuando Miranda vio a Troy se quedó con la boca abierta.

—No sabía que tenías un hijo.

—Es un... amigo.

Miranda la miró sin dar crédito a lo que oía.

—De mi hija.

—Ah.

—Es muy aficionado a la cocina.

Miranda repasó a Troy de arriba abajo y sonrió, seductora.

—Vaya, hola, soy Miranda Lane —dijo y se quedó esperando una reacción extasiada.

Troy hizo un gesto con la cabeza. No la había reconocido y volvía a contemplar a Jasmine.

Miranda probó de nuevo.

—Seguro que has oído hablar de mi libro de cocina *Jamaica se vuelve japonesa.*

Troy arrugó la nariz y negó con la cabeza. Cogió un higo y se lo dio a Jasmine.

—Para ti —dijo.

Jasmine sostuvo el higo contra su pecho. Las dos mujeres fijaron la vista en las nalgas del joven, acariciadas por la fina pana tostada mientras se alejaba.

Los labios de Miranda hicieron un mohín. Echó una mirada al carro de Jasmine, tratando de averiguar, era fácil verlo, qué receta podía querer hacer con un brie triple cremoso y Nutella. No lo consiguió y abandonó el intento.

—Siento lo de Garret —dijo.

—Mmmm.

—¿Qué vas a hacer?

—¿Hacer?

—Para conseguir dinero. Quiero decir, ahora estás sin un duro, ¿no?

—Bueno, yo…

—Me he enterado de que en Safeway puede haber una oportunidad. Están buscando alguien que prepare recetas utilizando su sección de congelados. Al principio me llamaron a mí. ¿Te lo imaginas? —La risa de Miranda se elevó como un buitre por encima de los pasillos del establecimiento—. Les dije que estaba un poco ocupada. Pero tú…

Se detuvo. Jasmine añadió un tarro extra de Nutella al carro.

—Oye, gracias, Miranda.

—De nada, ¿para qué son las amigas?

Mientras Miranda se alejaba, empujando su carro lleno de un horror bajo en grasas, Jasmine sacó su cuaderno de notas. Tenía un par de ideas sobre qué hacer con su libro. Las anotó: Lograr que lo publicaran. Encontrar una buena portada. Crear controversia. Y destruir a la competencia. Esto último lo subrayó tres veces.

El doctor Vijay era realmente joven y muy atractivo. Careme, estaba sentada en la camilla, vestida sólo con una delgada bata mientras las manos del médico desaparecían por debajo de la tela para apretar y pellizcar. Le agarraba la carne y la mantenía cautiva entre las garras de un pequeño instrumento medidor. Ruborizada y con semblante serio, Careme dejaba hacer al médico.

La muchacha contuvo la respiración. Él clavó su mirada de ébano en la de ella.

—¿No te estaré haciendo daño, verdad? —dijo con una voz que evocaba especias indias.

Careme negó con la cabeza, como si estuviera en trance. Jasmine alzó los ojos al cielo.

—Humm —dijo y anotó otra observación.

Careme miraba los labios del médico. Jasmine trataba de vigilar las manos de Vijay. Unos cuantas observaciones más en su bloc de notas y, finalmente, se apartó.

—Puedes vestirte —dijo y corrió las cortinas del biombo.

Pasó junto a Jasmine, rozándola sin decir palabra, dejando tras de sí un rastro de perfume de cardamomo mezclado con jabón antiséptico. Se sentó a su escritorio y garabateó una serie de notas con la pluma, sin levantar la vista. Jasmine dirigió la mirada a la pared, tratando de leer las fechas de sus diplomas. Por fin, Careme apareció de detrás del biombo, tan tímida como una novia el día de su boda.

—No tiene nada, señorita March —dijo, firmando una receta. Le he prescrito Prozac. La ayudará a relajarse y a comer. ¿Lo hará por mí?

Miró a Careme directamente a los ojos . Ella bajó la cabeza, sumisa, y con su sonrisa manifestó su asentimiento.

—¿Puede salir un momento? Necesito hablar con su madre.

Careme le dirigió a Jasmine una mirada que decía: «Como le digas algo de algo, te mataré». Luego salió y cerró la puerta tras ella, de mala gana. El doctor Vijay se acercó a Jasmine y tendió la mano. Jasmine se la estrechó, pero él tenía un gesto más reconfortante en mente. Le acarició los dedos y la miró a los ojos.

—Ya sé que es algo muy difícil para usted. Pero yo no me preocuparía demasiado. Sus depósitos de grasa todavía están dentro de los límites normales. Y de mi charla con ella deduzco que no hay daños psicológicos agudos. Todavía.

Jasmine se preguntó si se esperaba que dijera gracias. En cambio, dijo:

—¿Por qué está haciendo esto?

El doctor Vijay se inclinó hacia delante en señal de complicidad.

—¿Sabe lo que le digo? Creo que Freud se equivocó. No es el sexo; es la comida la raíz de todas las neurosis.

Jasmine parpadeó, sorprendida.

—Exacto —dijo—. Yo también pienso igual.

El doctor Vijay le apretó un poco más la mano, los ojos le brillaban, fervientes.

—La comida está destruyendo las mentes de las jóvenes. Se ha convertido en adictiva, prohibida, cargada de culpa.

—¡Sí!

—Los que mandan tendrían que avergonzarse, por decirles a las jóvenes que se dejen morir de hambre.

—Exacto. ¡Eso es! —Jasmine habría querido inclinarse ante aquel hombre tan joven. Por fin, la verdad. Por fin, alguien con cierto sentido común. Se había equivocado con él. Era más listo de lo que nadie de aquella edad tenía derecho a ser—. No sabe lo que me alegra oírle decir eso.

Él asintió y sonrió y la miró de arriba abajo con una mirada divertida.

—Claro que para algunas adolescentes es mucho más sencillo. Es sólo que no quieren parecerse en nada a sus madres.

◆ ◆ ◆

Ray Chanders estaba sentado al otro lado de la mesa, detrás de un micrófono. Tenía la nariz del tamaño de una empanada y probablemente por eso trabajaba en la radio, pensó Jasmine mientras se acomodaba en su asiento. Su compañera gastrónoma, Sally Snow, se sentó a su lado y le ofreció una larga y maliciosa sonrisa, que Jasmine ignoró. Estaba concentrada. Henry tenía razón. El éxito no era para los pusilánimes. Tenía que demostrar que era tan despiadada como cualquier otro autor. Nadie había dicho que no se pudiera promocionar un libro no publicado. A Ray no le había mencionado que la habían rechazado, que su libro no iba a salir en invierno como había dejado entrever; él había dado por sentado que Garrett iba a publicarlo y ella había dejado que lo creyera. Era de esperar que Sally mantuviera la boca cerrada, por lo menos hasta que acabara el programa.

—Mis autoras de libros de cocina favoritas. Es un placer volver a veros —ronroneó Ray con voz zalamera.

—Oye Ray, por favor, ¿sería mucho pedirte que no me cortaras a cada rato? —dijo Sally, metiéndose en la boca una pastilla de menta para el aliento—. En cuanto empiezo a estar en racha, vas tú y me interrumpes, sin parar.

—Es que me dejo llevar por el entusiasmo...

—Es que me toca mucho las narices.

Ray parpadeó y volvió a mirar sus notas.

—Muy bien. De acuerdo. Bien. No lo olvidéis, hablad con claridad y no demasiado cerca del micro. ¿Alguna pregunta?

—Nones —dijo Sally, bebiendo delicadamente un sorbo de su agua con gas—, eso te toca a ti.

—Claro, claro. De acuerdo, ¿listas? Allá vamos. Buenas tardes, señoras y señores y bienvenidos a Chat Line. Hoy están conmigo dos famosas autoras de libros de cocina que nos van a hablar de sus últimas obras. Sally Snow, autora de obras predilectas como *Ni un caloría, Lucía, No me rompas el corazón*, y por supuesto, ¿cómo olvidar su *Guía espiritual de los tentempiés para fiestas?*, está escribiendo ahora *Ideas frescas para familias frescas*. Jasmine March, autora de muchos libros de cocina, incluyendo los últimos *Comida buena* y *Comida mejor*, está a punto de sacar *Comida buena de verdad*. Bienvenidas. Sally, empecemos contigo. Como nos estamos acercando al Día de Acción de Gracias, me preguntaba si tienes algunas ideas especiales para el Día del Pavo.

—Mira, Ray, en este tiempo de Acción de Gracias es bueno tener ideas frescas. Todo fresco, fresco, fresco. Arándanos frescos... pavo fresco... una tarta de manzana fresca, recién sacada del horno...

Ray soltó su risita cloqueante, especial para la radio.

—A mí me suena muy fresco.

—Creo que es la clave de la cocina actual.

—¿Jasmine?

Jasmine se inclinó con prudencia hacia el micro.

—Llevo veinte años cocinando lo mismo para el Día de Acción de Gracias, Ray. Y la clave es la mantequilla. Porque la mantequilla es sabor. Estoy hablando del pavo rociado con mantequilla, del puré de patatas con mantequilla, del maíz con mantequilla...

—¿Ves a lo que me refiero? —interrumpió Sally—. Tenemos que apartarnos de todo eso. Ese modo de pensar como si fuéramos un complejo industrial cargado de mantequilla. Frescura. Ideas frescas, eso es lo que necesitamos. ¿Qué tal una pizza de piña, o...?

Jasmine se lanzó en plancha.

—¿Pero bueno, acaso lo importante del Día de Acción de Gracias no es la tradición?

—Renovemos las tradiciones. Renovemos las ideas. Ahora se llevan las ideas frescas. Para familias frescas...

—Yo siempre preparo doble ración del relleno porque me como la mitad antes de que llegue al pavo —confió Jasmine al micro.

—Eso es casi tan fresco como los posos del café de ayer —dijo Sally, exhibiendo una sonrisa radiante.

—Más fresco que comoquiera que llames a esas petulantes ideas tuyas.

—¿Cómo las has llamado?

—Fresco, fresco, fresco. Suenas como un loro con arcadas.

Ray se inclinó hacia el micrófono.

—Señoras...

—Tú no reconocerías una idea nueva aunque te la clavaran en la cabeza —dijo Sally.

—Por lo menos, yo no necesito un mazo para comunicarme con mis lectores.

—¿Qué lectores? Si no tienes ninguno, bonita. Cariño, a tus libros los trituran y los usan para dar consistencia a la comida para perros.

—Claro, hasta un perro se atragantaría con los tuyos.

Ray levantó la mano.

—Bien, casi estamos llegando al final de nuestro tiempo...

—No me amenaces con ese cuchillo, Jasmine March —aulló Sally.

Ray estaba con la boca abierta.

Jasmine había sacado un cuchillo de carnicero del bolso y lo sostenía en alto como si lo fuera a subastar.

—Estoy hasta las narices de las mentiras que escribes —dijo—. Estoy hasta las narices de que todos escriban mentiras. El mundo está hasta las narices de frescura, el mundo necesita sabor.

—Jasmine, baja ese cuchillo —suplicó Sally con voz lagotera.

—Estados Unidos se muere de hambre. Se muere de ganas de comer una auténtica tarta de manzana, hecha con auténtica mantequilla y servida con un galón de helado. Nada de yogur congelado, bajo en grasa, nada de helado hecho con leche descremada, nada de salsa láctea sin grasas. Hablo de helado mantecoso, cremoso, con toda su grasa...

Ray lanzó la mano a la desesperada hacia un botón de su consola que se había encendido y parpadeaba como un árbol de Navidad.

—Tenemos a Gertrude Green, de Gaithersburg, por la línea tres. Buenas tardes, Gertrude.

—Buenas tardes, Ray. Sólo quería decir que esto es lo primero que oigo que valga la pena escuchar en su ridículo programa... no para de hablar y hablar y hablar de las cosas más estúpidas, pero esto, esto es... la verdad.

—Gracias por su llamada. Tenemos ahora a John Dean de...

—Ray, pero, ¿qué está tratando de hacer esa mujer, matarnos a todos? Opino que estos programas tendrían que tener algún tipo de advertencia...

—¡Por favor...! Soy Gertrude de nuevo, su otro oyente es un completo tarado...

—Escuche, gorda...

—¿A quién está llamando gorda?

—Desde aquí puedo oír como tiembla su gordo culo...

Ray apretó el botón de OFF para apagar toda la consola.

Sally se inclinó hacia el micro.

—¡Ideas frescas para familias frescas!

—¡Grasa No Es Una Palabrota! —vociferó Jasmine.

Bip.

Ray desconectó el control de sonido y dirigió una mirada asesina a las dos mujeres. Jasmine deslizó el cuchillo dentro de su bolso, tachó CREAR CONTROVERSIA de su lista y acabó de beberse el café.

Sally se retocó los labios mirándose en el espejo de su polvera.

—Una idea fantástica, Jasmine —dijo.

—Gracias.

—¿Vas a casa de Sue?

—Eso espero.

—¿Te llevo?

Sally enlazó su brazo en el de Jasmine y, las dos juntas, se dirigieron hacia la salida.

Ray las siguió con una mirada estupefacta.

8

Jasmine abrió el armario donde guardaba las especias, resistente a la luz, y examinó detenidamente sus provisiones. Recorrió los nombres con un dedo, saludando a cada una como si fuera una vieja amiga: nuez moscada, clavo, cilantro, hinojo, comino, alcaravea. Todas en grano. Asaba y trituraba todas sus especias ella misma. Cuando se abrían y estallaban en la sartén muy caliente, la casa se llenaba de un aroma exquisito. Los rayos del sol lo inundaban todo. Voces árabes entraban flotando por las ventanas. Y justo cuando estaban bien tostadas, casi a punto de chamuscarse, las sacaba del fuego y las echaba en su antiquísimo mortero donde las aplastaba con la mano del mortero, machacándolas y liberando un perfume todavía más embriagador, que le llenaba la nariz y el cuerpo de un anhelo indescriptible.

Un anhelo de lugares donde nunca había estado, de comidas que nunca había probado. Y recientemente había caído en la cuenta de que su anhelo era de lugares adonde nunca iría y comidas que nunca probaría. Un cambio sutil, como puertas que se cierran. Su vida se iba haciendo menos voluminosa, pero más intensa, como cuando se reduce una salsa. Ahora parecía poco probable que visitara Goa en la India, como en un tiempo había deseado. Ah, la comida de Goa. Una vez había visto un reportaje en televisión y se había quedado con la mirada clavada en la pantalla y la boca húmeda y babeante. Aquel pescado fresquísimo, aquellas extrañas hortalizas con aspecto de garras, los desenfrenados colores de las especias molidas.

Ah, las cosas que había comido en su juventud. Pescados todavía dando coletazos antes de echarlos a la sartén; criadillas de toro salteadas en mantequilla hasta que estaban suculentas y crujientes; hortelanos, aquellos desdichados pajarillos, ahogados en brandy. Se había envuelto la cara con un paño blanco y se había metido el pájaro entero en la boca. El crujiente bocado era delicioso, repleto de frágiles jugos.

Claro que comer podía ser cruel. Ternera, lechal. Comer a las crías. Comer la carne de otro animal. ¿Tenían nervios los peces? ¿Les hacía daño el anzuelo? Su hija pensaba que sí. Y no dejaba pasar ninguna ocasión para contarle con qué agonía había muerto aquel trozo de carne que ahora estaba en la encimera de su cocina. Pájaros derribados de un tiro mientras volaban en el cielo. Vida extinguida por otro. Vacas troceadas y envasadas mientras aún exhalaban su último suspiro. En algunos lugares del sureste asiático todavía capturaban monitos en la selva, los ataban a la mesa y luego rebanaban la parte superior de sus cabezas y metían la cuchara directamente dentro. Jasmine hizo una mueca. ¿Dónde estaba la línea divisoria entre la gastronomía y lo grotesco?

Jasmine trató de concentrarse en la receta que estaba preparando, pero en vez de visualizar cucharadas de alcaravea y tazas de caldo de cordero no podía quitarse de la mente los labios de Troy. Y sus dientes. En realidad, también su lengua, los atisbos que había vislumbrado cuando entraba y salía de su boca mientras hablaba. Y algo del cuello, su larga línea. O quizás era la mandíbula. ¿Quién sabe? Funcionaba. Funcionaba de forma soberbia. Y en su mente, viajaba desde el cuello a los hombros y bajaba por los brazos hasta los dedos. Y elucubraba. Y al elucubrar todo su cuerpo runruneaba y rebullía como una batidora. Y jugueteaba con las sensaciones, como si tuviera su mano en el botón de la velocidad y lo apretara y lo apretara y lo apretara.

Pero tenía que parar. El objeto de sus fantasías era el amigo de su hija. Alguien a quien su hija estaba intentando abrirle aquel corazoncito suyo tan rígido. Le satisfacía ver que su hija tenía buen gusto. Y cuánto. Mmmm. Se sacudió. Realmente, Jasmine. Tenía el doble de años que él, y algunos más. Se dio un guantazo en la mano. Zona prohibida. No y no. Jasmine suspiró. Tenía que serenarse. Hoy tenía que ir a ver a su madre.

◆ ◆ ◆

A solas en la cocina, Daniel abrió la caja y sacó el nuevo exprimidor Magimixer. Le había costado una fortuna, pero la salud no tiene precio. Lo colocó en la encimera y dio un paso atrás para contemplar el reluciente cromado. Tenía el color de la revitalización. Deslizó la mano por sus sinuosas curvas y se estremeció ilusionado. Luego acercó la bolsa de pomelos orgánicos y atacó, corto cada uno por la mitad, con mano experta y los metió entre las jugosas fauces de su nueva máquina. Cuando por fin se detuvo, tenía una jarra de elixir recién exprimido. Se lo bebió de pie junto a la encimera, derramando el jugo y manchando la camisa. Puso el vaso sobre la encimera con gesto decidido y soltó un sonoro eructo. Aaah. Podía notar como sus tripas levantaban las manos y chocaban esos cinco, celebrándolo.

La otra bolsa de la compra estaba abarrotada de un surtido de pura proteína; libras de frutos secos; nueces, almendras, avellanas y una caja de huevos que puso inmediatamente a hervir para un tentempié rápido. Sacó un bloque de tofu, que retemblaba en su envase al vacío y lo contempló con el estómago revuelto. Pero estaba del todo decidido a cambiar de vida. Extrajo de la bolsa las vitaminas, las enzimas digestivas, los aminoácidos, las doradas semillas de lino, las algas. Y una cuerda. La hizo oscilar delante de la cara y luego volvió a meterla en la bolsa. Decididamene, eso podía esperar.

Puso la alarma del reloj en marcha para que lo avisara puntualmente cada tres horas de que tenía que reponer su consumo de proteínas.

Pero primero tenía que soportar una limpieza general de dos días. Tenía que purgar su cuerpo de décadas de vida malsana para que su nueva dieta pudiera hacer todo su efecto. Miró las notas escritas con la letra grande y sinuosa de Tina:

Lo primero cada mañana: ocho onzas de polvo de psyllium mezcladas con agua mineral. Luego una infusión de hierbas, ejercicio y frotamiento de piel.
Desayuno: fruta, pero no plátanos.

Media mañana: la spirulina (que le había dado ella, la mitad de sus reservas), mezclada con diez onzas fluidas de agua hirviendo.

Almuerzo: ensalada de brotes tiernos y tres cápsulas de suplemento de plantas marinas.

Cena: igual que el almuerzo.

Antes de acostarse: Un combinado de fibras e infusión de hierbas, seguido de masaje abdominal.

Daniel guardó las notas en el bolsillo de la camisa, junto a su corazón. Sonrió, se aporreó el pecho y abrió una cerveza.

Jasmine condujo hasta la casita de cartón junto a Falls Church. Mientras batallaba con el volante para liberar su rechoncha figura , su madre abrió la puerta de la casa y bajó los escalones, ágil y llena de vida, con el pelo rubio entreverado de gris suelto y flotante como el de una vieja bruja. Llevaba tejanos y una camiseta que exhibía el morro de un lobo siberiano en vías de extinción. Le dio a su hija un fuerte abrazo.

Dentro de la casa, imágenes enmarcadas de diferentes clases de lobo miraban desde las paredes como si fueran los antepasados. Cenizas de incienso cubrían la repisa de la chimenea. Velas de cera de abeja punteaban la habitación, colocadas en altos candeleros de hierro forjado. Una docena de sillas dibujaban todavía un semicírculo en torno a la chimenea, recuerdo de la sesión de canalización de la noche anterior. Su madre se apartó una telaraña imaginaria de la cara.

—¿Café?

—Sí.

Linda, como su madre quería que Jasmine la llamara, no había descubierto la comida hasta después de que Jasmine se fuera. Para ella, las comidas siempre habían sido un ritual necesario pero carente de brillo. Jasmine no podía recordar ninguna ocasión en que su madre hubiera llegado a mezclar más de dos ingredientes para la cena: una lata de alubias y un paquete de salchichas de Frankfurt; una lata de sopa de champiñones y pollo troceado; una lata de almejas trituradas y espaguetis. Su principal recurso eran las cajas de mezclas deshidratadas: primeros platos, pasteles, salsas, sopas, zumo de naranja, incluso leche. «Así es mucho más fácil —le explicaba a su horrorizada hija—; duran para siempre». Ni un producto fresco había alegrado el frigorífico de Linda, salvo los huevos. Bien mirado, lo único que necesitas añadir es agua y un huevo de vez en cuando. Su plato favorito particular era Hamburger Helper. Cuando la marca apareció en el mercado, Linda servía una variedad cada noche de la semana. «Mirad —decía orgullosamente mientras vaciaba el contenido de la caja encima de un trozo de carne de color gris—, las hay de muchísimos sabores: queso clásico, mejicana llena de especias, italiana llena de brío. ¡Es como ir a un restaurante diferente cada noche!»—. La cantidad de conservantes alojados en los intestinos de su madre tenía que ser apabullante. Sin embargo, a Jasmine no le quedaba más remedio que admitirlo, Linda tenía un aspecto excepcionalmente joven para su edad.

Pero ahora era diferente; Linda había descubierto la comida o, más específicamente, todas los alimentos a los que era alérgica. Había examinado atentamente a todos los culpables: lácteos, «lo único que hacen es llenarte de flemas», trigo, «origen de la mitad de los delitos del mundo»; levadura «tierra de ácaros». La comida se había convertido en el enemigo. Una conspiración de las derechas. Impulsada por las grandes corporaciones que envenenaban la tierra con alérgenos fabricados por el hombre e inundaban, con una fortuna en productos agrícolas, a una población biológicamente más apta para comer frutos secos, brotes y carne de dinosaurio. Así que recorría las tiendas y cooperativas de alimentos naturales donde te servías tú misma, con una pequeña pala, de los barriles y hacías acopio de multivitaminas libres de gelatinas. Tenía una web para personas igualmente preocupadas por la comida, llamada Comida para Matar, donde se explicaba que, detrás de cada partícula de comida en apariencia inofensiva acechan aditivos crueles como vándalos.

Pero Linda preparaba el mejor café que Jasmine hubiera probado nunca. Mezclas con vainilla o avellanas, acompañadas de la cantidad justa y perfecta de leche de soja caliente, servido en grandes jarras de cerámica que encontró en el valle de Shenandoah. Jasmine oía como revolvía en el congelador entre los diversos paquetes de café en grano, pensando en qué mezcla preparar aquella mañana.

—Careme vino a verme ayer —gritó Linda.

—¿Ah, sí?

—Sí. Lo pasamos muy bien. Nos tomamos un té estupendo con *scones* de harina de arroz.

—¿Y se los comió?

—Dos.

—¿Te contó algo?

—¿Algo de qué?

—Algo interesante.

Silencio en la cocina.

—No.

Luego se oyó el zumbido del molinillo de café. Jasmine se recostó en el respaldo del sofá y cerró los ojos. Estaba profundamente cansada. Se sentía tentada a rechazar el café, subir a acostarse en la cama de su madre y dormir unas buenas dos horas. Antes de que pudiera decidirse, entró Linda con dos jarras de café humeante y un plato de *scones* tostados. Le dio unas palmaditas tranquilizantes a Jasmine en el hombro.

—Relájate, todo se arreglará. Acuérdate de que tú eras un horror.

—Yo nunca fui así.

—No, tú estabas gorda.

Jasmine digirió esa información junto con su *scone* seco, sin trigo, sin lácteos, sin sabor.

Daniel se frotó la nuca. Su «única vez» se había convertido en trece veces. Trece veces en una semana. Arqueó una ceja, asombrado ante su hazaña. No pensaba que todavía fuera capaz de tanto. Pero, Dios, ¡qué cansado estaba! Su cuerpo estaba cansado. Su cabeza estaba cansada. Y estaba cansado de mentir. Le estaba mintiendo a todo el mundo; a Jasmine, a sus estudiantes cuando llegaba tarde, mascullando algo sobre los atascos, después de haberse tirado a Tina en su despacho. Estaba claro que algunos no se dejaban engañar, especialmente después de que Tina, con el pelo ligeramente revuelto, entrara en la clase detrás de él, tratando de pasar desapercibida. Le mentía a Careme, les mentía a sus amigos, Dios, si hasta le mintió a Tina cuando no acudió a una cita con ella, no porque se le estropeara el coche como le dijo, sino porque Jasmine lo necesitaba para recoger doce corderos enteros de la carnicería. Había que rendir cuentas de cada momento, a unos o a otros. Y Tina tenía una manera extraña de reaccionar, relajadamente, sin presionarlo, como si no pasara nada, pero luego le clavaba los ojos, como si sostuviera un sable contra su garganta y lo estuviera desafiando a tratar de escapar. Después se echaba a reír y daba un salto hacia atrás, levantando los brazos para mostrar que estaban vacíos y que todo era un juego y muy divertido. ¿O no?

Daniel cerró los ojos. Era fin de semana. Viernes, las cinco de la tarde. Iría a casa, cenaría bien. Por la mañana, había olido a romero, cociendo a fuego lento. Jasmine estaba trabajando en un lechal asado, en lugar de la habitual ave de los días de fiesta. Abrirían un buen Saint Emilion, quizá alquilarían un vídeo. Y durante todo el fin de semana, se tomaría las cosas con calma. Puede que llevara a Careme al cine. Era algo que les gustaba hacer los fines de semana. Dejarían a Jasmine, sumergida en un agradable baño caliente y luego volverían para tomar otra estupenda comida. Daniel sonrió. Justo, eso era exactamente lo que iba a hacer. Se levantó y miró donde había dejado las llaves y sus papeles. Pero allí estaba ella, otra vez. Arañando la puerta. Como un gato. Daniel contuvo la respiración. La oyó arañar de nuevo, más fuerte esta vez, como un tigre. Un tigre que hubiera olido sangre y quisiera entrar.

Daniel se mantuvo detrás de la mesa. Bueno, pensó, quizá uno más. Vale, sí, ¿por qué no? Uno más.

—Entra.

Primero apareció una bolsa de papel marrón, luego un brazo y luego el cuerpo de Tina, envuelto en un vestido de punto marrón muy ajustado. Tina sacó la botella de champaña de la bolsa, como la ayudante de un mago, con los labios muy abiertos, emitiendo un incitante susurro.

Daniel dejó caer las llaves.

En lo que parecieron dos segundos, la tenía encima de la mesa, con el vestido subido, las piernas rodeándole la cintura y la boca haciéndole cosas extrañas en los labios, instigándolo.

Al cabo de otros dos segundos, sonreía con la cabeza metida entre sus pechos, sintiendo, finalmente, el dolor del golpe que se había dado en la rodilla contra el afilado canto del escritorio. Se enderezó con esfuerzo.

—Tengo que marcharme.

Tina cerró las rodillas y bajó de la mesa con un ágil salto.

—Espera un minuto —dijo.

De puntillas corrió a la puerta y desapareció en dirección al baño. Cuando volvió, Daniel se había subido la cremallera, lo había recogido todo y agitaba las llaves en la mano. Tina frunció el ceño.

—¿Y qué hay del champaña?

—Tengo que marcharme.

—¿Por qué?

—Es que…

—¿Te está esperando?

—Bueno, no sé…

—Claro.

Tina apartó la vista, se rascó la nuca y luego cruzó los brazos.

—Quizá tendríamos que hablar de esto —dijo.

—De acuerdo —murmuró él, pero se quedó allí, sin decir nada, esperando.

—Quiero decir, no es que piense… —empezó ella y luego se detuvo.

Daniel mantenía los ojos fijos en la frente de ella, sintiendo el frío de las llaves en su sudorosa mano. La había jodido, pensó. Jodido y jodido, se dijo, esforzándose por no sonreír ante el doble sentido.

—Hoy no me toca, ¿verdad? —Tina alargó el brazo y cogió la botella de champaña—. ¡Hombres casados! —masculló entre dientes.

Se metió la botella debajo del brazo y se marchó. Daniel se quedó en mitad de la sala, culpable, aliviado y hambriento como un demonio.

◆ ◆ ◆

Jasmine había despiezado el cordero ella misma, separando la cabeza con la sierra eléctrica y descuartizando el cuerpo. Los cortes eran interminables: pierna, paletilla, riñonada, lomo, falda, pecho, cuello, por nombrar sólo unos cuantos. Su favorito era el costillar que convertía en una exquisita corona serrando entre el lomo y el cuello y sacando las elegantes varillas de las costillas. Los despojos los guardaba para los rellenos. A Jasmine nada en el mundo le gustaba más que el hígado y los riñones de cordero salteados brevemente en una salsa ligeramente picante, pero todavía no había logrado convencer a Daniel o Careme de lo delicado que era aquel bocado. El corazón lo guardaba para una noche en que estuviera sola en casa y pudiera abrir una botella de buen Borgoña y sentarse con calma. Lo preparaba bien braseado, relleno con miga de pan tierno, salvia y cebollas. Sublime.

Esa noche, mientras vaciaba los restos de los platos en la basura, a Jasmine le preocupaba que el guiso de legumbres que había preparado para acompañar el cordero asado hubiera quedado demasiado salado. Había cocido las lentejas lentamente con verduras y romero fresco, luego había incorporado pato, salchichas ahumadas y trozos de beicon y lo había dejado cocer lentamente mucho tiempo para que las lentejas se ablandaran hasta casi deshacerse, absorbiendo los aromas de todos los que las rodeaban y formando un jugo cremoso y espeso.

Todo tenía que ver con la absorción, pensaba Jasmine. En la cocina, igual que en la vida, cuanto más absorbas de la vida, del mundo y de los aromas que te rodean, más rica serás. Mejor sabor tendrás, filosóficamente. Pero Jasmine se había descuidado. En el último minuto, insegura de sí misma, había puesto demasiada sal. Puede que también en la vida se hubiera descuidado. Puede que no hubiera absorbido lo suficiente de lo que estaba pasando en su propia casa. Puede que alguien muy cercano a ella estuviera cociéndose a fuego lento en problemas y que ella hubiera echado demasiada sal, en lugar de probar y degustar y averiguar qué estaba pasando realmente. Volvió los ojos hacia Daniel, que estaba sentado a la mesa, saciado. Se había mostrado tan distante últimamente, tan inasequible, tan poco interesado en ella. Aquellos estudiantes suyos lo agotaban. Le exigían demasiado de su tiempo, demasiada de su energía. Eran como sanguijuelas. Y él nunca decía que no. Era de esa clase de maestros; entregado, innovador, incansable.

Careme había desaparecido escaleras arriba para prepararse para otra fiesta. Su cuenco, intacto, seguía, solidificándose, encima de la mesa. Jasmine lo retiró rápidamente y puso una bandeja con condimentos en su lugar. Ahora sólo estaban ellos dos, Daniel y Jasmine.

—¿Qué te gustaría hacer? —preguntó ella.

Daniel bostezó violentamente.

—Podríamos alquilar un vídeo —dijo.

—Podríamos hablar.

—Podríamos hablar —Lo dijo con una cara como si ella hubiera sugerido tripas de rata del desierto para postre. Se frotó los ojos—. Jasmine…

—Lo digo en serio. ¿Cuándo fue la última vez que charlamos?

Daniel observó su cara atentamente.

—De acuerdo, dispara.

—Me voy.

Careme había aparecido en la puerta de la cocina, vestida como una adicta a la heroína, con tejanos desgarrados, una camiseta que no hacía juego y, emborronándole todo el contorno de los ojos, sombra de color carbón.

—¿Quién conduce? —preguntó Jasmine.

—Lisa.

—Diviértete y acuérdate de cerrar la puerta con llave cuando vuelvas. Te la has dejado abierta dos veces seguidas —dijo Jasmine.

Careme se dio media vuelta, sin decir palabra, y se marchó. Daniel se quedó mirando hacia la puerta, sin poder hablar.

—¿Quién era esa?

—Nuestro vástago, demasiado guay para describirla con palabras. Dios, por la forma en que actúa se diría que tú y yo nunca hemos tenido relaciones sexuales.

Daniel estiró las piernas y sacó la barriga. Pero no mordió el anzuelo. Jasmine insistió.

—¿Sabes?, por la forma en que actúan los adolescentes, me parece que preferirían creer que fueron concebidos en una probeta.

Daniel soltó otro ruidoso bostezo y se rascó la entrepierna. Jasmine le puso las manos en los hombros y probó una táctica diferente.

—Sabes que puedes contármelo todo, ¿verdad?

Los hombros de Daniel se pusieron rígidos.

—Claro.

Ella le acarició el pelo.

—Porque sé que ha sido difícil para ti. Pero no tendrías que dejar que tus alumnos se te impusieran…

Él se apartó.

—¿De qué estás hablando?

—Una mujer sabe esas cosas —dijo ella, besándolo ligeramente en la frente.

—¿Qué cosas? ¿Qué es lo que sabes?

Jasmine se sentó delante de él. Llevaba un poco de salsa pegada a la comisura del labio. Se inclinó y lo besó. Él permaneció inmóvil como una roca. Ella le desabotonó la camisa y abrió el tarro de pasta de pimentón que había en la bandeja de condimentos. Con un dedo, delicadamente, le embadurnó los pezones. Los ojos de Daniel parecían platos. Ella dobló una servilleta y le tapó los ojos con ella. Le cogió la mano, le metió los dedos en el tarro de miel y se los chupó. Él era su chupachups, sólo suyo. Daniel rebulló, pero no dijo nada. Ella le dejó caer un chorrito de aceite, como llovizna, por encima de los hombros y frotó, fuerte, insistentemente, como lo haría con un caro solomillo de buey. Un pellizco de sal, un toque de pimienta. Inhaló su olor y le mordisqueó el cuello.

Daniel apartó la silla de golpe y de un tirón la tendió encima de la mesa. Empezó comiéndole las orejas, la parte que más le gustaba de ella, royendo y mordisqueando hasta labrar, con suaves dentelladas, un frenesí al rojo vivo. Jasmine sonrió. Se sentía mejor. Lo estrechó con fuerza, acariciándole el cuello, su parte animal favorita, con los labios. La comunicación era la respuesta.

9

Daniel se recostó en el sofá del despacho y gimió. Un par de semanas con el régimen de Tina y estaba hecho unos zorros. La semana de limpieza de colon lo había dejado hecho polvo. Se sentía frágil. Sufría y todo le dolía. No tenía energía. La boca era un campo de minas lleno de llagas. Las tripas le burbujeaban como un volcán en erupción. El pelo, estaba seguro, le raleaba. Se dejó caer de lado para aliviar su abotagado estómago y con una mano buscó a tientas el teléfono.

—Tina.

—Daniel, tienes que dejar de actuar como una criatura.

—Me estoy muriendo.

—Ya te lo he dicho muchas veces; son sólo las toxinas que se descomponen y son eliminadas a través del torrente sanguíneo.

—¿Y dónde estaban?

—En lo más profundo de tus intestinos. Estaban allí, adheridas, enconadas, criando bacterias, socavando tu energía.

—Ah, claro.

—Te han estado provocando pequeñas infecciones, una baja potencia…

—Nunca.

—Con el tiempo habría pasado. Y con el tiempo, enfermedades. A lo grande. Como un cáncer. Es estupendo que te sientas así. Significa que está funcionando. Tendrías que estar muy contento. A veces, se tarda mucho más en sentirse así de mal.

—Oh, yupi.

—Tengo que dejarte.

—¿No quieres venir a visitar a un pobre enfermo?

—Tengo cosas que hacer, Daniel, muchas cosas. Pero no te preocupes. Cuando pase mañana te sentirás libre y ligero. Un hombre nuevo.

—¿Qué cosas tienes que hacer?

—Adiós, Daniel.

Daniel soltó un eructo enorme cuando colgaba el teléfono. Se sentía un poco más animado y orgulloso de su sufrimiento. Era evidente que sus toxinas no estaban tan profundamente arraigadas como las de otros. Era evidente que se había mantenido en mejores condiciones y en mejor forma interna que la mayoría. Era evidente que todavía no habían atacado su hombría. Sonrió, pensando cómo sería su resistencia cuando se librara de aquellas toxinas. Cambió de posición y levantó las rodillas para dar facilidades a las toxinas para que escaparan de su cuerpo hinchado y en putrefacción.

Jasmine llevó la bandeja hasta una mesa cerca del ventanal que iba desde el techo al suelo. Al otro lado del cristal, las hojas caídas revoloteaban a la altura de sus pies a lo largo de la calle F. Un hombre que pasaba volvió atrás para mirar su cargada bandeja. Con cuidado, Jasmine retiró de la bandeja su aperitivo, su sándwich, sus dos ensaladas de acompañamiento, su postre y la bebida y colocó la bandeja contra la ventana. Imaginó que se frotaba las manos y atacó. Las láminas del cruasán se le pegaban a los labios mientras masticaba y observaba a los demás comensales que había alrededor. Tres hombres sorbían sus tazas de té, con los teléfonos móviles situados junto a su comida, como si fueran los cubiertos. En una mesa para dos, una mujer anciana con una boquita puntiaguda como la de un gato atigrado iba liquidando metódicamente, cucharada tras cucharada, un helado. Jasmine sintió un escalofrío. La mujer hizo una bola con la servilleta, la puso dentro del plato y, con manos temblorosas, llevó la bandeja a la basura. Pero cuando intentaba vaciarla, golpeándola inútilmente contra la ancha boca del contenedor, una pareja la empujó al pasar y le hizo perder el equilibrio. Se fue hacia atrás, pero por suerte, la pared detuvo su caída. Jasmine se levantó para ayudarla, pero la mujer, después de llevarse las manos a las ruborosas mejillas, se encaminó, vacilando, a la puerta y se marchó.

—No es que pasen mucho tiempo juntos.

Jasmine giró la cabeza en dirección de donde procedía el sonido de aquella voz joven. En la mesa de al lado había tres mujeres jóvenes, todas con cuellos firmes y pelo brillante. La que hablaba tenía el pelo oscuro, del color de una suculenta ganache de chocolate.

—Él dice que siempre está trabajando y que apenas tienen nada que decirse.

—Suele pasar —asintió la que tenía la parte superior de los brazos más delgada que la muñeca de Jasmine.

—No sé… —dijo la tercera, que llevaba un elegante traje azul y unas chocantes Nikes púrpura.

—Mira, yo quiero de verdad estar con él —dijo Ganache mientras se iba metiendo en la boca un trozo de lechuga —. Tampoco es que haya mucho donde escoger por ahí fuera. Quiero decir, los tíos de nuestra edad no quieren comprometerse. Además, de todas maneras, ¿quién los quiere? No tienen dinero. Los que están en la treintena quieren mujeres cinco o diez años más jóvenes para tener hijos. Los cuarentones, son un grupo totalmente nuevo que empieza a estar disponible. Para nosotras. Y algunos están casados…

—La mayoría —apuntó Pulcra.

—Y muchos tienen ganas de dejarlo.

—¿Y qué nos dice eso de ellos?

—Hay veces que una pareja se distancia. No es culpa de nadie.

Muñecas de Palo asintió enérgicamente, interrumpiendo.

—El divorcio no es tan malo. La gente ahora vive más, pero no se espera que sigamos juntos tanto tiempo. Antes, ¿sabéis?, como unos trescientos años atrás, la gente se moría a los cuarenta y hoy en día a los ochenta, así que, ya veis, ahora la gente puede vivir el doble.

—¿Qué vas a hacer cuando cumplas cuarenta? —preguntó Traje Elegante.

Ganache engulló un trozo de lechuga.

—Probablemente tendré un hijo de unos nueve años. Así que no necesitaré vivir el doble.

—¿Y qué hay de ella?

—Su hija tiene dieciséis años. Prácticamente ya se ha ido de casa. Y ¿sabéis?, yo resultaría una madrastra estupenda. En cualquier caso, tendremos un par nuestros, así que no voy a tener mucho tiempo para ella. O sea que irá bien que tenga a su mamá.

—Así que de verdad va a divorciarse.

—Yo no sería la primera esposa-trofeo que se conoce.

Traje Elegante bufó.

—Ya sabes a qué me refiero.

Muñecas de palo mordisqueó una patata frita.

—¿Vas a casarte de blanco o qué?

—No, pensaba en un vestido crema. Y quizá una única flor. Una cala con un lazo crema.

—Ann Taylor está de rebajas. A mí me gustan sus cosas.

—¿Nos pasamos por allí antes de volver?

—¿Y qué piensas del rojo? ¿Es demasiado... no sé, demasiado...?

Cogieron las bandejas y se fueron, dejando a Jasmine temblando de pies a cabeza. Su padre había dejado a su madre por otra mujer. La conoció en el trabajo y a los tres meses volvió a casa para hacer las maletas. En aquel momento, Jasmine pensó que el matrimonio de sus padres no era lo bastante fuerte, que, de alguna manera, había sido culpa de su madre. Pero con doce años, ¿qué diablos sabía ella? Ahora sabía que algunos días el matrimonio puede ser más fuerte que el acero, otros frágil como una telaraña. Y si se introdujera en él algo afilado, justo en ese momento, podría partirse en pedazos. Y en el caso de sus padres, así fue.

Su madre se había mostrado desusadamente filosófica.

—Es algo que pasa todo el tiempo —decía, tomándose su Bloody Mary y tratando de evitar los ojos acusadores de su hija—. No sé si es posible impedirlo. Es como el cáncer. Hay personas que viven como monjes pero igual lo atrapan y mueren. Otras lo hacen todo mal y viven eternamente y lo que es más importante, su hombre las quiere eternamente.

◆ ◆ ◆

Las cosas iban mejorando, pensó Tina. Quizás aquél fuera el de verdad. Quizás aquél estuviera dispuesto a dar el siguiente paso. El tío estaba colado de verdad. Constantes llamadas por teléfono. Palabritas de cariño. Estaba a punto, lo percibía. Y esta vez iba a cerrar el trato. Estaba preparando su plan de batalla y la primera pieza de su armamento era un vestido. Un vestido tan espectacularmente erótico que era seguro que su amante olvidaría hasta como se llamaba, por no mencionar la fastidiosa existencia de una esposa. Entró en Betsy Fischer, en la avenida Connecticut, y se puso en las capaces manos de las dos dependientas. Se probó un traje de punto, muy ceñido, de color fucsia, que apenas llegaba a cubrirle el protuberante pubis. Se probó un ajustado vestido blanco, de seda, con un corte en la espalda que amenazaba con partirla en dos. Finalmente, se decidió por un modelo de color marrón, que se le pegaba al cuerpo, y que se ataba caprichosamente por la espalda, dándole el aspecto de una dulce sorpresa de chocolate.

Eligió la ropa interior con cuidado. Victoria's Secret, por supuesto. Un corsé de color ciruela con unas bragas de encaje francés, medias negras de seda y zapatos que sólo podían describirse como zapatos «fóllame» con un largo cordón negro que subía, rodeándole la pantorrilla, desde la punta del pie hasta la rodilla. Se maquilló poco, sabiendo que su principal triunfo era su piel, todavía relativamente lisa (comparada con la de su mujer). Un toque de máscara, un brochazo de rubor, una pincelada de intenso Mocha Surprise en el mohín de los labios. Se dejó el pelo suelto, espeso y largo. Un poco revuelto, para conseguir ese aspecto de «acabo de levantarme de la cama», ese aire de «cuánto voy a tener que esperar para que alguien me lleve otra vez allí». Desenvolvió una nueva caja de condones y la deslizó en el cajón de la mesita de noche.

Daniel, por su parte, estaba sentado en la cocina, acabando lo que quedaba de su sopa de setas silvestres, rebañando la suculenta crema con un trozo de pan de dos cereales, recién hecho. Tenía intención de no comer tanto, pero la fragancia celestial de las setas, ricas en mantequilla, lo había llamado como un canto de sirena y había acabado

pidiendo una segunda ración. Podía notar como la grasa de la mantequilla se le adhería a las células de la sangre cuando pasaban por el estómago, haciendo dedo para que la llevaran al corazón y al vientre. Su
satisfecho estómago presionaba contra los pantalones, pero seguía sin
poder detenerse. Miró a su mujer, que levantaba el cazo de nuevo.
Entrecerró los ojos. ¿Con qué clase de diablo traicionero vivía? ¿Con
qué cáncer se había casado? Metió hacia dentro el intestino y asintió
con el mismo odio hacia sí mismo que quizá sintiera un sacerdote
cuando alargaba la mano hacia su monaguillo.

Mientras reanudaba su sorbeteo, trató de pensar en un medio de
salir de casa durante un par de horas. Se sentía un poco como un adolescente tratando de reunir el valor para pedir prestado el coche. A su
lado, Careme, sentada delante de su cuenco, lamía sopa del dedo, con
lo que a Daniel le pareció una sensualidad alarmante. Jasmine no
prestaba atención a ninguno de los dos; estaba mirando por la ventana, que le devolvía el reflejo de su cara pensativa y de las luces de la
cocina.

—Pues… —empezó Daniel.

Careme levantó la vista, con el dedo en la boca. Jasmine ni se
movió.

—Estaba pensando en darme una vuelta por Hechinger's, a buscar unos… clavos.

Jasmine volvió la mirada hacia él, incrédula.

—Para… quiero colgar unos cuadros —continuó él.

—Hay una bolsa entera de clavos en el sótano.

—No del tamaño adecuado.

—No del tamaño adecuado —repitió Jasmine como en un sueño y volvió a fijar la mirada en la ventana.

—Bueno pues… hasta dentro de una hora más o menos. Quizá
dos.

—Vaya papá, ¿tienes una cita o algo por el estilo?

—¡Ja, ja, muy divertido!

Al salir tropezó con la silla.

◆ ◆ ◆

Daniel llamó al timbre de casa de Tina y esperó, dando saltitos de un pie a otro. Hacia un frío de todos los demonios. Desde su tratamiento de limpieza había perdido peso y el viento le atravesaba el cuerpo como un móvil de campanillas. ¿Dónde diablos estaba aquella mujer? Trató de ver el interior por la ventana. Un rastro de ropa iba hasta el dormitorio. Qué desordenada, pensó. Golpeó la puerta. Luego cogió el móvil.

—¿Diga?

—Abre la puerta.

—¿Dónde estás?

—Llevo media hora llamando a la puerta.

—Estoy ocupada.

—Me estoy congelando.

—No puedes presentarte así, sin más.

—Bueno, pues eso es lo que he hecho.

—Vete a casa.

—Tina.

Clic.

Vaya, ¿qué te parece eso? Estaba apretándole las tuercas. Tratando de obligarlo a elegir. Este era su último ardid. Era evidente que había estado leyendo aquel Libro de Reglas, esa basura antifeminista que decía que no tenía que aflojar hasta que él la envolviera en oro. Seguro que ella y todas sus amigas no casadas se reunían y se prometían solemnemente que no iban a desviarse de ese rumbo. Esta vez no. Bueno, Tina rondaba los treinta, tenía que sentir la presión. Podía entenderlo. Pero no iba a ceder. Él no era de esa clase de tipos que puedes mangonear como te da la gana. Porque, a fin de cuentas, sabía que a ella le gustaba mucho cómo funcionaba en la cama. Y que volvería con él.

Se le hizo un nudo en la garganta y se inclinó hacia delante para toser violentamente. Se apretó el costado para calmar el dolor que le recorría todo el cuerpo. Estaba cansado. Mortalmente cansado. Exhausto. Le parecía que el coche estaba aparcado tan lejos que no tendría ánimos para llegar hasta allí. Puede que se estuviera haciendo viejo para esto. Daniel apartó la idea de su cabeza. Nunca. Estaba bien. Sólo necesitaba echarse un rato. Sólo estaba un poco cansado.

Y se sentía vacío. Tenía los intestinos vacíos. Tenía el corazón vacío. Siguió andando, arrastrando los pies, helado y abatido.

Al día siguiente, por la tarde, Jasmine deslizó la última cucharada de cremoso helado en su boca y dejó que se le fundiera lentamente en la lengua. Cerró los ojos y se concentró. Abrió sólo un ojo para confirmar que la compota de ciruelas, que estaba al fuego, no se pasara; luego lo cerró de nuevo y volvió a saborear aquella crema suculenta y fragante. El sabor la hizo sentirse enormemente feliz, pero triste al mismo tiempo porque era la última cucharada. Pensó en lo mucho que se parecía a la vida, donde lo fabuloso suele ir de la mano con el arrepentimiento.

Sonó el timbre de la puerta. Ah, el pedido del vino, pensó Jasmine, mientras se dirigía al recibidor.

Al abrir la puerta se encontró a Troy delante. Jasmine parpadeó y luego fue presa del pánico.

—¿Qué le ha pasado a Careme? —gritó.

—Nada. A Careme no le ha pasado nada. Está bien. Está en clase.

—Ah.

Troy se balanceó cambiando el peso al otro pie. Jasmine continuó mirándolo, perpleja.

—He decidido no ir a clase hoy. Quiero decir, estoy en último curso y… bueno, ya he elegido la universidad. Mientras no la cague por completo…

Jasmine se arrebujó en el jersey.

—Estoy trabajando.

—¿En aquel artículo de Hazan?

—No, éste es sobre la compota de frutas.

—¿De verdad?

Permaneció allí, delgado, esperando. Finalmente, Jasmine abrió un poco más la puerta.

—¿Quieres entrar?

Se deslizó por su lado como un rayo.

En la cocina, examinó los cuchillos.

—Vaya, están muy afilados.

—Más les vale. Me he gastado una fortuna haciendo que me los afilara un profesional.

—Pero compensa, ¿no?

—A la larga.

Volvió a los fogones donde las ciruelas burbujeaban. Revolvió el contenido del cazo, tratando de recordar si ya había añadido la rama de canela. Notaba a Troy detrás, observándola.

—Ese color te sienta bien —dijo.

Ella bajó la vista hacia su suéter gris, tratando de decidir si le estaba tomando el pelo.

—Quiero decir —dijo él, tartamudeando—, mucha gente no puede llevar ese color, pero tú tienes mucho color propio, así que funciona.

—Gracias —respondió ella, tocándose el pelo.

Removió por última vez las ciruelas y apagó el fuego. Él se había retirado al otro lado de la mesa cuando ella se acercó con el cazo humeante.

—¿Y ahora qué se hace? —preguntó él.

—Se deja reposar unos veinte minutos, para que se enfríe, y luego se saca la vainilla y la canela y se reparte en tarros.

—Mmmm.

Las ventanas de la nariz de Troy se estremecieron con el vapor. Jasmine miró las fuertes manos, sin pelo. El liso pecho, sin pelo, que se entreveía por la abertura de la camisa. La mandíbula, firme como la de un cascanueces. Se mordió el labio y se volvió.

—¿Y mientras tanto? —preguntó él.

—Veamos —dijo, hojeando sus notas—. Bueno, esto no sería estrictamente trabajo.

—¿No?

—No. Algo más personal.

—¿Cómo de personal? —preguntó Troy, inclinándose hacia delante.

—Estoy intentado idear algo deslumbrante para el cumpleaños de mi marido.

Troy se enderezó.

—Oh.

—¿Es demasiado temprano para un vaso de vino?

Troy negó con la cabeza. De nuevo, Jasmine sacó una botella de tinto.

Alzó la copa hacia él y tomó un largo sorbo.

—¿Qué les gusta comer a los hombres?

Troy la miró fijamente, esperando el chiste.

—Hablo en serio.

—Ah. Carne. Sin ninguna duda, carne.

—Eso es lo que yo pensaba. ¿De qué clase?

—Roja, cuanto más roja, mejor.

—Ya, pero ¿cómo?

—¿A la barbacoa?

—Puede, pero yo estaba pensando en un suculento estofado de algún tipo.

—¿Cuántos años cumple?

Jasmine vaciló como si estuviera divulgando un secreto embarazoso.

—Cuarenta.

Troy soltó un silbido.

—Pasa en las mejores familias —dijo ella.

Troy alargó la mano y la puso encima de la de ella.

—A ti te favorece.

—Yo todavía no los tengo —le espetó ella.

Él retiró la mano.

—Quizá por eso estás tan bien.

Continuó mirándola, sin apartar la vista de sus labios. Ella se sonrojó y empujó un plato de rábanos hacia él.

—Pruébalos —le animó.

Ella misma alargó la mano, cogió un rábano por las hojas y lo sumergió en la mantequilla ablandada. Luego lo pasó por la sal marina y se lo metió en la boca. El crujido que hizo fue tan satisfactorio que se le llenaron los ojos de lágrimas.

Troy se llevó uno a la boca y lo introdujo entre sus sensuales labios.

—Oh, sí —dijo entre crujido y crujido.

A Jasmine le temblaban las manos al coger otro.

Troy se puso en pie.

—Has trabajado mucho en esta casa.

—Hace tiempo. No últimamente.

—¿Puedo echar una ojeada?

De repente, Jasmine se sintió como si tuviera dieciséis años y jugara a «de visita a la casa de mis padres». Aquí está el dormitorio, aquí está mi cama, aquí está mi...

—Sí, claro.

En la puerta del dormitorio, Troy alargó la mano y le acarició la espalda. De su cuerpo brotó un largo ronroneo, que la recorrió desde la cabeza a los pies. Se desplomó encima de la cama. Troy se acomodó a su lado, apretando la pelvis contra sus caderas. «Este dedito fue al mercado, éste compró un huevito...»

—¿Estás cómoda?

Le metió la mano por debajo de la blusa, haciendo que los pezones se irguieran, alerta. Y con esa alerta, el cuerpo entero de Jasmine se puso en pie de un salto.

—No puedo hacerlo.

Troy se recostó en las almohadas.

—¿Por qué no?

—¿No estás interesado en mi hija?

—Es guapa de verdad, tu hija.

—Pero, ¿no te sientes atraído sexualmente por ella?

Él se encogió de hombros.

—Claro, pero, ¿sabes?, las chicas de esa edad, no saben de verdad qué están haciendo. Me gusta la experiencia —Le sonrió—. Y las redondeces. Tienes unas tetas de muerte.

Jasmine enderezó la espalda.

—Pero vosotros dos... —insistió.

—No.

—Ah.

—No me gusta desvirgar. Demasiada responsabilidad. Algunos tíos, sólo viven para eso. ¿Sabes?, tallan muescas en su cinturón. Pero yo... no sé... Puede que me guste algo más en sazón, en lugar de tan insulso e insípido —Con aire indiferente, se bajó la cremallera—.

Además, ¿sabes?, me gusta un poco de carne en mis mujeres. Cuanto más grande es el cojín, mejor...

—Creo que tendrías que marcharte ahora.

—Pero, pensaba...

—Sólo te estaba enseñando mi casa.

—Es una casa bonita.

—Gracias.

Bajó la mano y, con tanto aplomo como le fue posible, volvió a subirse la cremallera.

Jasmine se hizo a un lado para dejarle pasar por la puerta, bajar las escaleras y salir de la casa. Luego se desplomó, desmadejada, en la cama. ¿Pero, en qué diablos estaba pensando? Aquella carne deliciosamente dura podía haber sido suya. Podía haberlo tenido completamente a su servicio, haciendo todo lo que ella quisiera. Ah, las cosas que podían haber hecho juntos. Una y otra vez. Sin apenas un suspiro en medio. Aspiró el sustancioso olor a hombre joven que todavía persistía impregnado en la almohada. Y había dicho no. Bueno, para empezar, Careme nunca, jamás, la habría perdonado. Y para continuar, pensó mientras se alisaba la falda, los votos matrimoniales eran votos matrimoniales. Había hecho el voto solemne de ser fiel a Daniel y lo iba a mantener a toda costa. Fijó la mirada en el techo y suspiró. Había sido muy agradable hablar con él. Quizá eso era lo que más echaba en falta.

Jasmine volvió a la cocina y sacó su bloc de notas. Finalmente, había concebido una receta para el cumpleaños de Daniel. Un estofado de corzo con bayas de enebro. Sonrió. Llevaba todo lo que a él le gustaba; un suculento sabor a carne, unos frutos brillantes, de penetrante sabor y una salsa llena de fragancia que haría que se le cayera la baba. Un estofado. Nada como un sensual estofado para sacar lo más primitivo que hay en nosotros. Confiaba que hiciera surgir lo primitivo en Daniel. Últimamente, había sido demasiado civilizado con ella, se metía la cama ya medio roncando, esperaba pacientemente que acabara de ducharse, en lugar de entrar como un vendaval y acoplarse con ella como antes.

Los estofados, claro, eran engañosamente peliagudos. Los malos estofados ocupaban el lugar más alto en la lista de Jasmine de crímenes culinarios contra la humanidad, junto con los filetes duros como suelas de zapato. El secreto del estofado era tratarlo con el mismo respeto con que tratarías cualquier otra cosa que cocinaras. La gente se volvía descuidada con los estofados, y les echaban patatas reblandecidas, cebollas grilladas, vino que llevaba días abierto, de todo, salvo restos del fregadero. Y tenían las narices de quejarse cuando acababan con una masa grasienta y chapucera. Cuando Jasmine abordaba un estofado, insistía en comprar un buen corte de carne de la parte alta, lo pulía cuidadosamente, lo doraba rápidamente en mantequilla o, a veces, en manteca de cerdo, vaciaba el exceso de grasa y luego eliminaba el glaseado con un buen vino tinto. Combinaba las hortalizas más frescas y crujientes, hierbas aromáticas llenas de vida y su mejor caldo. Mientras el estofado se iba haciendo a fuego lento, lo probaba para ver la sazón, lo comprobaba continuamente para estar segura de que la carne y las verduras no se deshacían y, en el último minuto, espesaba la salsa con harina amasada con mantequilla. Los estofados, como la familia, se merecían lo mejor de lo mejor.

Lisa y Alessandra depositaron los libros en el suelo de la cocina y se encaramaron a los altos taburetes. Sus mejillas frescas y rosadas brillaban bajo las luces empotradas.

—¿Estás segura de que no le importará? —murmuró Alessandra como si estuviera en una biblioteca.

—Por favor. Si aquí nos ahogamos en comida.

Careme abrió el frigorífico y sacó una fuente de barritas de limón. Antes eran una de las recetas favoritas de Careme, pequeños pastelitos de queso recubiertos de un glaseado de mantequilla con sabor a limón. Pero ahora eran obra del demonio. Creados sólo para tentarla y apartarla de la salvación; es decir, de la delgadez. Sin embargo, los ojos de Alexandra se abrieron como platos, llenos de reverencia.

—No había visto nada tan suculento en mi vida —dijo.

—Salvo Billy Green de Algebra 3 —le recordó Lisa.

Pero Alessandra no escuchaba; sus ojos y todo su cerebelo estaban fijos en aquella cobertura amarilla y refulgente. Cuando Careme le puso dos en el plato, Alessandra se echó rápidamente hacia atrás el pelo y lo anudó formando un gran moño. Lisa miró a Careme y enarcó una ceja.

—Adelante —la animó Careme, conteniéndose para no dárselo ella misma.

—¿Y tú? —preguntó Lisa.

—Soy alérgica a la crema de queso.

—No es verdad.

—Sí que lo soy.

Lisa se encogió de hombros y dio un mordisco al suyo.

—Es buenísimo. Ojalá tuviera una madre como la tuya —Alessandra cerró los ojos y disfrutó del momento, con la boca llena.

Lisa y Careme observaron cómo comía, con ojos codiciosos. Devoró el primero y luego saboreó el segundo, cada vez más lentamente según llegaba al último bocado, prolongando cada instante, como si se despidiera de su amante adorado. Finalmente tragó y abrió los ojos.

—Perdonadme —dijo—, tengo que ir al...

Lisa se inclinó hacia ella y la cogió por las muñecas.

—Tenemos que hablar contigo.

—Dentro de un minuto —dijo Alessandra, soltándose.

—Ahora —Lisa volvió a agarrarla—. ¿Por qué tienes que ir al baño cada vez que comes?

—No tengo que ir cada vez.

—Cada vez.

—No es verdad.

—Sí que es verdad.

Alessandra elevó los ojos al cielo.

—Eres tan... ya sabes. No tienes ni idea de qué estás hablando.

—¿Vas a vomitar?

—¿Qué es esto?

Careme se inclinó hacia ella y trató de darle unas palmaditas en la mano, antes de que Alessandra la apartara bruscamente. Después de todo, ella sólo estaba tratando de ayudar. Veía que su amiga lo necesitaba. Alessandra se estaba haciendo daño. Todas las revistas lo decían. Aquella chica era una adicta, una adicta a vomitar. Y este era un medio muy popular de romper las defensas de una adicta. Todo el mundo lo hacía. El padre de Jason Robert lo había hecho en el trabajo. Careme se había leído muy atentamente las instrucciones. Estaban ciñéndose estrictamente a las normas.

—Es una intervención —dijo.

—¿Una qué? —exclamó Alessandra, poniéndose en pie de un salto.

—Necesitas ayuda —Careme estaba decidida a mantener la calma—. Eres bulímica. Y te estamos diciendo, como amigas tuyas que somos, que necesitas ayuda. Te queremos…

—¿Yo necesito ayuda? Mírate, estás tan flaca que asustarías a un espantapájaros. Y tú —gritó, fulminando a Lisa con la mirada—, ni siquiera sé por dónde empezar, *amiga* —Se ahogó al decir la última palabra y cogió los libros con furia.

—¡Sujétala! —rugió Careme.

Lisa se lanzó desde el taburete y placó a Alessandra contra el suelo.

—¡Suéltame!

Careme corrió a la puerta y la abrió de par en par. En la entrada, la madre de Alessandra se apartó, mientras dos hombres con bata blanca se precipitaban al interior. Cogieron a su hija por los brazos y se la llevaron hasta la ambulancia que esperaba. Lo último que Careme vio de su amiga fue la boca, abierta y aullando.

—Nunca podré agradecéroslo bastante —dijo la madre de Alessandra, estrechándole la mano a Careme.

—Ojalá se sienta mejor, señora Diaz.

Más tarde, Lisa volvió a encaramarse al taburete y se sirvió otra barrita de limón.

—No cabe duda de que tiene un problema.

Careme asintió con la cabeza mientras envolvía los pastelillos restantes cuidadosamente, con doble papel transparente, y se lavaba las manos para eliminar cualquier resto.

◆ ◆ ◆

Cuando Daniel llegó, encontró la puerta de Tina entreabierta. Nervioso, la empujó lentamente. Parecía que Tina lo hubiera estado evitando durante toda la semana. Estaba empezando a perder las esperanzas. Pero, de repente, una invitación. A su apartamento. Para hablar. La perra de Tina se le acercó y le olisqueó los pies. Daniel trató de pisarle el morro. La perra salió disparada hacia el fondo del recibidor.

—¿Tina?

—Aquí. Cierra la puerta. Pon la cadena.

Puso la cadena y caminó por el pasillo. Al doblar un recodo, oyó los resoplidos de la perra y a Tina.

—Quieta, Sugarfree. Vete.

Se volvió y se quedó contemplando la visión que tenía ante él. Tina estaba tendida en el pasillo, desnuda, con las piernas cruzadas modosamente. Al llegar él, levantó la mano, deslizó el dedo entre las piernas, lo sacó y lo lamió con una larga lengua. Se relamió los labios y sonrió.

—Es chocolate, ¿quieres probarlo?

Daniel se inclinó, medio cortés, medio curioso, y le desanudó las piernas. Se preguntó por qué tenían que hacerlo allí en el helado pasillo, pero dedujo que se requería un cierto abandono. Lamió, vacilante, y se relamió. Tina se había alzado, apoyándose sobre los codos y lo observaba como una mamá que quiere que su hijo coma.

—¿Te gusta?

—Claro.

—¿Te gusta o no?

—Hace un poco de frío aquí, en el pasillo, ¿no?

—Daniel.

Daniel alargó la mano y empezó a retorcerle los pezones. Ella se dejó caer hacia atrás y el chocolate empezó a fluir.

Más tarde, se fue al baño, con aire remilgado, para limpiarse. Goteó sobre el suelo y soltó un taco. Daniel se tumbó de espaldas y se quitó un pelo de la boca. Luego se dirigió a la cocina a buscar un vaso de leche. Detectó una caja de *pretzels* en lo alto del congelador y metió la mano.

—No ha sido exactamente una representación estelar, ¿verdad? —dijo Tina apareciendo a la puerta de la cocina, con un albornoz blanco y el pelo envuelto en una toalla blanca.

Daniel pensó que estaba muy guapa.

—Ya te he dicho que esta dieta me está matando —dijo, con los carrillos llenos de galletas.

—Eso te pasa porque no paras de hacer trampas. Tienes que meterte de lleno. Un día de limpieza seguido de un atracón de galletitas, como un cerdo, no sirve de nada.

—No he estado comiendo como un cerdo.

—Me cuesta mucho creerlo. Te gusta tanto hacer trampas. Aquí te portas como un monje y luego cuando llegas a casa te envileces en la mesa de tu mujer. Y ahora que me acuerdo, apuesto a que todavía no se lo has dicho.

—¿El qué?

—Ya sabes. Lo nuestro.

Daniel pasó a su lado y entró en la sala, llevándose la caja de galletas con él. Se dejó caer en el sofá. Estaba hecho polvo. Tina se quedó de pie delante de él, con los brazos en jarras.

—Bien, ¿cuál es el siguiente paso?

—¿Qué quieres decir, el siguiente paso?

—Mira, es evidente que nos atraemos mutuamente. Estamos de acuerdo en las cosas importantes: la nutrición, el flujo de energía, la limpieza sistemática. Me pregunto adónde quieres llevar todo esto.

—Me estás tomando el pelo.

—No, para nada. ¿Qué haría que dejaras a tu mujer?

—¿Dejar a mi mujer? —Daniel se la quedó mirando fijamente. ¿De dónde había sacado aquello? Hablando de pasar del frío al calor. Tina se le acercó, mirándolo intensamente a los ojos, casi como si fuera un espécimen. Quería decirle: «No tengo ninguna intención de dejar a mi mujer», pero preocupado por un boicot inmediato, se encogió de hombros.

Tina alargó la mano y con un dedo empezó a trazarle una línea desde el pecho hacia la entrepierna.

—¿Cómo puedes ser tan terco?

—¿Has probado algún plato suyo?

—¿Qué?

—Cocina como un ángel —Cerró los ojos extasiado—. Su manera de cocinar es erótica, sus salsas, sus asados. Cuando saca del horno su cordero asado, se me aflojan las piernas. Puedo tocar el cielo.

—¡Daniel!

Pero Daniel no podía parar, se le estaba cayendo la baba.

—Y todavía tengo que probar una *beurre blanc* que esté ni remotamente a la altura de la suya. Ni siquiera en Jean Louis.

—Basta ya. Su manera de cocinar te está matando.

—Puede que sí —suspiró—, puede que sí.

—Además, yo también sé cocinar.

Daniel se echó a reír. Tina le dio una patada en la espinilla.

—¡Ay! ¿Qué sabes cocinar?

Tina reflexionó.

—Puedo hacer una ensalada estupenda. Con todo tipo de cosas. Igual que en una mesa de ensaladas. Y aperitivos. Puedo hacer esas patatitas con yogur y caviar.

—¿Qué clase de caviar?

—¿Qué clase de caviar? No lo sé. Es negro. Viene en pequeños tarros, en Safeway.

Daniel enarcó las cejas.

Tina pegó una patada contra el suelo.

—¿A quién le importa qué clase de caviar sea? Hay más cosas en la vida que la comida.

—¿Ah sí?

—¿No lo sabías? ¿El sexo?

—Para mí eso es estimulación previa.

—¿Qué os pasa a los tíos?

—¿Qué tíos?

Tina puso una expresión cauta.

—Nada.

Daniel le cogió la mano.

—Lo estamos pasando bien, ¿o no?

—¿Tú crees?

—¿Tú no?

—Me estás apartando de mi Zone, Daniel.

Daniel se encogió de hombros. Tina lo miró con una mirada intencionada. Sentada a sus pies, se inclinó hacia delante para que él pudiera verle el escote a placer y le cogió la mano.

—¿Qué puedo hacer para facilitarte las cosas? —dijo, mirándolo a lo más profundo de los ojos y sonriéndole de un modo alentador. Se había leído *Gana-gana* y *Llegar al sí.*

Estar lista y dispuesta y luego marcharte, pensó Daniel.

—Darme más tiempo —dijo.

—Aprenderé a cocinar.

Daniel soltó un bufido.

—Sí, aprenderé a cocinar mejor que tu mujer.

—¿Y qué vas a preparar, una sorpresa de tofu y clara de huevo?

—No te gusta como sabe porque no te entregas.

—Me entrego del todo.

—Yo te enseñaré. Será delicioso.

Daniel meneó la cabeza, escéptico.

El teléfono sonó justo cuando Jasmine acababa de meterse en la boca una enorme cucharada de puré de patatas con queso, beicon recién salteado y espinacas con ajo. Cogió el aparato y resopló.

—¿Jasmine?

Volvió a resoplar.

—Soy Henry.

Jasmine tragó.

—¿Henry?

—Tu agente.

—Mi agente —dijo Jasmine riendo.

—¿Qué es tan divertido?

Jasmine dejo de reír.

—La verdad es que nada —dijo sinceramente.

—Escucha, he hecho algo fabuloso. He conseguido que aparezcas en un programa de cocina en la tele.

—¿Yo? ¿Cómo?

—He tocado algunas teclas...

—Alguien ha cancelado.

—Bueno, claro, alguien ha cancelado. No creerás que fuiste la primera elegida, ¿verdad?

—Ni en sueños.

—Joder, eso se llama estar agradecida. Os doy a vosotros, los autores, a falta de un término mejor, la luna y siempre, todos, vais y me exigís la galaxia entera.

Jasmine escarbó hondo y encontró una cucharadita de entusiasmo.

—Es estupendo, Henry.

—Joder, claro que lo es. Por supuesto, no saben nada de lo de Garrett y tú. Les he dicho que estabas trabajando en lo que seguro iba a ser un *best-seller*. Título provisional: «La Toscana libre de toxinas»

—Henry, no les…

—¿Te interesa o no?

Jasmine vaciló, un segundo.

—Me interesa.

—Bien, mira, se trata de…

Le dio los detalles rápidamente, en cuatro brochazos. Jasmine apenas tuvo tiempo de coger un lápiz.

—Pues eso es todo. No la joderás, ¿eh?

—¿Cómo iba a joderla?

—No tengo tiempo para explicarte las muchas maneras en que podrías joderla, Jasmine. Pero guárdate esas ideas sobre las grasas para ti sola, ¿me oyes?

—Te lo prometo.

—¿Cómo están las peonias?

—Muertas.

—¡Lástima!

Clic.

Jasmine colgó el teléfono y suspiró. Tendría que ser bastante sencillo. Iba a ser un espacio rápido. Un toque al final de un programa de cocina sobre cómo eliminar el sentimiento de culpa por haber comido demasiado en el Día de Acción de Gracias. Querían una única receta, algo corto, dulce y bajo en toxinas. Bueno, pensó, mientras tomaba otro enorme bocado de las patatas con queso, pues habían acudido a la persona equivocada.

10

Daniel sufría. Tanto emocional como físicamente. Estaba tumbado en la mesa de tratamiento eléctrico hidrocolónico en posición fetal. Supina. Entregándose al consuelo del tubo de goma tibio insertado en su recto. Iba evacuando todo lo malo que había en él. Todos sus padecimientos y preocupaciones eran arrastrados al exterior junto con el agua purificada. Claire, su hidrocolonista, lo sostenía como una *pieta* y manipulaba los pliegues de su vientre. Su cuerpo respondía y los tubos transparentes se iban ensuciando con sus desechos. Sentía las sábanas calientes suaves y sedosas sobre su cuerpo. Una infusión de manzanilla se enfriaba, fragante, junto a él. Se sentía tan vulnerable como un feto en el vientre materno e igual de seguro. Estaba volviendo al útero.

—Pareces un muerto —observó Jasmine, sentada frente a Daniel a la mesa de la cocina. Daniel contemplaba con mirada débil su muesli rico en fibra, con los dientes demasiado doloridos para masticar—. ¿No sería mejor que fueras al médico?

—Estoy bien —murmuró él.

Jasmine chasqueó la lengua y siguió comiendo los restos del pastel de manzana de la noche anterior. Sus sonrosadas mejillas oscilaban al masticar y Daniel se estremeció al pensar en todo aquel azúcar refinado invadiendo su cuerpo.

—¿No te preocupa lo que eso pueda hacerte? —preguntó.

—¿El qué?

—Eso —dijo, señalando el plato.

—No.

Daniel asintió y se preguntó, una vez más, cómo se las habían arreglado dos personas tan diferentes para unirse en matrimonio.

—Daniel, ¿todavía me quieres?

—¿A qué viene eso?

—Sólo para estar segura.

—Claro que sí.

—¿Todavía me encuentras atractiva?

—Claro.

—¿Puedo serte sincera?

—Claro —Pensó un segundo y añadió—: Supongo.

—Te huele mal el aliento.

Daniel se detuvo a medio masticar.

—No sé qué estás comiendo, pero estos días hueles a dragón.

Daniel tragó la comida.

—Sólo pensaba que tenía que decírtelo.

Jasmine recogió los platos, los metió en el fregadero y salió de la cocina.

Daniel se hundió en la silla y sintió el desánimo de la mediana edad aplastándolo como un hipopótamo geriátrico. ¿Cómo era posible que su mujer no lo entendiera hasta ese punto? Ahí estaba él, matándose para alargar su vida y ella no le tenía absolutamente ninguna compasión. Puede que Tina tuviera razón. Puede que Jasmine lo estuviera matando. Tanta nata y tanta mantequilla. ¿Cómo puede un hombre vivir así? Un día tras otro, comida suculenta y deliciosa. Ah, qué monotonía.

En clase, Careme se giró. De nuevo, los ojos de Roger miraron hacia otro lado, rápidamente. Vaya piojoso, pensó. Sin ninguna duda, un miembro del grupo de los marginados. Miró significativamente a Lisa, en la mesa de al lado, poniendo los ojos en blanco y volvió su perfecto perfil hacia delante. Con todo, pensó, resentida, le convenía ser amable. Era el tío más listo de la clase y tenía los apuntes de la semana pasada, de cuando ella, Lisa y Alessandra habían hecho novillos para ir a ver el desfile de moda en el centro comercial. Se volvió de nuevo, lo miró de soslayo y esbozó una sonrisa, justo lo suficiente para que no se soltara del anzuelo.

Cuando sonó el timbre, fingió estar ocupada con un botón de la blusa, esperando que él pasara a su lado, algo que sabía que haría, como sabía que el sol saldría a la mañana siguiente. Roger recogió los libros y, después de una ligera vacilación, anduvo por el pasillo donde ella estaba. Justo cuando le pasaba muy cerca, con los hombros rozándola apenas, Careme bajó su voz una octava y dijo con voz sedosa:

—Hola.

Él se detuvo con una sacudida.

—Hola.

Su voz le salió demasiado alta, de aquella boca que era toda dientes y encías de color rosa. Careme se estremeció. Pero tenía que pensar en su puntuación media del curso.

—Me perdí la última clase.

—Ya —asintió él, como un elfo ansioso.

—Y me preguntaba…

—Claro.

—Estupendo.

Le tendió la mano. Él pasó las hojas de su cuaderno y arrancó los apuntes de tres bruscos tirones. La mano de Careme se cerró sobre ellos como una araña sobre su presa.

—Es muy amable por tu parte —dijo y empezó a alejarse rápidamente.

—Hum —dijo él.

Pero ella apretó el paso y se dirigió a la puerta y la libertad.

—Eh… —persistió él, tocándola ligeramente en el hombro antes de apartar la mano, como si se hubiera quemado.

Careme no se detuvo, pero para salvar las apariencias, medio volvió la cabeza.

—¿Te gustaría…te gustaría ir a ver una película?

—Dios, las he visto todas —dijo ella con aire cansado y, cruzando la puerta, desapareció.

◆ ◆ ◆

Jasmine estaba en la sala verde de la CBS, salpicándose el vestido con té tibio y contemplando, por el monitor interior, cómo Miranda Lane revolvía trozos de carne de cabrito en unos fogones del estudio.

Miranda cogió la sartén y la plantó a un lado.

—La gente me pregunta qué tienen que ver Jamaica y Japón, qué relación hay. Y yo les digo que ninguna. Esa es la cuestión. Tenemos que liberar nuestra mente. Hacer nuevas combinaciones. Plátanos con salsa de soja. ¿Por qué no? Es delicioso. Por esa razón mi libro *Jamaica se vuelve japonesa* es un éxito tan enorme. Descubrirán recetas estupendas, que abren caminos nuevos.

Miranda vertió una taza de salsa de pescado en un cazo.

—Vamos allá, ¡upa! No se preocupen si derraman algo; es parte de la diversión. Huy.

Se sacudió la ropa y le dio la cuchara a una ayudante fuera de cámara.

—¿Querrás acabar tú, por favor?

La ayudante se quitó los cascos, entró en el escenario y empezó a remover la salsa. Miranda se pasó la mano por el pelo. Llevaba un vestido de vivo color azul turquesa y corte japonés, y el pequeño y apretado cuello se le incrustaba en la garganta como un garrote. El enorme dragón en la parte delantera parecía estar a punto de hurgar en su entrepierna.

—Y aquí —dijo chasqueando los dedos— tenemos el plato acabado —La ayudante colocó la fuente junto a la punta de los dedos de Miranda—. Cabrito al estilo de Jamaica, con salsa de pescado. ¿No es una belleza? Y además, delicioso. Ah, y no tiene más de doce calorías. ¿Es posible equivocarse así? No lo creo.

Desplegó una deslumbrante sonrisa. El cámara hizo un gesto de «cortar» y el productor chilló:

—Se acabó.

La sonrisa de Miranda se evaporó como el vapor del estiércol.

La ayudante se asomó a la sala verde.

—Estamos listos para usted.

Jasmine asintió y dejó su té con mano temblorosa. Siguió a la ayudante al interior del plató. Trató de protegerse los ojos del brillante cromado que refulgía en los focos de televisión. La productora, una mujer de veintipocos años, vestida con un traje negro, tremendamente severo, se dirigió a Jasmine sin levantar la vista de la tablilla.

—Bien, se trata de lo siguiente. Hable rápido, pero no demasiado rápido. Una gran sonrisa. Y no haga movimientos bruscos. Muévase lentamente, con fluidez. El apresuramiento no da bien en cámara. Recuerde que no se trata de comida, se trata de diversión —Forzó lo que pensó que parecía una sonrisa—. Y no se preocupe. Estoy aquí para que parezca estupenda. ¡Jenny! —aulló.

La ayudante llegó con su propio bloque de notas y cogió a Jasmine por el codo.

—Tengo preparado todo lo que pidió. Si necesita algo más, pegue un grito. Todo el mundo lo hace —murmuró mientras acompañaba a Jasmine a los fogones donde todavía estaba Miranda, recogiendo sus notas.

—Estuviste fantástica —dijo Jasmine.

—Ah, sí —aceptó Miranda mientras se alejaba.

Jasmine sudaba bajo los focos. Un hilo de sudor le caía por el valle de la espalda y empapaba la cintura de sus medias elásticas. Echó una ojeada al reloj. Tres minutos más y tendría una audiencia cautiva a la que podría ofrecer esperanza. Una vez más, recorrió con la mirada la mesa de cocina de la televisión para estar segura de que todo estaba en orden. Una sartén para saltear, una fuente de hornear, utensilios alineados tan pulcramente como el instrumental de un dentista. Levantó uno de los seis platillos llenos de ingredientes picados.

—Necesito más chalotas. Dos cucharadas soperas, no dos cucharadas de postre.

Jenny, la ayudante, cogió el bote sin detenerse, como una recogepelotas en Wimbledon, y desapareció en la trascocina donde se cocinaba de verdad. El plato estaba preparado en tres estadios diferentes; salteado, horneado y luego dorado hasta darle una corteza crujiente que hacía la boca agua. Esto era televisión en vivo, no había tiempo para el tiempo real. No obstante, Jasmine había insistido en que se preparara auténtica comida. Nada de puré de patatas fingiendo ser helado.

No, su audiencia iba a recibir lo auténtico; una elaboración de verdad, unos consejos de verdad, una experiencia culinaria plena, de proporciones asombrosas. Ojalá pudiera hacer que sus delicias horneadas atravesaran la lente de la cámara para alimentar el mundo entero.

—¿Lista? —preguntó Jenny.

—Eh… sí —respondió Jasmine.

Jasmine sonrió con seguridad mientras el cámara iba contando los últimos cinco segundos con los dedos. Pero cuando apartó los ojos de los dedos y los fijó en la cámara, todos los pensamientos de su cabeza se volvieron borrosos. Se quedó con la mirada fija, como un canguro atrapado por los faros de un coche. Se estaba malgastando un tiempo de televisión precioso televisando los anchos poros de Jasmine. Los frenéticos gestos del cámara, junto a su máquina, no cambiaban las cosas ni un ápice.

—Jasmine.

Una mano aterrizó en el brazo de Jasmine y lo apretó como si fuera la garra de un halcón. Jasmine se dio cuenta de que su productora había entrado en su espacio de televisión.

—Jasmine March es una autora de libros de cocina aclamada en todas partes —La mujer hablaba a la cámara, y Jasmine veía que luchaba por no consultar sus notas—. Adelante —concluyó, mientras su sonrisa anunciaba *Luego te asesinaré*.

Habla, habla, habla, vociferaba la mente de Jasmine. Por fin, abrió la boca.

—Buenos días, América —Esperó un segundo como si esperara que América gritara a su vez, «Buenos días, Jasmine». Sonrió de modo alentador a la cámara y con el brazo derecho señaló hacia atrás, como si fuera a presentar a alguien.

—Esto es una cocina.

La productora elevó los ojos al cielo, como si fueran la persiana de un escritorio de tapa corrediza.

Jasmine se acercó más a la cámara y miró atentamente dentro del objetivo. Retrocedió y se llevó la mano a la barbilla como si estuviera meditando. La productora estaba a punto de aparecer para rescatar su programa del naufragio, cuando Jasmine empezó a hablar de nuevo.

—¿Les gusta que les traten como borregos?

El cámara ocultó una sonrisa horrorizada.

—No, hablo en serio. Ahí están ustedes, sentados delante del televisor. La mitad de ustedes piensa que McDonald's se merece tres estrellas. La otra mitad ni siquiera es capaz de hervir un cazo de agua. Y ahí están, día tras día, viendo cómo unos *chefs* elaboran platos que ustedes no prepararían por su cuenta jamás. ¿Por qué nos miran? —Jasmine despidió a su audiencia con un amplio ademán y volvió la espalda a la cámara—. Apaguen la tele. Salgan de casa. Hagan algo. Por Dios.

Dos de las ayudantes se miraron; era como si en el plató se hubiera producido una fusión nuclear.

Jasmine volvió la cara, para mirar de nuevo la cámara.

—Y los que sí saben como hervir agua, borren esa sonrisita de suficiencia de sus labios, porque apuesto a que le están aflojando cientos de dólares a algún *chef* que les ha convencido de que crear una *beurre blanc* es lo mismo que idear una de las ecuaciones de Einstein. ¿Tengo razón o no? Miren, déjenme que les enseñe algo...

Hizo un gesto al cámara para que la siguiera y volvió a los fogones y la mesa de trabajo del estudio. Cogió un par de chalotas que estaban en un cuenco para hacer bonito. Empezó a picarlas.

—Voy a enseñarles cómo hacer su propia *beurre blanc*.

Se detuvo a medio picar y levantó la vista.

—Sí, ya sé que lo tengo todo ya picado —Cogió los cuencos llenos de ingredientes ya troceados—. Guapos, ¿verdad? Pero si no lo pico yo misma, pierdo el hilo. Así que voy a empezar desde el principio. Tengan paciencia conmigo.

Continuó picando en silencio, con la lengua asomando entre los dientes.

De repente, levantó la vista.

—¿Saben qué es lo que no puedo soportar? No puedo soportar a la gente que mira las recetas como si estuvieran escritas en checo, que se quedan ahí, en la cocina, tan sin vida como si acabaran de entrar en un quirófano. Esa gente que exclama «¿Qué diablos significa *frappé*?» A esos, les digo «Búsquense la vida». Mejor aún busquen una sartén y metan sus chalotas, su vinagre de vino blanco, su vermut seco y su zumo de limón. Pónganla a fuego vivo y remuevan.

Cogió una sartén, echó dentro los ingredientes y empezó a darles vueltas.

—Con suavidad, no estamos tocando los bongos, por todos los santos. Tienen que darle tiempo. Bien, ahora miren, ¿ven cómo casi se ha evaporado todo? Perfecto, ahora es cuando ponemos la nata. Sí, nata entera, si se atreven a usar esos meados de albino que llaman leche descremada, se van a quedar sin manos del machetazo que les pegaré. Muy bien. Ahora volvemos a removerlo, a fuego medio, hasta que espese.

Jasmine removió la mezcla, sin apartar la mirada de la sartén, totalmente concentrada.

—Añadan cuatro barritas de mantequilla.

Jasmine añadió la mantequilla. De nuevo fueron pasando los minutos. La productora ahogó un chillido espeluznante con el puño. Jasmine dio una última vuelta a la sartén.

—Y ya está. *Voilà,* su *beurre blanc.*

Se limpió las manos y se quitó el delantal.

—Iba a enseñarles cómo se hace el Rape envuelto en beicon con queso de cabra y albahaca para tomar con su *beurre blanc*, pero ¿a quién quiero engañar?

Sacó las tres fuentes con el rape, en tres etapas de preparación, hecho en una cuarta parte, medio hecho y acabado.

—Todos sabemos que no tienen ninguna intención de hacer este plato, así que vamos a charlar un ratito.

Apartó todos los cacharros a un lado y se sentó encima de la mesa. Volvió a fijar la mirada en la cámara, como si estuviera escuchando lo que le decía. Asintió con la cabeza como si comprendiera su dolor. Respiró hondo y empezó.

—¿Puedo preguntarles algo? ¿En qué momento de la historia los buenos comedores se convirtieron en el equivalente culinario a pervertidos sexuales? Ya saben de qué hablo. Estás en un café o un restaurante y acabas de pedir un enorme helado o un *brownie à la mode* y estás a punto de atacar cuando los ves. Ahí delante, con sus ensaladas de régimen y su pan integral, sin mantequilla, mirándote como si te hubieras quitado la ropa y estuvieras toqueteándote, ahí en presencia de todos. ¿Tengo razón?

¿Qué le pasa a la gente hoy en día? Todo el mundo se define por lo que no come. «Oh, yo no como carne». «Oh, yo ni toco la grasa». «Oh, yo no tolero los lácteos». Bueno, pues ¿saben qué? Yo no tolero a los que no toleran los lácteos. ¿Cuándo empezó la comida a tener que ver con lo que no es? Nada de grasas, nada de sal, nada de colesterol, nada de conservantes, nada de frutos secos, nada de trigo. La comida en la actualidad se ha convertido en un substituto de la política. La gente ya no es demócrata ni conservadora ni anarquista. Ahora es vegetariana a rajatabla o estrictamente orgánica o furibunda defensora de una u otra combinación de alimentos.

Jasmine se secó una gota de sudor de la frente.

—¿Y saben qué es lo último? Los respiracionistas. No comen, punto. Mi hija lo es. Parece una muerta.

Jasmine se detuvo para beber un largo trago de agua. Picoteó distraídamente de la fuente del rape.

—Comer ahora es como drogarse —continuó, lamiéndose delicadamente los dedos—. Los veo en el supermercado. Dicen: «Necesito una libra de vitamina A, quiero decir, de tomates. Y algo de magnesio, o sea que voy a coger unas almendras. Y veamos, me falta fósforo. ¿Tienen unas buenas patas de cangrejo?» Ahora todo son proteínas y carbohidratos. «¿Cuántos carbohidratos has tomado hoy?» Y «Maldita sea, ¿no vas a comerte esa patata asada con el bistec, ¿verdad?» Y luego miran qué hora es, «No puedes tomar proteínas hasta dentro de dos horas». ¿Qué ha pasado con la cocción a fuego lento del cerdo con miel y salsa de soja y cebollas fritas en mantequilla? ¿O de freír unas jugosas chuletas y servirlas con una buena porción de mantequilla de ajo sólo porque sabe a gloria? ¿O de rellenar una patata al horno con mantequilla y queso azul y beicon crujiente y recubrirla con una cucharada de nata agria? ¿Y luego comérsela y saborearla y conservar el sabor en la boca antes de tragar y suspirar y volver a empezar otra vez? —Jasmine sonrió al pensarlo—. ¿No es hora de empezar a ver la comida como es; nuestro dulce sustento? Del cuerpo y del alma. Yo digo que le demos una oportunidad a la comida. Dejen de ponerle la zancadilla. Después de todo, no es Jesús ni su terapeuta ni siquiera es su madre. Es sólo su comida.

Los focos se apagaron y Jasmine se quedó allí tan empapada y agitada como un pollo remojado. En menos de dos segundos, dos fuertes brazos la rodearon con tanta fuerza que amenazaban con partirle la tráquea. Era la productora, que le incrustaba el cuaderno de notas, dolorosamente, contra la espalda de Jasmine.

—¡Has estado sensacional! Los teléfonos se han vuelto locos. ¡Eres un éxito!

Fingió darle un par de puñetazos.

—¡Meados de albino! ¡Casi me muero de risa! Bueno, mira —siguió la productora, volviendo a los negocios—. Necesitaremos algunos ejemplares de ese libro tuyo para nuestro programa omnibús; ayuda a conseguir suscripciones. Dile a tu editorial que nos envíe unos cuantos, ¿vale?

Ah, sí, pensó Jasmine. El libro. ¿Qué iba a hacer sobre el libro?

Se detuvo de camino a la salida para estrechar la mano al cámara.

—Gracias por su ayuda —dijo.

—De nada —respondió él y todavía le temblaba la mano.

11

—Jasmine, querida, sí, eso es, la barbilla hacia la izquierda, fabuloso. Tienes un talento natural. Ahora haz un mohín. Sólo por diversión. Vamos a ver cómo queda. Nos estamos divirtiendo. ¿Tú no te diviertes? Venga, Jasmine, una gran carcajada. Me encanta. Te adoro.

El fotógrafo de la revista giraba en torno a Jasmine con la ligereza de un elfo. Jasmine, engalanada con un nuevo vestido rojo fuego, se pavoneaba y se mostraba avergonzada, alternativamente. Para este artículo en concreto, parecía que iban a lanzarla al mercado como una gorda diosa del sexo.

Daniel, estaba de pie, con los brazos cruzados, al fondo de la sala, que el equipo de fotografía había tomado al asalto. Su esposa, la celebridad. Todavía no se lo podía creer. El *spot* de televisión había sido un éxito tal que los teléfonos del estudio habían saltado en pedazos con la avalancha de llamadas clamando por más. Mujeres llorando, aliviadas. Hombres pidiéndole en matrimonio, la revista Time suplicando una entrevista. Cuando los productores de televisión se reunieron con ella para celebrarlo, se quedaron un tanto desconcertados cuando ella reconoció, finalmente, que no había ningún nuevo libro sobre toxinas. Una sonrisa forzada, una tos y luego un ademán quitándole importancia. Vaya, exclamaron, si, después de todo, las toxinas eran algo ya tan *passé*. Le ofrecieron su propio programa, llamado *Cuéntalo tal como es, Jasmine*, donde ofrecía sus opiniones sobre la comida y la grasa. Ahora tenía su propia maquilladora personal, un nuevo guardarropa y un chófer para llevarla al estudio.

Garrett, por supuesto, había cambiado por completo de parecer y le había rogado que le diera el manuscrito de su obra maestra *Comida buena de verdad*. Pero Henry se lo vendió a Doubleday y Daniel no podía apartar los ojos del cheque, estupefacto. Y ahora gente de todas partes se desvivía por escuchar todo lo que decía su esposa, reían sus chistes, la miraban cuando pasaban a su lado por la calle. Jasmine, que nunca le había pedido a la vida nada más espectacular que un poco de amabilidad, era ahora la estrella del *show*. Incluso Missy Cooperman no dejaba de llamale, pidiéndole artículos por favor. Daniel cabeceó y sonrió. Estaba orgulloso de su mujer. Se había mantenido firme en sus ideas y había ganado. Se alegraba por ella. De verdad. Pero no podía evitarlo; a veces, una burbuja de envidia le recorría la sangre como si fuera una salsa de chile picante.

Dos manazas cogieron a Daniel por los hombros y lo hicieron retroceder, alejándolo más de la escena. El ayudante del fotógrafo le mostraba la puerta.

—¿Podría dejarle un poco de espacio a su esposa, por favor? Eso es. Gracias. ¿Otro capuchino, Jasmine?

—Los apuntes los tengo en casa —dijo Roger. Esta vez estaba preparado.

Las cejas de Careme se juntaron en un mohín perfecto. Ladeó la cabeza, sin saber qué decir.

—Podrías pasarte a buscarlos después de clase —dijo él—. Vivo a sólo una manzana de tu casa.

Careme se mordió la lengua con fuerza. Si alguien del grupo se enteraba de que estaba, de verdad, pensando en ir a casa de uno de los marginados, la echarían con cajas destempladas. Pero a ella siempre le había interesado mucho tener buenas notas.

—De acuerdo —dijo, finalmente.

—Podríamos volver juntos en autobús.

Careme se estremeció horrorizada. Roger se dio cuenta que había ido demasiado lejos.

—Oh, no —dijo ella—, Lisa me acompaña a casa en coche.

Roger vio como se detenía un momento, al darse cuenta que lo educado, lo único realmente aceptable era preguntarle si quería ir con ellas. Esperó.

Careme parpadeó rápidamente, con su hermosa frente recalentándose.

—Y ella… tiene que llevar… muchas cosas, y gente y cosas. No hay mucho sitio… de lo contrario, ya sabes…

—De acuerdo, pues nos vemos en mi casa.

—En tu casa.

—De acuerdo. Hasta luego.

Careme sonrió forzadamente y Roger se alejó sintiéndose como un rey. Iba a conseguir que Careme March fuera a su puerta, entrara en su casa, en su dormitorio, en… Dios, pensó, ojalá su madre no estuviera allí.

—No puedo creer lo difícil que resulta ponerse en contacto contigo. ¿Quién es ese tipo que contesta al teléfono? —preguntó Missy Cooperman, mientras se acomodaba en el banco, en Galileo's, el restaurante italiano por antonomasia de la ciudad.

Jasmine miró alrededor, extasiada. La última vez que había visto el interior de aquel sitio fue diez años atrás, cuando Daniel había tirado la casa por la ventana para su cumpleaños. Y ese había sido el regalo, nada de chucherías, nada de pañuelos para el cuello, nada de libros; sólo cuatro deliciosos platos en su restaurante favorito. Así que cuando Missy la llamó, rogándole que almorzaran juntas, no supo decir que no. Jasmine aspiró profundamente el olor a gloria que salía de la cocina del restaurante.

—¿Te refieres a Daniel?

—Oye, es que te protege como un perro guardián. Yo no paraba de insistir, el *Washington Post,* el *Washington Post.* Y él decía sí, lo sé, pero sigue sin estar disponible hasta dentro de dos semanas. De verdad, tendrías que hablar con él. Hay que ser firme con esos empleados.

Jasmine contemplaba atentamente el menú, tratando de decidirse entre la codorniz a la trufa blanca y la lubina con vinagre balsámico. Había tomado café, pastel y un plato lleno de galletas justo una hora antes, en la emisora de radio donde ahora emitían su programa habitual, pero seguía muriéndose de hambre. El camarero se acercó silenciosamente y le dedicó una sonrisa cómplice.

—Signora March, es un honor tenerla aquí.

Jasmine vacilaba. ¿Y el buey a la florentina para dos? Pero antes de que pudiera decidirse, Missy cerró su menú de golpe.

—Tomaré carpaccio de salmón. Sin aceite de oliva. Y ella —continuó señalando a Jasmine con la cabeza— tomará la sopa minestrone. Sin los picatostes.

Le devolvió los dos menús al camarero que se quedó mirando a Jasmine, sin poder creérselo. Jasmine se encogió de hombros, disculpándose. Missy esperó a que el camarero se alejara y ya no pudiera oírla.

—Estoy escribiendo un artículo sobre este lugar. No digas una palabra. Estoy de incógnito.

Se tapó la cara con la mano y tomó un sorbo de agua. Apartó los delicados bocaditos de parmesano, obsequio de la casa, a un extremo de la mesa, se inclinó hacia delante y fue directamente al grano.

—Venga, cuéntame tus ideas.

—Mira, Missy, como ya te dije por teléfono, no estoy segura de que mis ideas…

—Vamos, no seas tan modesta. Explícamelas. Quiero que tu nombre encabece el cartel.

—Bueno, en ese caso…

Jasmine levantó la mano para llamar la atención del camarero y señaló el buey. Él sonrió y asintió con la cabeza. Después, alargó la mano, cogió un puñado de galletitas de queso y se metió una en la boca.

—… estaba pensando en hacer un artículo sobre la manteca de cerdo. Su historia, sus usos, sus secretos.

Missy se puso pálida.

—Suena bien —dijo con voz débil.

—Podríamos poner una columna lateral sobre por qué es beneficiosa. Los beneficios de la manteca. Un aporte natural de energía. La onda del futuro.

—Ya veo. Bueno, tú sabrás.

—Y luego, claro, un montón de recetas: Hamburguesas con manteca, estofado con manteca, helado de manteca. Y mi favorita; empanadas con nata y manteca. Son empanadas rellenas de manteca, nata montada, mantequilla de cacahuete y confites. Una delicia.

Missy la miraba fijamente, incapaz de moverse.

Jasmine tomó un buen trago de su Barolo. Finalmente, se inclinó hacia delante y le dio unas palmaditas a Missy en la mano.

—Era broma.

—¡Ah! —Missy miró las notas que había tomado y las tachó—. Claro, por supuesto. Ja, Ja. Lo sabía.

Más tarde, en el supermercado, Jasmine entrevistaba a las lechugas, apretando cada cogollo, revolviendo las hojas, preguntándole, exigente, a cada una: «¿Y tú, que vas a aportar a mi ensalada?» Una última presión con el pulgar y colocó a la afortunada candidata en el cesto. La verdad es que, hoy día, la oferta era de una calidad muy inferior. A continuación los tomates. Contempló las míseras y pálidas esferas, con todo el color eliminado. Se colocó uno en la palma de la mano y lo comparó con una bola de goma. Su ensalada estaba resultando una mezcla insulsa de texturas inaceptables. Se paró en seco y devolvió los tomates a sus estantes. No iba a transigir.

Especialmente ahora que tenía un público al que servir. Una mano le tocó el hombro.

—Perdone.

La mano iba unida a una mujer joven.

Jasmine la observó, midiéndola. Flaca. Pómulos altos, como la parte de atrás de una cuchara. Pelo del color del puré de calabaza.

—He observado que ha devuelto los tomates a su sitio.

Jasmine la miró, suspicaz. ¿Iba a causarle problemas? Había visto a mujeres así antes. Tan llenas de superioridad moral que atacaban a cualquiera que se les pusiera a tiro. Ese tipo de personas que quieren ponerte puntos negativos por cada cosa sin sentido que has hecho ese día. «Oooh —oías, acompañado de un chasquido de la lengua cuando metías, una vez más, la tarjeta en el cajero automático— ¿no sabemos cómo funciona un cajero?» O «Aquella es la cola para reco-

ger; esta es la cola para encargar. ¿Es que no sabe leer?» Eran peores
que las viejas entrometidas porque tenían más energía. Tenían la frescura de decirle a un extraño cómo tenía que vivir su vida. Era algo im-
pulsivo, incontenible, totalmente fuera de su control. Eran personas
aquejadas del síndrome de Tourette con minifalda.

La joven se frotó un lado de la cara, nerviosa.

—Tienen un aspecto tan horrible que me preguntaba si no podría usar tomates en lata.

Jasmine enarcó una ceja.

—¿Qué va a cocinar?

—Estofado. Buey.

—Sí, en ese caso, sí. Tomates pera. Una lata de una libra le dará
unos siete tomates. Que es igual a una taza de pulpa.

—Oh, muchas gracias.

Jasmine asintió y se dispuso a seguir su camino cuando la mano
volvió a tocarle el hombro.

—Usted es Jasmine March, ¿verdad?

Jasmine sonrió involuntariamente.

—Dios, no puedo creerlo.¡Jasmine March!

La joven lanzó la mano hacia delante para estrechar la de Jasmine, pero ésta tenía las dos manos tan llenas que sólo pudo estrechar-
se su otra mano.

—Perdone, ya sé que suena tonto, pero me preguntaba si daba
clases particulares.

—No, me temo que no.

—O clases en algún sitio, donde yo pudiera ir…

—No.

La mujer agitó la mano delante de los ojos como si, un segundo
más y fuera a desmayarse ante el horror de las negativas de Jasmine.

—Es por mi novio, ¿sabe?

—Humm —murmuró Jasmine educadamente mientras ojeaba
los quesos y pensaba: «¿Y si preparo un plato con queso esta noche?
¿Un Brie? ¿Quizás un Saint Nectaire?»

—No se casará conmigo a menos que aprenda a cocinar.

Jasmine parpadeó mirando de nuevo a la joven.

—Oh, pobrecita —dijo.

—Y lo intento. De verdad que lo intento. Pero es tan difícil de contentar.

—Quizá…

—Ya sé qué me va a decir, que me busque otro chico. Pero es que lo quiero.

La angustia en los ojos de la joven conmovió a Jasmine hasta lo más profundo. Y, bien mirado, ¿es que acaso era un hombre poco razonable? La comida, las comidas, la cena. Era el pan de cada día.

—¿Qué tiene que aprender a hacer?

—Estaba pensando en un estofado.

—Bien pensado.

La joven miraba a Jasmine atentamente a los ojos para ver si cambiaba de opinión.

—¿Cre..cree que le gustara?

—Seguro. A los hombres les encanta el estofado.

La joven emitió un tembloroso suspiro de alivio, tranquilizada porque, por lo menos, estaba en el buen camino, aunque supiera que no iba a saber cumplir.

—Por favor, ¿no podría darme un par de consejos? Sé que no tendría que estar haciendo esto. Lo siento mucho. Deben de abordarla todo el tiempo. Yo…

Jasmine miró la hora. Si iba a ponerse a cocinar, mejor sería que se pusiera en marcha. Tomó una decisión.

—Esta tarde voy a hacer estofado. ¿Por qué no viene?

La joven pareció quedarse estupefacta, como si Jasmine acabara de ofrecerle su riñón izquierdo.

—No. ¿De verdad? Oh, pero, no, usted tiene muchas cosas que hacer…

—Insisto.

—¿De verdad? —La joven se llevó las manos al corazón—. Oh, ¿en serio? ¿De verdad? Oh, Dios mío. Es… Oh, muchísimas gracias.

La joven empezó a dar botes arriba y abajo. Jasmine observó que tenía unas piernas larguísimas.

Careme, frente a la puerta de la casa de Roger, daba saltitos apoyándose ora en un pie ora en el otro.

—Entra —dijo él, abriendo la puerta de par en par.

Careme echó una rápida ojeada hacia atrás, rezando por que nadie la viera allí, en el umbral de la casa de Roger.

— Tengo que irme a casa. A estudiar. Ya sabes.

—Los tengo arriba.

Roger dejó la puerta abierta y corrió escaleras arriba. Careme se asomó con cautela y dio un paso vacilante hacia el recibidor.

—Jo, tía —exclamó Roger, asomándose al descansillo, en la planta de arriba—. Tienes que ver esto —dijo y dando media vuelta, volvió a desaparecer.

—¿Qué? —gritó Careme, pero Roger no respondió.

Careme miró alrededor y, empujada por la curiosidad, subió lentamente las escaleras.

—Estoy aquí —dijo Roger desde una habitación al final del pasillo.

Desde la puerta, Careme contempló el dormitorio de un chico: tres pósteres de motos BMW, dos de Duke Ellington y, curiosamente, uno de Enrique VIII. El salvapantallas del ordenador mostraba una foto de un aborígen orinando en una lata. Roger estaba mirando fijamente al interior de una vitrina.

—Fíjate. Está cambiando de piel.

Una serpiente de color rojo brillante con rayas negras descansaba en un lecho de grava. Tenía los ojos opacos, casi nacarados. La piel alrededor de la cabeza se había desprendido y estaba retirada hacia atrás, como si fuera papel de seda. Careme le echó una mirada superficial.

—La mía mudó de piel la semana pasada —dijo.

Roger levantó la vista y la miró, incrédulo.

—¿Tienes una serpiente?

—Ajá.

—¿De qué clase?

—Una pitón reticulada.

—Guaau, eso es… es muy guay.

—Mi madre dice que tengo que sacarla de casa cuando llegue a los tres metros.

—¿Cuánto mide ahora?

—Dos y medio. Cinco centímetros más y sería lo bastante fuerte para estrangularme mientras duermo.

—¡Qué guay!

—Luego voy a tener una cobra real. Come serpientes de cascabel.

—¡Guau! Eso sí que sería guay.

—La tuya es de la familia Colubridae. ¿Lo sabías?

—No.

—Pues lo es.

—¿De verdad?

—Sí.

La cabeza de Roger trabajaba a toda velocidad para poder ofrecer su propia información de interés.

—Una cobra puede escupir veneno directamente a los ojos de su víctima. En India mata a más de cien mil personas al año.

—Yo he oído que eran diez mil.

—Puede, pero siguen siendo muchas.

Careme no respondió. Se limitó a apartarse el pelo de la cara con un largo y elegante movimiento. Se humedeció los labios y arqueó una ceja.

—¿Sabías que una culebra finge estar muerta? Es una de sus principales líneas de defensa. También de la familia Colubridae. Y sabes, claro, lo de la culebra.

—Ya.

—¿Qué?

—No sé.

—Que es un lagarto sin patas.

—¿De verdad?

—Ajá.

—¿De qué familia?

Careme vaciló. No lo sabía. Lo miró fríamente.

—Tengo que marcharme.

Roger la contemplaba claramente maravillado. Era mejor de lo que había pensado. Ella alargó la mano. Estaba a punto de cogérsela cuando su brillante mente le recordó la misión que la había traído allí. Recogió los apuntes de encima de la mesa y se los dio. Ella se dio media vuelta.

—Tienes que darle vitamina E extra. Ahora la necesita. Es buena para la piel. Yo agujereo una cápsula de gelatina y la dejó encima de la repisa. Hasta luego.

Y desapareció.

Roger se desplomó en la cama, apabullado.

En casa, Jasmine desenvolvió el paquete. Carne. Jasmine adoraba la carne. Se relamía los labios al oír las seductores palabras: lomo, pierna de cordero, espalda, cadera y pecho. Pastel de carne, empanada de carne, picadillo de buey. Cerdo untado con miel y tomillo. Costillar, al estilo de Honolulú, con jengibre, miel y salsa de chile. Chuletas al estilo de Texas, con azúcar moreno, cerveza y chile verde picante. Y bistec. Ah, sí, bistec. Un bistec del costillar a la brasa, ligeramente chamuscado, jugoso por dentro, entre rojo y rosado, podía hacer que a Jasmine se le llenaran los ojos de saladas y agradecidas lágrimas.

Jasmine había comprado la carne en su carnicería favorita. Adoraba entrar en aquella tienda, con el punzante olor a sangre en el aire, las rojas salpicaduras en la barriga del carnicero, envuelta en su delantal blanco, los desdichados cuerpos colgando de los ganchos para carne. Menuda demostración de la ley del más fuerte. Jasmine sabía cuál era su lugar en la cadena alimenticia. Miraba las salchichas caseras, gordas y rosadas en sus bandejas blancas como la leche, admiraba los cortes de *filet mignon*, el reluciente color granate del riñón de ternera. Pero esta vez había ido a buscar el estofado para el cumpleaños de Daniel. Un viaje de prueba. Dos libras de corzo de primera, por favor.

Bert Gerry era la clase de carnicero que sabía lo que cada una de sus bestias había comido para desayunar el día que la sacrificaron. Era un hombre pequeño, pulcro como un armario de ropa blanca. Se cambiaba el delantal tres veces al día, como mínimo. Ningún corte era demasiado pequeño ni demasiado difícil para Bert Gerry. Era un profesional consumado, preciso, cortés y divertido. Si hubiera habido mesas y sillas en su tienda, Jasmine se habría sentado a pasar la tarde, tomándose un capuchino y observando.

—Sus dos libras, señora March.

Siempre le entregaba el paquete como si le estuviera ofreciendo una botella de champaña, con una ligera inclinación, la mano detrás de la espalda. Una tarde, cuando le pidió un corte especial, la invitó a visitar la trastienda. Allí estaban los cuerpos de las vacas, colgando de cadenas, cubiertos con grasa blanca, todavía con las cabezas, con aspecto de fantasmas. Eligió una y con una enorme sierra eléctrica la cortó de arriba abajo en canal. Jasmine permaneció allí, en trance, con una bata blanca y el pelo dentro de una redecilla de plástico, toqueteando la cubeta donde se apilaban los corazones de buey, de un rojo intenso.

Ahora, Jasmine cogió los gruesos trozos de carne para estofar entre los dedos y los presionó ligeramente. Eran jugosos y elásticos. Perfectos. Pensó que si los llevaran ante un juez, los estofados tendrían que alegar intención delictuosa. Exigían premeditación, inventiva y una actitud ritualista. Y una cierta destreza con el cuchillo.

Jasmine sonrió a la joven que estaba a su lado. Nada le agradaba más que ayudar a una joven pareja enamorada. Ah, sí, la comida y el amor. Tan entrelazados, tan bien emparejados. Jasmine miró a la mujer de soslayo. Su nombre, como le había dicho, era Tina. Era actriz. Bonita. Y además una buena chica. Lástima lo de su novio. Realmente, las cosas que tienen que aguantar las mujeres en estos tiempos. Sin embargo, parecía que no hubiera visto nunca el interior de una cocina.

—¡Oooh! —exclamó Tina—. ¡Qué cocina tan bonita! Pero, hay que ver, si tiene cuatro fogones y una parrilla.

—¡Oooh, qué preciosidad! —decía, agitando los diversos batidores de Jasmine en el aire. Jasmine recuperó sus batidores. La joven rebuscó en su enorme bolso y sacó un micrófono. Lo apoyó contra la balanza.

—Tengo que grabarlo, es que se me olvida todo.

Jasmine volvió a adoptar su postura para cocinar. La barriga contra la encimera, los pies separados, un palmo aparte, las rodillas relajadas. Tina se apoyó de espalda en la encimera, apoyando los codos como si intentara coger a alguien.

—Veamos —dijo Jasmine—, se empieza cortando la carne.

Tina acercó el micro con el codo.

—Los trozos tienen que ser uniformes. Yo sugiero en dados de unos tres centímetros.

—Tres centímetros —repitió Tina.

—Mira, para dorarlos no hay que poner demasiados en la cazuela al mismo tiempo. No queremos que se hagan al vapor.

—¿No?

—No, lo que queremos es saltearlos.

—Salteados, no al vapor —murmuró Tina junto al micrófono.

Por la manera en que lo dijo, Jasmine se preguntó si luego miraría saltear y al vapor en el diccionario.

—Sí, queremos que quedén bien caramelizados —a Jasmine se le hizo la boca agua espontáneamente al olor de la carne al sofreírse. Tenía la mirada fija en la cazuela con absoluta devoción. Doraba y daba la vuelta con una ejemplar concentración Zen, sacudiendo la sartén de vez en cuando, para que los trozos de carne no se pegaran. Los mimaba como si fuera su abuela. Y luego, cuando estuvo segura de que tenían el punto perfecto, los sacó del fuego y los colocó con suavidad encima de una servilleta de papel. Con el rabillo del ojo vio que Tina disimulaba un bostezo.

—Ahora las cebollas —dijo.

La mano de Jasmine se cernió sobre su selección de cuchillos una fracción de segundo. Luego sacó su medialuna de doble mango. Tina descubrió las fotos sujetas en el frigorífico. Se inclinó hacia delante.

—¿Es su hija?

—Sí.

—Es bonita.

—A veces.

—Y su marido.

Chop, chop, chop. Jasmine trinchaba la cebolla contra la tabla de cortar. Tina aguantó la respiración. La cebolla descansaba emasculada, cortada apretadamente en trozos finos y cortos. El jugo de la cebolla llegó a los ojos de Tina, irritándolos. Jasmine empujó la tabla de cortar hacia ella.

—Tenga. Añádala a la sartén.

Tina miró alrededor, con un gesto de impotencia.

—Use las manos.

Tina bajó la mirada con un horror mal disimulado.

—¿Tengo que tocarlas?

Con un delicado par de dedos, Tina fue metiendo los trozos de cebolla, de uno en uno, en la sartén. Al primer chisporroteo dio un paso atrás como si fuera una rehén, con las manos todavía en el aire. Jasmine se secó las grasientas manos en el delantal y tiró de la puerta de la despensa, abriéndola.

—¿Vino? —ofreció.

—Oh, no quiero causarle ninguna molestia.

—No es ninguna molestia.

Tina se encaramó en un taburete, lejos de los fogones y se abandonó en manos de la hospitalidad. Hizo oscilar una larga pierna adelante y atrás, con aire despreocupado, como si estuviera en una cabaña Tikki en Bali. Jasmine estuvo tentada de ponerle una sombrillita de papel en su Merlot.

Tina hundió los dedos profundamente en el papel de cocina para eliminar la imaginaria suciedad de las cebollas de debajo de las uñas.

—Es tan amable de su parte ayudarme.

—Es un placer —dijo Jasmine, sacando un cuello de pollo del frigorífico.

—¡Aaah! —exclamó Tina apartándose.

—Voy a añadirlo a esta mezcla de agua y vino tinto para realzar el sabor y luego lo verteré por encima del estofado. Es el quid de la cuestión, añadir sabor.

Tina asintió, evitando mirar el desmayado cuello que se balanceaba en la mano de Jasmine. Hizo girar el vino en la copa.

Jasmine alzó su propia copa y brindó por la joven.

—No hay visión más atractiva en el mundo que una mujer preparando la cena para alguien que ama.

—Eso es verdad —dijo Tina, y bebió un largo trago.

—Fue Thomas Wolfe quien lo dijo. Debió de ser un auténtico gourmet.

—Mi novio es un auténtico gourmet. No quiere dejar a su mujer hasta que yo aprenda a cocinar.

Los huesos del cuello de pollo se partieron bajo la presión de los dedos de Jasmine. Se detuvo y clavó la vista en Tina.

—¿Está casado?

—Sí.

—¿Hijos?

—Uno. Adolescente —Tina se levantó el pelo por detrás para airear la nuca, tensando su generoso busto hacia arriba. Bajó la vista y se miró los pechos con admiración—. Claro que yo no pienso en él como el marido de alguien.

—Muy práctico.

—Puede que sea porque él no habla de su mujer.

—Eso rompería el encanto, supongo.

Tina encorvó los hombros, primero uno y luego el otro, para aliviar la tensión del cuello.

—No tanto como piensa; lo que tenemos es muy fuerte.

—Lo que ellos tienen es un hijo.

—Casi mayor.

—Yo no diría que un adolescente es mayor. Son más maduros a los tres años.

Jasmine trasladó los trozos de carne salteados a una cazuela y añadió las cebollas. Lo roció todo con una buena dosis de vinagre de vino tinto y un puñado de bayas de enebro trituradas y metió la cazuela en el horno.

—Fin de la lección —dijo Jasmine.

—Estupendo.

Jasmine observó a aquella joven zorra con los brazos en jarras. Tina estaba de pie junto a la mesa de trabajo, alisándose la raya de los pantalones. Luego se colgó el enorme bolso del hombro.

—Gracias por el vino.

—Olvida algo —dijo Jasmine.

Tina se volvió.

Con un único y rápido movimiento, Jasmine abrió el frigorífico y sacó un bote de nata batida. Ella, por supuesto, no usaba nunca una cosa así, pero Careme, en un ataque de deslealtad y rebeldía culinaria, había insistido en traer aquel sacrilegio a casa y lo había metido en el frigorífico, donde se había quedado, sin utilizar, hasta hoy. Jasmine apuntó hacia Tina y apretó el botón con todas sus fuerzas. La nata salió disparada, cubriendo a la joven de suaves picos blancos.

Tina chilló y se llevó las manos, como zarpas, a la cara para limpiarse la espumosa masa de los ojos.

Jasmine dio unos golpecitos en el envase, como si estuviera asombrada.

—Vaya, lo siento. Este trasto parece que está embrujado.

—¿Qué estáis haciendo?

La voz masculina era inconfundible. Las dos levantaron la vista. Daniel estaba en la puerta.

—¡Oh, Daniel! —lloriqueó Tina.

Oh Daniel se quedó sin habla al verlas. Las dos mujeres de su vida, la una empapada y la otra echando chispas. Era un momento delicado.

—¿Qué ha pasado? —dijo, tratando de dirigirse a la habitación en general, como si confiara que los cacharros le dieran una explicación válida.

Tina se precipitó a sus brazos.

—Ha sido horrible, horrible del todo —exclamó, sollozando con la cabeza contra su hombro, inconsciente —¿o no?— del intercambio de miradas que se cruzaban por encima de su agitado hombro.

Los brazos de Daniel siguieron colgando a los lados, así que Tina se apretó más contra él, cadera contra cadera, incrustándose y frotándose hasta que, finalmente, Daniel la cogió de la muñeca y la apartó. Ella cedió a regañadientes y se quedó encogida y lloriqueando frente a él, bloqueando la visión de Jasmine, algo que Daniel le agradecía, hasta que Jasmine apartó a Tina de un empujón y se le plantó delante, con toda su envergadura.

—¿Oh, Daniel? —dijo.

12

—¿Qué coño estabas haciendo?

Tina sonrió y mordió con entusiasmo su sándwich club de beicon, aguacate y queso azul.

—Muy hábil reaccionando —dijo ella, con el queso azul desmenuzándosele en los labios.

Daniel tomó otro trago de café para calmar sus destrozados nervios. Tenía la frente empapada de sudor. Al entrar en aquella cocina, había visto como se hundía toda su vida delante de él. Había mirado a su esposa a los ojos y visto el abismo. Fue como una patada en pleno estómago. Sintió un miedo atroz. Se lo había jugado todo. Su matrimonio, su esposa, su hija. ¿A cambio de qué? De aquella arpía descuartizadora de proteínas.

—Esto no puede continuar.

—Esto no puede continuar —dijo Tina imitándolo—. Suenas como uno de esos culebrones lacrimógenos de la radio.

Se sacó de la boca un trozo de beicon insuficientemente masticado, lo examinó y se lo volvió a meter en la boca.

Daniel apartó la vista.

—Querías separarnos.

—No, quería aprender a cocinar.

—¿De mi mujer? ¿De la reina de las arterias obstruidas?

—Iba a sustituir toda la grasa por Pam y todos los hidratos por claras de huevo. Habría resultado delicioso. Pero a tu mujer le dio un ataque esquizoide y me atacó.

—¿Ibas a substituir la mantequilla por Pam?

—Sí.

—¿Y crees que hubiera sabido igual de bien?

—Cariño, no se nota la diferencia. Lo dice en la lata. Yo tomo todos mis pasteles de arroz con eso. Una rociada de Pam. Mmmm. Están deliciosos.

Daniel dejó el café sobre la mesa. Era peor de lo que había pensado. Debían de ser todo un espectáculo; un hombre con el sudor corriéndole por la frente como si tuviera goteras, y esa jóven maquillada con mano experta y nata batida en la cabeza. Por suerte, Kramer Books estaba tranquilo a esa hora del día, cargando pilas para la avalancha de la noche cuando se llenaba de hombres y mujeres solos y esperanzados, que chocaban unos con otros por los pasillos del autoservicio. Tina se acercó la carta y pasó las hojas hasta los postres. Todo aquel asunto parecía haberle despertado el apetito. Daniel le arrancó la carta de las manos y la dejó de golpe en la mesa.

—No podemos seguir haciendo esto.

—Muy bien, estupendo —dijo Tina, encogiéndose de hombros y recogiendo las migas del plato con una uña pintada de color albaricoque. Lo miró con el dedo en la boca, chupándolo. Él clavó los ojos en aquellos labios chupones.

—Lo digo en serio.

Ella sonrió.

—¿Has terminado? —preguntó él y la voz le salió como un graznido.

—Ajá.

La condujo hacia la puerta y de vuelta a su apartamento, con la mano colocada todo el tiempo en su culo, con aire de propietario.

—Qué cerca de la muerte estamos— pensaba Jasmine mientras permanecía de pie, sola y en trance en la cocina.

Nunca antes había tocado a nadie con ira. Qué fuerza en las manos. Examinó los largos dedos. Las uñas rotas, al fallar por los pelos con el cuchillo o el rallador, manchadas alrededor de la cutícula de salsa y vino tinto. El anillo de oro, deslucido por la sal y el continuo fregar. Una vez había leído que, de todas las profesiones, la de cocinero era la que contaba con más asesinos. ¿Por qué sería? ¿Más herramientas a mano? ¿Familiaridad con anatomías descuartizadas? ¿O sólo una dependencia intrínseca en la muerte como vehículo del éxito? Miró la habitación. Una cámara de tortura, en realidad. Instrumentos colgados, a la espera. Para empezar, los cuchillos, claro, pero también otras cosas menos obvias: termómetros de carne, descortezadores, mezcladores. A los cocineros tiene que resultarles fácil pelar verduras y frutas, descuartizar animales mudos y, a veces, apenas muertos, para luego recoger la preciosa sangre en un cazo con la unicidad de propósito de una bruja. Cocinar, bien mirado, era un empeño carente de corazón. Mejor tu vida que la mía. Ya no se decían apenas plegarias ante el cuerpo de un bravo animal. Ahora era más probable que los cocineros pincharan y apretaran la carne y arrugaran la nariz ante su ofensiva capa de, bueno hasta hace poco, de grasa protectora de vida. Ahora los comensales paseaban por el plato, descontentos, los pedazos de pierna o culata de algún animal. O peor aún, tiraban aquel muerto no comido a la basura. Porque, después de todo, dar la vida es asesinar. ¿O resultaba eso demasiado duro? Sin duda, cocinar es instigar la muerte. De algo. De alguien.

Jasmine sacó la ensalada de legumbres que había preparado el día antes, asando cuidadosamente los pimientos rojos y friendo el beicon hasta dejarlo crujiente, antes de mezclarlo todo con alubias y una vinagreta a la mostaza. No se molestó en ir a buscar un plato, se limitó a coger un tenedor y meterlo en la fuente. El aceite y la sal del beicon la resucitaron. Cogió otro bocado, revolviendo para pescar un buen trozo de pimiento rojo para casarlo con el resto. El conjunto se deslizó satisfactoriamente garganta abajo, terrenal y suculento. El aceite empezó a acumulársele en una enorme gota en la punta de la barbilla, pero ella siguió comiendo, metódicamente, casi como en trance. Con toda su concentración en los muchos y diversos sabores que tenía en la boca. Tendió la mano y cogió el molinillo de la pimienta y luego, con un cierto sentimiento de culpa, el salero. No era necesario, lo sabía, pero su estado mental requería excederse en todo. Se llevó las sazonadas legumbres a la boca y masticó, saboreando aquellas delicias, despacio, con satisfacción. Cuando se acercaba al fondo del cuenco, cubierto con una gruesa capa de aceite, la puerta de la calle se cerró de golpe y Careme entró tranquilamente en la cocina. Jasmine no le prestó ninguna atención y atacó las tres alubias que quedaban, bloqueándolas con el dedo para evitar que se escaparan.

—¿Qué es toda esta porquería?

—Pregúntaselo a tu padre.

—¿Dónde está?

—No tengo ni idea.

Careme se quedó callada, con su mente de adolescente dándole vueltas.

—¿Te lo has comido todo?

—Oh, lo siento, ¿querías un poco?

—Claro, en eso estaba pensando.

Jasmine clavó la mirada, atontada, en el cuenco.

—Tienes grasa en la barbilla —la informó su hija.

—Me gustaría estar sola, si no te importa.

Careme chasqueó la lengua, expresando su repugnancia, su exasperación, su absoluto desinterés y se marchó de la cocina. Jasmine, por fin, se llevó la mano a la cara, para limpiarse el aceite de la barbilla. Pero, en lugar de limpiárselo, empezó a frotarlo hacia arriba, hacia las mejillas. Metió la mano en el cuenco para coger más aceite, se lo plantó en la cara y luego se lo untó en amplios círculos. Dejó que le goteara hasta el pecho y luego se le deslizara entre los senos. La camiseta se oscureció con el aceite, pero ella continuó, dándose unos toques detrás de las orejas, como si fuera perfume. Luego se inclinó y lamió lo que quedaba como si fuera un gato. Cuando la última película de grasa le bajó por la garganta, se recostó y soltó un enorme y abigarrado regüeldo.

—¡Mamá! —exclamó Careme, horrorizada, desde la habitación de al lado.

Jasmine dejó el cuenco encima de la mesa. Se quitó el delantal. Con un gesto del brazo tiró una huevera llena desde la encimera al suelo. Luego cogió un cartón de leche y lo vertió por encima del revoltijo de claras, yemas y cáscaras, como si el suelo fuera una escudilla llena de cereales. Apagó el horno. Desenchufó el frigorífico. Se limpió las manos en una toalla, que dejó caer al suelo mientras abandonaba la cocina.

Arriba, se quitó el suéter y se desprendió de las bragas. Dejó caer los sostenes al suelo y se metió entre las frías sábanas. Apiló un edredón extra encima de la manta y se dio vueltas hasta entrar en calor. Se volvió, poniéndose de lado, como un feto, y cerró los ojos. Hasta ahí había llegado. Ahora pensaba dormir el resto de su vida.

Más tarde, Daniel abandonó la habitación de puntillas tras volver a poner bien el edredón encima del voluminoso cuerpo de Jasmine.

Le dijo que había tardado un rato en volver a casa, porque había llevado a Tina a tomar una taza de café para explicarle la situación. Y luego —figúrate— venía de camino a casa cuando se acordó de que habían cortado el puente Key. ¿No llevaban siglos trabajando en aquella historia. Como sea, tuvo que ir a dar toda la vuelta, por Wilson, añadió, algo así como media hora más. La leche.

Daniel se sentó junto a Jasmine y le acarició el pelo. Le contó que aquella Tina no era actriz, sino una de sus alumnas. Una secretaria que intentaba ser actriz, aunque en su opinión, más le valdría dejarlo correr. Demasiado vieja. Pero ya sabía ella como eran las actrices, dijo, estrechando con fuerza las manos de Jasmine. No tenían mucho sentido de la realidad. Y no había querido decirle nada. No había querido que Jasmine se preocupara. Pero ésta... bueno, ésta parecía haberse enamoriscado de él. Él pensó que podría no hacerle caso. Y lo había intentado. Pero no creía que tuvieran que presentar cargos. ¿Ella qué creía? Harían lo que ella quisiera, claro. Aunque la mujer no había hecho nada. Sólo mirar como Jasmine cocinaba. Además, ¿no había sido Jasmine quien la había atacado?

Pero la decisión estaba en manos de Jasmine. Lo que ella quisiera hacer. Echaría a aquella chica del curso. Eso por supuesto. Si podía. Por lo menos, esperaba poder. Quizá hubiera ramificaciones legales. En cualquier caso, ya lo solucionarían. ¿Cómo se encontraba? ¿Mejor? Qué choque. Sí, qué choque debió de ser. Pero ahora todo iba mejor. Ahora tenía que dormir. Dormir. Por la mañana, todo tendría mejor aspecto.

—Te quiero —le susurró.

Ella no respondió.

◆ ◆ ◆

Jasmine se preguntó qué era «demasiado vieja». Rozando los treinta. Treinta y algo. En el mundo de la interpretación la competencia era feroz. Se alegraba de que sus ambiciones nunca hubieran ido por ese camino. Sentía lástima de la pobre chica. Sólo trataba de agarrar una oportunidad al vuelo. Se preguntó si tenía una familia que la mantuviera, que la ayudara a hacer más fáciles los rechazos o si era una de esas criaturas ojerosas que tienen que mantenerse solas, trabajando durante el día en puestos sin futuro, antes de tirar finalmente la toalla y aceptar el ascenso a jefa de oficina, que les ofrece mejores prestaciones, más responsabilidad y la posibilidad de alcanzar una calificación crediticia más sólida. En realidad, era muy triste. Daniel tenía razón. Había sido una conmoción. Y sabía qué tenía que hacer al respecto.

Careme era consciente de que era culpa suya. No tendría que haberle dicho a Roger que tenía una serpiente. No tendría que haber admitido que tenían algo en común. Eso es lo que Lisa siempre le inculcaba, «no ceder ni una pulgada a las masas». Pero era muy guay que él tuviera una serpiente. Ninguno de sus amigos tenía una. En realidad, Lisa siempre miraba a Medea con desaprobación, comunicándole a Careme el convencimiento de que la propiedad de serpientes era un rasgo de la escoria blanca.

Careme tamborileaba, impaciente, sobre el teléfono.

—De acuerdo —dijo finalmente—. Puedo venir unos diez minutos. Tengo montones de deberes.

—Súper, gracias —dijo Roger.

Cuando llegó, Roger la estaba esperando vestido con sus tejanos negros y su camisa Gap más chula. La acompañó a su habitación de nuevo, como si fuera un padre preocupado.

—No sé qué le está pasando. Se está poniendo de colores extraños.

—¿Qué clase de colores?

—Rojo, verde, algunas rayas amarillas.

—¿De verdad?

Careme se acercó a la vitrina, miró al interior y soltó una carcajada. La serpiente estaba cubierta de tiras y puntos de Post-it de diferentes colores. Careme recogió los Post-it y dio unas palmaditas maternales al animal.

—Vamos, vamos —dijo—. Ya ha pasado todo.

Roger se dio una palmada en la frente, sorprendido.

—Guau, eres un médico formidable. ¿Has pensado en estudiar para veterinaria?

Careme negó con la cabeza, con una amplia sonrisa.

—¿Has cenado?

La sonrisa de Careme desapareció.

—Venga, sólo quiero hablar. Hablar de serpientes y todo eso.

—No tengo hambre.

—De acuerdo, tú hablas y yo como.

Careme miró la hora.

—Venga —suplicó él—. Nunca había conocido una chica que tuviera una serpiente.

Careme se quedó callada, halagada. Pero Roger lo tomó como un rechazo y volvió a la carga.

—¿Tienes miedo de lo que tu amiga Lisa vaya a decir?

—¡No!

—Espero que no. Es la bocazas más grande de toda la región.

—No es una bocazas.

—Oh, vamos. Para esa chica no hay nada sagrado. Nada. Es mejor que su madre haciendo correr las noticias.

—Basta ya.

—Todo el mundo se enteró de lo que le hiciste a Alessandra.

Careme se sonrojó.

—Pensé que era buena idea.

—¿De verdad?

—Mira, es que no quería quedarme allí, sin hacer nada. Ya sabes, hay tanta gente que mira para otro lado cuando alguien hace algo raro o morboso o lo que sea. Y fingen que no está sucediendo. Y a mí me pareció que no estaba bien.

Roger se encogió de hombros. Tenía razón. Bajó la vista, un poco avergonzado.

—Supongo que ahora ya no querrás quedarte.

—No. Quiero decir, sí que quiero. Claro. Ya sabes, un ratito.

De repente, Careme no quería marcharse. Se sentía aliviada de hablar, por fin, de algo que no fuera ropa o chicos o de qué posición social tenía el padre de todo el mundo.

—Venga, pues, vamos.

En la cocina, Roger sacó un batido de vainilla SlimFast. Lo vertió en un vaso alto helado, lo adornó con una sombrilla y se lo puso delante.

—Oh —dijo Careme.

Del horno, sacó una lasaña Lean Cuisine, de cuatro quesos, borboteando, desbordante de cremoso queso y con sólo 267 calorías. Careme contuvo la respiración. Roger subió y bajó las cejas como un cómico y colocó encima de la mesa una ensalada, ligeramente aliñada, de lechuga iceberg, rábanos finamente cortados y queso americano rallado, sin grasa ni sal. Careme se llevó la mano a la garganta y se quedó con la mirada fija en la comida, sin poder decir una palabra.

Para él, Roger sacó del mismo horno una pizza Goodfellas, de tamaño medio, con salchichón y queso. Con un gran vaso de Coca-Cola en la mano se sentó delante de la estupefacta Careme y atacó la comida con entusiasmo. Con un movimiento de cabeza, señaló hacia el plato de Careme.

—Espero que te guste —dijo.

Ella asintió, tan conmovida que estaba casi a punto de llorar. Contempló a Roger por encima de sus 275 calorías y sonrió. Roger le devolvió la sonrisa. La tenía en el bote.

Sonó el timbre de la puerta. Tina miró la hora en su reloj. ¿Ya de vuelta? Aquel hombre era insaciable. Recorrió el pasillo, apartando a Sugarfree que le enredaba entre los pies.

—¿Quién?

—Jasmine March.

Tina frenó de golpe.

—¿Hola? —insistió Jasmine.

—Un minuto.

Tina volvió corriendo al dormitorio, se arrancó el chándal y la camiseta y se echó encima una bata de seda, larga y suelta. Se soltó el pelo. Quería restregárselo a aquella mujer por las narices.

En el umbral estaba su... bueno, iba a decir competidora, pero la vieja foca realmente no estaba a la altura, ¿verdad?

—¿Qué quiere?

—Me gustaría hablar contigo.

—¿Ahora?

Jasmine no dijo nada.

—Mire, tengo mucho qué hacer. Tengo una audición...

—No me llevará ni un minuto.

Tina se vio desplazada hacia atrás cuando Jasmine entró como si estuviera en su casa. Sugarfree apareció corriendo, ladrando histérica, con sus pequeñas garras repiqueteando contra el parqué. Jasmine, hábilmente, dio un paso atrás, de forma que cuando la terrier saltó, cayó y dio con el morro contra el suelo. Luego se volvió hacia Tina y le dedicó una sonrisa dulce como el almíbar.

—Me encantaría tomar un café.

—Está de broma.

—No se puede tener una charla de mujer a mujer sin un café.

Jasmine siguió a Tina a la cocina. Mientras ésta buscaba una taza y el café, las manos de Jasmine encontraron el Ajax y una bayeta y empezaron a frotar las encimeras. Después de unas cuantas pasadas, lavó la pringosa bayeta en el fregadero y se aplicó a fregar en serio detrás del grifo, eliminando meses de verduras muertas y restos de zumos. Los sacudió con mano experta dentro del fregadero y volvió a aclarar la bayeta. Tina la observaba boquiabierta, con el café de Jasmine en la mano, enfriándose.

—Como puedes imaginar, me puse muy furiosa —dijo Jasmine.

Tina sonrió con aire petulante.

—Y cuando Daniel me dijo que eras demasiado vieja...

—¿Qué...?

—...me pregunté qué significaba demasiado vieja. El mundo de los actores es despiadado. Aquí estás tú buscando una oportunidad. ¡Qué presión debe ser despertarte y ver cada nueva arruga y observar como tu valor de mercado va cayendo en picado! Y esas horas desperdiciadas en clases y ensayos. Antes de abandonar definitivamente. Lo he visto un millón de veces. ¿Has pensado en presentar una solicitud para Jefa de Oficina?

—Escuche, señora…

—¡Ajjj!, tienes que vigilar el moho, querida. Aparece y, antes de que te des cuenta, tienes los armarios llenos de ratas. ¿Has estado casada alguna vez?

Tina miró hacia sus armarios con horror.

—Es algo extraño, el matrimonio. Piensas que lo es todo. Que si consigues pasar por la vicaría, todo lo demás irá bien. Así que esperas y tramas tus planes y te depilas las piernas religiosamente hasta que, por fin, te casas. Pero entonces, de repente, entras en un nuevo juego. Como un juego de ordenador. Sólo que es nuevo nivel, cien veces más alto. Y todos los enemigos te atacan desde todas partes. Llegan tan despacio que ni los ves. Y ese es el truco. Tienes que ser capaz de ver el movimiento de un caracol invisible, porque conforme avanza hacia ti, se va comiendo la hierba y la basura del suelo y va creciendo y creciendo hasta que un día miras y te encuentras esa enorme babosa, pegajosa, gelatinosa y maloliente, en tu sala de estar. O en mi caso, en mi cocina.

—Yo no voy a casarme con su marido.

Jasmine la contempló atentamente.

—¿De verdad? ¿Y por qué no?

—¿Por qué está limpiando mi cocina?

Jasmine bajó la mirada, sorprendida, a sus limpiadoras manos.

—Está mugrienta.

—Me parece que es hora de que se marche.

Tina fue hasta la puerta del piso y la abrió.

—No podía soportar la idea de que estuvieras aquí sentada, sola —dijo Jasmine, de pie a la puerta de la cocina—. Verás —añadió— yo sé lo que es obsesionarse por algo.

Tina miró de arriba abajo a aquella mujer rellena, de mediana edad, que estaba allí, en su cocina, con la bayeta entre las manos, y soltó una carcajada.

—Me parece que tendría que volver con su marido. Debe de estar preguntándose adónde habrá ido su mujercita.

Jasmine vertió una montaña de detergente en la bayeta y atacó los hornillos de la cocina.

—Daniel es mi obsesión. Lo ha sido desde que lo conocí. Es lo que llaman un tomador. Todo lo que se te ocurra, él lo toma. Y yo lo doy. Y juntos formamos una pareja perfecta. Cuando empezamos a dormir juntos, sentía una sensación abrumadora. Me empezaba en el vientre y se extendía por todo el cuerpo. Una vez casi tuve un accidente porque iba pensando en él. Tuve que prohibírmelo mientras conducía. Creo que fue por lo perfectos que eran sus dientes superiores. Los de abajo no son tan magníficos. Pero los de arriba, parece como si se los hubiera colocado en las encías un maestro artesano. Debes de pensar que estoy loca, pero a mí los dientes me ponen. Como sea, la cuestión es que no tendrías que obsesionarte con nadie. Acaba mal. Quiero decir, al final, ¿quién puede estar a la altura de una obsesión? Tienes que encontrar algo que no hable y que no pueda decirte «no». Como la comida. La comida nunca dice «no». Dice «sí». Dice «más». Pero una persona… un hombre. Eso es una receta para el desastre.

—¿Por qué me está contando todo esto?

Jasmine dejó de hablar para limpiar una masa asquerosa de espaguetis petrificados.

—Bueno —dijo finalmente—, pareces una buena chica y no quiero que desperdicies tu tiempo con alguien que no está interesado en ti.

—Su marido y yo hemos estado follando sin parar durante las últimas tres semanas.

—¿Le has contado esta fantasía a alguien?

—Tiene esa fijación con las orejas. Me las mordisquea como si fueran una especie de aperitivo.

Jasmine dejó caer la bayeta. Se tambaleó hasta dar contra la encimera. Tina avanzó para tratar de sostenerla.

—Mire, ¿por qué no se sienta?

Jasmine se soltó rabiosa.

—¿Cuándo, dónde?

—Siéntese.

—¿Aquí? —dijo golpeando la encimera—. ¿Como en aquella película?

Agarró un cuchillo del soporte y empezó a dar golpes contra la encimera.

Tina retrocedió, apartándose del cuchillo que giraba como aspas de molino.

Jasmine pasó a su lado, como un vendaval, y se precipitó por el pasillo hasta el dormitorio. Abrió la puerta de golpe y se quedó junto al futon, mirando hacia abajo, como si Daniel siguiera allí, pero reducido al tamaño de un mosquito que hubiera que detectar entre el estampado de flores del edredón.

Tina, de pie en la puerta, la observaba. Jasmine parecía enorme, pesada y torpe en aquella habitación gatuna.

—¿No te importó nada que estuviera casado?

Tina se encogió de hombros.

—¿Es que acaso soy de la policía matrimonial?

—Yo nunca lo he hecho. Oh, me han hecho ofertas, pero ¿sabes qué pensaba? Siempre pensaba que si me pasara a mí, y me hubiera acostado con un hombre casado, no podría ponerme furiosa de verdad. Y eso es lo que quieres poder hacer, ponerte como una furia del infierno.

—¡Qué razón tan idiota!

—¿Tú crees?

Jasmine pasó rozando a Tina y se dirigió a la entrada. Tina corrió detrás de ella.

—Mi cuchillo —exclamó.

Jasmine contempló el cuchillo que llevaba en la mano, sopesándolo.

—Es un cuchillo caro. Debe de haber sido un regalo. ¿Tengo razón?

—Es posible.

—Con esto se puede trocear, cortar en lonjas, descorazonar y, si aprieto con fuerza, partir huesos. Tendrías que afilarlo a diario. Hay que empezar por la base y trabajar con movimientos continuos y largos. La clave es hacerlo rápido y seguido. Mantiene el filo agudo.

Jasmine se inclinó para enseñarle la punta del cuchillo.

—¿Qué va a hacer, matarme con él? —resopló Tina.

Jasmine soltó una carcajada.

—Cielos, no. Matar es la parte fácil. Podría darte un golpe en la cabeza o atropellarte. Podría ahogarte, tirarte a un precipicio... No, lo difícil es deshacerse del cuerpo. Porque sin cuerpo, no hay condena.

Jasmine metió el cuchillo en su bolso y salió del piso.

—El cuchillo lo usaría para eso.

Jasmine permaneció sentada en el coche, frente a casa de Tina, dándose de bofetadas. ¿Cómo podía haber sido tan estúpida? ¿Cómo podía haber estado tan ciega? Qué idiota tan grande era. Apoyó la cabeza en el volante. Él había mordisqueado las orejas de aquella golfa. Había mordisqueado y roído y chupado las orejas de aquella golfa. Y durante todo ese tiempo ella pensaba que eran sus orejas las que lo volvían loco. Y ahora las había substituido por otras.

Se hundió en el asiento y pensó en la mujer, joven, delgada, petulante que acababa de conocer. Pensó que Daniel la había besado, la había acariciado, la había... Jasmine apretó los ojos hasta hacerse daño. Sólo pensarlo era como una puñalada en el vientre. Sentía debilidad en los huesos. En su cielo apareció una luna oscura y todo su mundo se sumergió en la soledad. Oh, Dios, pensó, ¿no irá a dejarme por esa mujer, verdad? Jasmine permaneció absolutamente inmóvil mientras la idea le recorría todo el cuerpo.

Luego otra idea le mostró su afilada hoja. Careme. Oh, Careme. ¿Qué iba a decirle a Careme?

Jasmine dejó caer la mano sobre la bocina y apretó. El estridente aullido sonaba como un elefante afligido. Finalmente, se echó hacia atrás, exhausta. Que la condenaran si iba a dejar que aquella zorra convirtiera la vida de su hija, por desagradable que fuera, ni un ápice más desagradable. No iba a dejar que transformara a su hija en un dato estadístico. No iba a dejar que la vida emocional de su hija quedara arruinada por esto. Esa hija suya era un dolor de muelas, pero era un dolor de muelas estable y, dentro de dos años, habría salido de la adolescencia y estaría cuerda de nuevo, sería humana de nuevo y podrían ser amigas de nuevo. Jasmine podía ver el futuro. Su hija vendría de la universidad y se irían de compras y tomarían yogur helado y Careme le hablaría de las larguísimas horas de clase y de los chicos raros y de la residencia y Jasmine la escucharía, llevándose cucharadas de helado de vainilla a la boca y no apartando ni un segundo los ojos de los ojos de su hija.

Pero si Tina se salía con la suya, Careme se vería empujada a un mundo adulto para el que todavía no estaba preparada. Interiorizaría la idea de que un hombre podría cansarse de ella, dejarla de lado. Se acercaría a los chicos con ojos hastiados, con zarpas afiladas como las de un gato, con una sexualidad mellada. Sus salidas al centro comercial estarían llenas de silencios, llenas de revelaciones. Careme sabría cosas de su padre y de su nuevo amor que Jasmine ignoraba. Sus charlas serían falsas y llenas de evasivas y de silencios.

Se apretó el pecho. Había que poner fin a aquella relación. Había que hacer algo. Algo drástico, algo definitivo. Pero antes que nada necesitaba… patatas fritas. Sí, patatas fritas, de McDonald's. Sólo esas servirían. Ni siquiera las suyas. Necesitaba patatas fritas grasientas, saladas, ardiendo. Se vio volcando la enorme ración que había pedido encima de la bandeja y luego agarrando las patatas de tres en tres, de cuatro en cuatro y mojándolas en el ketchup que habría esparcido en el mantel de papel, como en un cuadro demencial de Jackson Pollock y metiéndoselas en la boca. Nunca de una en una, tenía que ser de cuatro, o mejor, de cinco en cinco, para que la boca se cerrara como una prensa sobre el bocado caliente, salado y crujiente y luego absorbiera la suave masa de patata. Jasmine siempre era metódica, y se concentraba únicamente en la sal y la grasa y la divinidad de las patatas fritas.

Cogió el coche, fue directamente al McDonald's más cercano y aparcó de cualquier manera. Corrió al interior, se precipitó al mostrador y dijo con voz alta y firme.

—Dos jumbos de patatas fritas, por favor.

La jovencita llena de granos, con la insignia de Empleada del Mes sobre su abundante pecho, tecleó el pedido y la miró.

—¿Querría también una tarta de manzana?

—No —dijo Jasmine.

—¿Y qué hay de algo para beber?

—No.

—¿Ensalada?

—No.

Clic, clic.

—Serán 4,08 dólares.

La cajera cogió una caja de cartón de la estantería cónica que sobresalía de la pared y se acercó a la enorme freidora donde las patatas fritas, cortas y finas, brillaban de aceite y sal. Con mano experta hundió la cuchara y, con dos movimientos sacó las patatas fritas. Jasmine la observaba, deseando con todas sus fuerzas que excavara más hondo, más tiempo, para conseguir una patata extra. Vio decepcionada que dos patatas caían de nuevo a la freidora cuando la cajera colocaba el envase en la bandeja de Jasmine.

Jasmine se inclinó hacia delante.

—Se han escapado dos.

—Perdón ¿cómo dice?

—Dos. Mire. Se han caído cuando ha levantado la caja. ¿Puede volver a meterlas?

La chica volvió la vista a la freidora.

—Mírelas. Junto al borde.

La chica clavó la mirada en Jasmine.

—¿Es que hablo chino? Había dos patatas más y se han caído al sacarlas. ¿Puede volver a meterlas dentro?

La chica dio un leve codazo a su supervisor. El supervisor, decidido a hacer carrera en el sector de la comida rápida desvió su atención de la caja a Jasmine.

—¿En qué puedo servirla?

—Sólo quiero las dos patatas.

—¿Qué dos patatas?

—Las que estaban en mi caja, pero se han caído cuando ella la ha sacado.

—¿Se han caído?

—Sí.

—Muchas patatas se caen cuando las sacamos.

—Seguro que sí, pero, verá, es que tenían un aspecto especialmente sabroso.

—¿Está tratando de crearle problemas a mi empleada?

—No, sólo quiero…

—Porque tenemos una política en contra de eso. ¿Ve? —dijo señalando una placa—. «No se tolerará la violencia».

—No voy a pegarle a nadie por dos patatas, pero si no le importa…

—¿Podría apartarse del mostrador, señora?

—¿Qué?

—Le he dicho que se aparte del mostrador —Bajó la barbilla hacia el pecho y murmuró en su micro de clip—. Conf en most. Conf en most.

—Debe de estar tomándome el pelo.

—Afirmativo. Mujer blanca agresiva con bolso grande. Necesito apoyo. ¿Me recibe? —Tendió la mano hacia Jasmine—. Señora, tendrá que darme ese bolso.

Jasmine se puso del color de la espuma de poliestireno.

Cuando Daniel llegó por fin a la comisaría, Jasmine estaba sentada en el banco de las visitas, con la mirada fija en los zapatos y las manos sujetando el bolso. No dijo nada mientras Daniel firmaba el registro para que la dejaran salir. Ni mientras la escoltaba, cogiéndola por el codo, hasta la calle. Ni cuando se sentó en el coche a su lado. Mantuvo la mirada fija delante de ella, como si fuera una mantis religiosa. Había un tráfico muy denso en todo el camino desde Arlington hasta Georgetown y tuvieron que esperar varios semáforos para cruzar el puente Key. Jasmine no dejó de mirar por la ventana hacia el río Potomac.

La temperatura exterior era de treinta y cinco grados y el labio superior de Daniel estaba punteado de sudor. Pisó repetidamente el freno y contempló la parte posterior de la cabeza de Jasmine. La lengua, como papel de lija, le raspaba contra el paladar.

—Mira, Jasmine…

—¿Cuántas veces?

—¿Cuántas veces, qué?

Ella se volvió para mirarlo, con los ojos como el hielo. Él parpadeó y volvió a mirar el parabrisas y su costra de moscas partidas en pedazos, desventradas.

—No tantas.

Ella volvió a darle la espalda. El coche de delante paró de golpe y Daniel pisó el freno con rabia.

—Capullo.

—¿La encontrabas atractiva?

Daniel no respondió, se limitó a apoyar todo su peso en la bocina. Jasmine siguió mirando por la ventana y meneando la cabeza, incrédula.

—¿Por qué las flacas resultan tan atractivas? Sólo significa que hay menos. ¿Es por eso por lo que querías acostarte con ella, porque ocupa menos espacio? ¿Qué clase de razón es esa? ¿Es por eso por lo que todo el mundo está haciendo régimen? Piensan, eh, guapo, vas a desearme a morir porque soy compacta. Soy un ser humano inocuo para el medio ambiente. Y cuando me hayas usado, puedes tirarme en cualquier agujero. Y ¿sabes qué?, ocupo menos sitio. Y además, soy biodegradable. Mira, lo dice en la etiqueta. Mientras que ese modelo de aquí al lado —siguió Jasmine señalándose a sí misma—, fíjate lo enorme que es. Seguro que no tenían problemas de espacio cuando la hicieron. Cielos, a ésa más vale que la tires en un vertedero.

—Yo no te he tirado en un vertedero.

—No tengo más remedio que reconocer que es verdad. Me has conservado. Cualquiera pensaría que tienes un garaje para dos coches.

Jasmine examinó el impasible perfil de Daniel.

—Pensaba que teníamos algo especial.

—Lo tenemos —murmuró Daniel.

—¿Qué? ¿Qué es lo que tenemos?

—Tenemos a Careme.

—¿Eso es todo? ¿Es eso lo único que nos une?

—No.

—¿Qué más?

Daniel se quedó callado.

Jasmine contuvo la respiración y luego la soltó como si dejara ir toda esperanza.

—Tendrás que marcharte.

—No volverá a pasar, Jasmine. Nunca más.

Jasmine cruzó los brazos y clavó la mirada en la lluvia que complicaba el tráfico.

—¿Sabes lo difícil que es amar a alguien cuando él ya no quiere? ¿Esperar cada mañana que hoy, quizás hoy, me sonrías como antes, me beses como antes?

—Por favor, Jasmine.

—Mira, ponte en mi lugar. ¿Lo aceptarías de otra manera?

—No, Jasmine…

—Puedes quedarte hasta tu cumpleaños. Careme lo espera con mucha ilusión. Así que tengamos un último cumpleaños feliz. Cumpleaños feliz, cumpleaños feliz…

El conductor de delante encendió las luces de emergencia y se bajó del coche.

—¿Qué leches está haciendo? —vociferó Daniel por la ventana.

El hombre le hizo un corte de mangas mientras cruzaba al otro lado de la calle y se dirigía a un extremo del puente. Daniel se agitó en el asiento como un animal atrapado. Miró furioso al coche de atrás, que estaba pegado a él y donde una mujer tocaba, insistente y exasperada, la bocina. Daniel abrió la puerta de golpe, consiguiendo que casi se la arrancaran cuando los coches del carril de al lado empezaron a moverse. Tiró de la puerta cerrada del coche de delante. Luego lo sacudió como si meciera una cuna. Jasmine se recostó en el asiento para observar el derrumbamiento de su marido, en armonía con su propio derrumbamiento.

Así que a esto se reducía todo, pensaba Jasmine, mientras entraba en casa. Dejó caer el bolso en la silla del recibidor y sin decirle ni una palabra a Daniel se dirigió a la planta alta. Él hizo un intento de seguirla, pero ella le cerró la puerta del dormitorio en las narices.

Jasmine miró alrededor y respiró profundamente. Bien. Su marido tenía un asunto. Había estado teniendo relaciones sexuales con otra mujer. Jasmine, que conocía hasta el último recoveco de aquel cuerpo de cuarenta años y que había complacido amorosamente cada una de sus necesidades desde que se conocieron, diecisiete años atrás, había sido substituida. Bueno, así era la vida. Ahora ella estaba a punto de entrar en una nueva fase. Justo lo que había dicho aquella mujer… ¿cómo se llamaba?, una escritora que ganaba un pastón, algo sobre los tránsitos… bueno, no importaba. Era sólo otro tránsito. El nacimiento, el matrimonio, la indiferencia, la muerte. Debía entrar en cada uno de ellos con la mayor elegancia posible.

Se desnudó por completo y se metió entre las sábanas. Se quedó acostada, pensando en el amor. Una cosa tan erosionada por la acción del tiempo, el amor. Apaleado y magullado. Vilipendiado. ¿Ganaba con una pátina? ¿Se intensificaba cuanto más permanecía en el fuego? ¿Existía siquiera? Bien mirado, ¿no eran todos sólo animales? ¿No era el amor sólo otra palabra para describir la supervivencia del más fuerte? Quizá sólo fuera el subproducto, la secuela de la competencia. No cabía duda de que el amor te impulsaba a hacer cosas que, de otro modo, no harías. ¿Era una necesidad, el amor? Ella no necesitaba realmente a su marido, porque, después de todo, Daniel, no era tan rico y cálido y delicioso como el primer sabor de una bullabesa. No era tan seductor ni perfumado. Sin embargo, ella lo había aceptado, mientras que él, obviamente, no le había devuelto el favor.

Se secó las lágrimas que se acumulaban en sus hundidas ojeras. De su cuerpo salió un prolongado suspiro. Su ánimo, antes tan resistente, estaba hecho polvo, por los suelos.

La verdad es que no quería que su marido se fuera.

Para empezar, lo amaba. Con pasión. Con todo el corazón. Sin condiciones. Puede que a los demás les costara creérselo. Pero si era un perdedor, si era una mierda, canturrearían. Podía oírlos, congregándose en su cabeza. Líbrate de él. Ese cabrón. ¿Cómo ha podido hacerte eso? Ponle la soga al cuello, cuélgalo bien alto. Jasmine sonrió mientras colgaba mentalmente a Daniel del gancho de sus cacharros de cocina. Pero, de inmediato, volvió a entristecerse. Sería tan fácil, ¿verdad? Sólo tenía que decir basta.

Pero la vida es más complicada que todo eso. Y a decir verdad, no creía que fuera lo peor que él podía hacerle. Lo peor habría sido un alejamiento emocional. El menosprecio que veía en otros maridos. El de Betty, por ejemplo. Un rebajamiento continuo, diario, del sentido del yo de la mujer, hasta que no quedaba nada más que un cascarón lleno de disculpas. Daniel nunca lo había hecho. Siempre se había mostrado entusiasmado con sus posibilidades y siempre la había apoyado decididamente. Incluso cuando se convirtió en el señor March y se vio relegado al fondo de la sala durante las demostraciones, encargado de las servilletas de cóctel, sonreía con sentido del humor. Y cuando tenía ganas, todavía conseguía ponerla a cien. Una no renuncia a una cosa así. No señora.

Y además, ¿qué diablos iba a hacer con toda aquella comida que tenía en casa; toda la comida que había pensado cocinar para Daniel? Los dos congeladores estaban hasta los topes de piernas y costillas y picadillo de carne. Comidas planeadas con mucha antelación para placer de Daniel. ¿Quién probaría sus recetas con tanto entusiasmo? Y goce. Y discernimiento. ¿Quién entendería la diferencia que podía representar media cucharadita de sal, la desagradable huella que podía dejar en la lengua una mano que se pasara con el vinagre? Tenía que admitirlo, aquel hombre tenía un paladar exquisito.

Sin embargo, no podía dejar que se fuera de rositas. Jasmine se acomodó, recostándose en las almohadas y dejó vagar su imaginación. ¿Qué hace una cuando su marido cena en otra cocina, por así decir, se atiborra de otras vituallas, comparte otros platos, apura otros... ¡Ah, basta ya, Jasmine! ¿Qué hace una?

13

Careme cerró el *City Paper*, cuyo titular pregonaba: «Famosa cocinera a caldo». Una foto muy fiel de su madre saliendo de la comisaría, con el pelo despeinado y su rotunda figura más voluminosa que de costumbre debido al gran angular. Careme levantó la vista y se encontró con que era el centro de las miradas burlonas de toda la clase. Vio que Lisa tenía la vista fija al frente y que se esforzaba mucho por no soltar la carcajada. Y supo inmediatamente quién había puesto el tabloide en su mesa y quien se lo había contado a toda la clase.

Careme mantuvo la cabeza bien alta. Pensar que había llamado a Lisa para quejarse de que a su madre la exhibieran allí, en toda la primera plana. Se sentía tan avergonzada. Y Lisa había sido muy amable por teléfono, asegurándole que no conocía a nadie que leyera el *City Paper*. Careme había colgado casi convencida de que sus compañeros de clase no llegarían a enterarse. Roger tenía razón. Lisa no era de fiar. Careme nunca se lo había echado en cara porque no quería que la expulsaran del grupo popular. Después de todo, ¿qué sería si no era popular? ¿Un bicho raro? ¿Una drogata? ¿Una pringada? Las tristes posibilidades eran demasiado numerosas para pensar en ellas.

Careme fue hasta la mesa de Lisa, andando con cuidado, como si pisara huesos triturados. Los que estaban alrededor empezaron a darse codazos, eufóricos. Discordia e intriga en la corte real. Todo para su placer como espectadores. Lisa parecía nerviosa. Estaba claro que no esperaba el enfrentamiento. No delante de todo el mundo. Careme habló con claridad.

—Has sido tú, tú se lo has enseñado.

—Algunos ya lo habían visto, de todos modos.

—Me dijiste que no lo harías.

—No tiene tanta importancia.

—Me lo prometiste.

El nerviosismo de Lisa se convirtió en irritación.

—Venga, Pastorcilla, ¿por qué no tocas tu trompetilla?

Sus incondicionales se rieron de nuevo. Qué cosa tan ingeniosa acababa de decir.

Careme se mantuvo firme.

—Fue algo mezquino.

—¿Qué culpa tengo yo de que tu madre sea gorda y una maleante?

—¡Cierra la boca!

Lisa se colgó su bolsa Coach del hombro y se irguió en toda su esbelta altura.

—Oh, vamos. Míralo de esta manera: puede que ahora tu madre vea la luz y se decida a perder algo de peso.

—Eso no es asunto tuyo.

—Foca... foca.

—Eres una bruja.

—¿Yo? Eso es lo que tú siempre dices de tu madre, ¿no?

Careme apartó la mirada. Tenía razón.

Lisa se sonrió con suficiencia.

—Lo sé, lo sé. Lo había olvidado. Tú puedes hacerlo porque es tu madre. ¡Vaya suerte tienes!

Cuando Lisa se retiró hacia el vestíbulo, sus acólitos la siguieron, tapándose la boca para disimular las risas.

A Careme se le iban las manos, se moría de ganas de sacarles los ojos a todos ellos. ¿Pues no se estaban riendo de su madre? De su madre, que tenía más talento en las quemadas yemas de los dedos que todos ellos juntos en todo el cuerpo. Y además, era mucho mejor que ellos. Para empezar, no era una esnob, como la mayoría de padres. Y la madre de Lisa era la peor. Siempre con mil cosas que hacer, siempre mencionando a gente importante, una pija hipócrita. Bastante parecida a Lisa, bien mirado. Mientras que la madre de Careme siempre era cálida y acogedora y..., bueno, nunca se le había ocurrido antes, pero lo mejor de su madre era que podía confiar en ella. Sí, a veces, podía ser muy irritante, pero nunca, en toda su vida, le había fallado, jamás. Su madre nunca le contaría a nadie los secretos de Careme. Nunca.

Careme pensaba en ello mientras hacía cola con Roger y los demás marginados esperando el autobús.

Betsy, sentada en un rincón de la biblioteca, lloraba de alivio. Había descubierto algo. Estaba examinando los estantes de la biblioteca tratando de encontrar un libro que no hubiera leído sobre dietas cuando dio con aquel ejemplar. *El poder de los gordos.* Era como si le hubiera estado esperando, a ella sola, embutido entre *Abdomen Gordo* y *Pompis mejores,* que ya había leído una docena de veces. El pequeño volumen verde hablaba durante 240 páginas sobre el horror de las dietas. Bueno, era algo que Jasmine llevaba años diciéndole. Pero había algo en la forma en que aquellas mujeres escribían y el aspecto que tenían, con la grasa recubriéndolas como una armadura, con sonrisas resueltas en un cojín de carne, que hizo que Betty prestara atención. Gorda. Estás gorda, decían. Y por una vez, no se sintió horrorizada. Tal como ellas lo decían era como si hubiera escalado las montañas para unirse a un club muy especial. Un club que había sido difamado y marginado y convertido en cabeza de turco durante demasiado tiempo. Un club que estaba dispuesto a defenderse y coger lo que era suyo. El poder de los gordos. Puede que fuera la respuesta. Su salvación. Además, pensó al mirar de cerca las fotos, comparada con aquellas gordas, ella estaba como un palo.

Betty levantó los ojos y vio a dos hombres jóvenes, sentados a una mesa, mirándola y sonriendo. Los dos se dieron con el codo y apartaron rápidamente la mirada. Los ojos de Betty se entrecerraron y volvió a su libro.

Empieza por la cocina, ordenaba el libro. Tira a la basura todo lo que tenga que ver, aunque sea remotamente, con «bajo en calorías». Haz acopio de cosas altas en grasas, como si fueras un partidario de la supervivencia de los fuertes esperando el fin del mundo. Es hora de tomar postura respecto a la comida. Olvídate de las calorías y utiliza tu peso como un escudo. Has entrado en el nuevo milenio, prometía.

El milenio de la Chica Mala y Grande. Es hora de ponerse como cerdas. Betty cerró el libro y se estremeció, excitada.

Roger lo había preparado todo. De nuevo *Cocina Ligera*. Lechuga iceberg. Ensalada de pomelo.

También se había duchado, se había afeitado la pelusa del lado izquierdo de la cara, se había rociado desodorante en aerosol por todos los pliegues de su cuerpo y se había aplicado pomada antihongos extra en los dedos de los pies. Estaba de pie en medio de su habitación, con una caja de condones en la mano, preguntándose dónde ponerlos. ¿Debajo de la almohada? ¿En el cajón de arriba de la cómoda? Metidos dentro de la goma elástica de sus *boxer*. La noche antes había estado practicando cómo ponérselos. Estaba listo.

Al entrar en la casa, Careme parecía tímida y coqueta. Se humedecía los labios y entraba y salía del espacio vital de Roger. Los dos daban vueltas uno alrededor del otro en el recibidor hasta que él la acompañó a la cocina.

—¿Qué tal va todo?

—Bien.

—La serpiente está bien.

—¿Sí?

—Sí.

—Bien.

—¿Hambre?

—Claro.

Le ofreció dos platos a elegir: Queso con bróquil o Lasaña de verduras, los dos de *Cocina Ligera*.

—Lasaña.

Careme decidió rápidamente. También ella estaba lista. Duchada y depilada y con tres sobres de condones escondidos en el fondo de su bolso de piel de cebra.

Mientras la lasaña se hacía en el microondas, los dos contemplaban el suelo de la cocina. La mente de Roger hacía tictac al compás de los segundos del horno. Vaciló y luego se inclinó hacia los labios de Careme. Ella inclinó la cabeza hacia atrás para facilitarle las cosas.

Chocaron los dientes y los dos se disolvieron en un festín de lenguas y saliva que habría ahogado a una pareja de menos altura. Roger se echó atrás para respirar. La cogió de la mano.

—Vamos —musitó y la llevó arriba.

Careme no puso reparos.

Cuando cerraba la puerta del dormitorio, el microondas pitó. Unidos por la cintura se dejaron caer pesadamente encima de la cama de Roger. La escena preparada, el cuerpo dispuesto, Roger frunció el ceño, concentrado, mientras ponía manos a la obra.

Careme soltó un grito y se incorporó.

—¿Qué es eso?

Roger se sintió mareado por el brusco cambio de rumbo.

—¿Qué?

Careme le señalaba el pecho con un dedo tembloroso. Dos aros perforaban sus tetillas rojas y respingadas.

—¿No los habías visto antes?

Careme negó con la cabeza.

—Muchos tíos los llevan.

—No.

—Sí.

—¿No hacen daño?

—Ahora no. Es una sensación estupenda.

Careme arrugó la nariz.

—De verdad. Tiene que ver con el control.

—¿Consigues control haciéndote agujeros en el cuerpo?

—Mejor que matarte a dietas.

Careme se quedó callada. Roger se encogió de hombros.

—Cada uno hace lo que quiere.

Alargó el brazo y le acarició el huesudo hombro.

—Tendrías que probarlo.

—Ni de broma.

—Quizá empezar con algo más pequeño. Un brillante en la nariz o en la lengua.

Careme se echó a reír, pero en realidad estaba bastante excitada. Tendió la mano y tocó delicadamente el aro izquierdo. Roger cerró los ojos.

Dos minutos después, Careme sonreía complacida mientras Roger se esforzaba torpemente. Estaba a pocos segundos de ser una mujer. Pensó que se moría de ganas de ver la cara de Lisa cuando se lo dijera. Luego se acordó de que ya no se hablaba con Lisa. Justo cuando notaba el liso cilindro de goma entre las piernas, se abrió la puerta y una mujer corpulenta, con la cara roja, apareció en el umbral. Betty Johnson miró a los ojos de Careme una décima de segundo antes de abrir la boca y aullar:

—¡Roger! ¡Mi niño! ¿Qué estás haciendo?

Tina entró con paso rápido en el café de la calle 18. Llegaba quince minutos tarde. Exhibía la mirada satisfecha de sí misma, de una mujer que justo acababa de hacerse con unos sostenes de Christian Dior a mitad de precio.

Mientras se sentaba en medio de una nube de perfume que Daniel no había olido nunca, éste le sirvió una copa de vino.

—¿A qué viene tanta urgencia, Daniel? Te dije que hoy tenía muchas cosas que hacer.

Él le puso el vaso delante. Ella lo apartó y llamó al camarero.

—¿Puede traerme un vaso de agua fría, por favor? Sin hielo.

Daniel tomó un sorbo de vino y la estudió.

Tina rebulló incómoda.

—¿Qué pasa?

Daniel no dijo nada, sólo siguió mirándola fijamente, reduciéndola a las partes que componían su total. Trató de aplicar la mente despreciativa de Careme y miró la deslustrada cadena de oro que Tina llevaba alrededor del cuello. El barniz de uñas marrón descantillado de la mano izquierda. La sombra de vello encima de sus labios púrpura. Pero todo tenía un aspecto tentador. Miró el punto donde sus senos luchaban por liberarse, el lugar donde la fina tela de la falda se estiraba a punto de partirse por la presión de sus musculosos muslos. Tragó saliva.

El fuerte cuello de Tina latía mientras se bebía el agua de un trago. Se tocó los labios con dos dedos mientras dejaba el vaso en la mesa.

—¿Por qué me has pedido que viniera aquí?

—No quería una escena.

Tina se echó a reír.

—No vas a romper conmigo, ¿verdad?

Dejó de reír y luego se puso en pie de golpe. Daniel la cogió por la muñeca.

—Siéntate.

Los ojos de Tina volaron dos mesas más alla, donde había otra pareja clandestina. Observó los pendientes de diamantes y el vestido de cachemira de la mujer y se sentó.

Daniel hurgó en el bolsillo del pantalón y sacó un pequeño joyero. Los ojos de Tina se abrieron como los pétalos de una flor. Él le acercó el estuche a través de la mesa. Ella lo aceptó con una sonrisa de incredulidad, como si le acabara de tocar el gordo de la lotería. Respiró hondo y abrió la caja. Su sonrisa se apagó en cuanto vio el anillo. Un estilizado diamante de un quilate.

—Guau —dijo cortésmente.

Con un movimiento rápido y afectado, Daniel hincó una rodilla en el suelo, delante de ella y le cogió la mano. Estaba haciendo algo que nunca, nunca, jamás habría pensado hacer, como él mismo habría declarado. Arrodillarse delante de una mujer, con un recibo de la tarjeta de crédito por un anillo con una piedra dentro del bolsillo. Jasmine había tenido que conformarse con un anillo de boda mexicano, tres aros de plata de diferentes colores. Nada de diamantes. Le dijo que él no era de esa clase de hombres, que ellos no eran de esa clase de parejas. Estaban por encima de todo eso. Pero Tina le obligaba a hacer cosas indignas de él y lo peor es que le encantaba hacerlas.

—Ha sido estupendo. Pero tengo que dejar que te vayas. Esto es una prueba de mi agradecimiento.

Porque finalmente, después de una noche de depresión sin límites, había comprendido no sólo que era un canalla y un cerdo, sino que era, por encima de todo, un hombre que amaba a su mujer. Un hombre cuya vida, pese a todas sus quejas e inseguridad, era exactamente lo que él había querido que fuera. Se había quedado en Washington para estar con Jasmine. Había creado una familia con ella porque no podía imaginar nada más gratificante. La amaba por ser quien era. Y había sido injusto con ella. Y era hora de que arreglara las cosas.

—No te lo tomes a mal —dijo.

—Guau —repitió Tina.

La rodilla de Daniel empezaba a dolerle, así que volvió a ponerse en pie. Tina continuaba contemplando el anillo. Daniel nunca había roto con una amante antes y no estaba seguro de cuál era el protocolo. Quería comportarse como un caballero. No quería ser rastrero. Además, sabía lo mal que ella se lo iba a tomar. Así que había pensado que algo centelleante podría suavizar el golpe. Pero después de diez minutos en la joyería, el propietario lo había manipulado con tanta habilidad que se había gastado dos meses de sueldo. Daniel cogió el estuche y empezó a sacar el anillo, pero Tina le apartó los dedos y cerró la caja. Luego se la devolvió.

—¿Qué...?

—Tendría que habértelo dicho antes —dijo ella—. No eres el único con quien me he estado viendo.

Del bolso sacó un estuche idéntico. Lo abrió y le enseñó el interior. Un anillo con tres diamantes, cada uno de ellos el doble de grande que el solitario de Daniel. Lo ladeó con cuidado para que la mujer de la otra mesa pudiera verlo.

Luego cerró el estuche de golpe y volvió a enterrarlo en el bolso. Se levantó, se colgó el bolso del hombro y le tendió la mano a Daniel.

—Yo también he disfrutado mucho de nuestra relación, Daniel. Iba a tener que romper contigo, pero me has ahorrado el trabajo.

Daniel no entendía nada. Se había quedado de pie, petrificado, con los ojos y la boca abiertos como platos. Tina trató de pasar. Él le bloqueaba la salida.

—¿Qué me estás diciendo?

Ella dio un paso atrás.

—Que no eras el único.

—¿Quién te ha dado ese anillo?

—Alguien con quien me he estado viendo. Empezó antes que lo tuyo.

Así que no estaba engañándote exactamente. A él, quizás. En

realidad, tampoco eráis sólo los dos. Una chica tiene que mantener todas sus opciones abiertas.

—Pero yo pensaba…

—Ha comprado una casa para los dos en Potomac. Una casa colonial de seis habitaciones. Vestíbulo de mármol, un baño para «él» y otro para «ella». Nos fugamos a Río mañana. Bueno, nos vamos. Todavía tiene que conseguir el divorcio.

—Pero, ¿y qué hay de nosotros? —Daniel se inclinó hacia delante—. ¿Qué hay de… ti y de mí? Quiero decir… —Daniel no conseguía encontrar las palabras—. ¿Qué hay de nuestro compromiso dietético?

—Mira, Daniel, tú mismo lo dijiste. Hay más cosas en la vida que la comida. Además, eres el director de un teatro en bancarrota. ¿Por qué diablos querría casarme con alguien como tú? No tienes dinero, no tienes fuerza. Eres una vieja gloria. Bueno, yo diría que eres una vieja gloria, pero en realidad, nunca fuiste una gloria ni nada. ¿Puedes apartarte, por favor? Me gustaría marcharme.

—Pero querías aprender a cocinar para mí.

—Sólo estaba poniendo a prueba mi ultimátum. Un ensayo. Quería ver cómo resultaba. Tenía que saberme bien mi papel.

Con un codazo bien aplicado, empujó a Daniel a un lado y salió a la calle. Daniel la siguió dando trompicones.

—Tina.

Ella se volvió. Afuera el sol era demasiado brillante. Le hacía daño en los ojos, pero le daba volumen a su pelo, convirtiéndolo en dulce de algodón de un luminoso color fresa. Daniel tragó saliva. Tina se ablandó un segundo. Avanzó hasta él y lo besó, con ternura, con pesar. Estaba disfrutando de su actuación.

—Adiós, Daniel —dijo y se alejó, llevándose, calle abajo, su bonito culo, sus enormes tetas y sus normas dietéticas.

A Daniel le costaba respirar. Tenía el cuerpo como adormecido, pero su mente zumbaba de humillación. «Nunca fuiste nada». La sangre le ardía en las venas. Aquella mujer sin talento decía que ÉL nunca había sido nada. ÉL. Daniel abrió el estuche con el anillo. Bueno, había que reconocer que ella conocía cuál era su precio. Una casa en Potomac con un vestíbulo de mármol. Soltó una risa amarga. Dentro de nada, aparecería en las páginas de sociedad. O en las últimas páginas de *Regardie's* donde los ricos y vanidosos presumen de sus fiestas ante las cámaras. No duraría mucho. Se atiborraría de canapés de harina refinada y se olvidaría de tomar sus proteínas y, a los dos años, ni él la reconocería. Volvería a buscarlo, aburrida de su rico marido, al que no se le levantaba y le suplicaría a Daniel que se la tirara, aferrándose a él, prometiéndole cualquier cosa. Y él se sacudiría aquellas manos codiciosas de encima y le diría, «Tía, qué envejecida estás. ¿No te han hechado un buen polvo últimamente?» Ja, pensó y golpeó la farola con la mano. Ja,ja,ja.

Mientras iba de camino a casa, arrastrando los pies, pensaba que, las mujeres de su vida eran completamente imposibles. Desdémona, pensó; ésa era toda una mujer. Fuerte, hermosa, ética. Muerta al final. Pero, claro, es lo que le pasa a la mayoría de héroes. ¿Cuánto tardó en morir? ¿En qué pensó? En eso tiene que pensar una actriz cuando hace ese papel. ¿En qué estaba pensando cuando murió?

Careme pensó largo y tendido en lo que acababa de ver. Su padre besando a otra mujer. Era como si hubiera visto un extraterrestre saliendo de una nave espacial con zapatos de Gucci, y su cerebro seguía esforzándose por interpretar aquel nuevo aspecto. Su padre besando a otra mujer.

Careme siguió sentada, ocultándose detrás del menú del café adonde había ido para recuperarse del choque sufrido cuando entró la madre de Roger y arruinó su vida sexual. Todavía le resonaban en los oídos los chillidos de aquella mujer. ¿Por qué, por qué había decidido perder la virginidad con el hijo de la mejor amiga de su madre? Igual podía haberlo transmitido en directo por la televisión nacional. Todo el mundo sabía lo chismosa que era aquella vieja foca. Y Roger, un gallina, a pesar de todo el metal que llevaba encima, se había metido debajo de las mantas mientras Careme corría de un lado para otro de la habitación, buscando su ropa. Nunca le volvería a hablar. Puede que Lisa tuviera razón. Puede que perder la virginidad no valiera la pena.

Careme miró por encima del menú, pero su padre y su cita se habían separado. La mujer se alejaba, caminando lentamente, mientras su padre la miraba. Luego él había vuelto la cara en dirección al café. Careme se había inclinado hasta el suelo, y su bollo, sin azúcar ni grasas, se le había caído encima de la cabeza. Esperó. Cuando se incorporó de nuevo, con las migajas libres de trigo cubriéndole el pelo, su padre había desaparecido.

Claro que estaba besando a otra mujer. ¿Qué esperaba su madre? Andando por el mundo con aquel aspecto de cerdo listo para asar. Era cruel, lo sabía, pero su madre tenía que enfrentarse a la realidad. El lobo estaba a la puerta. Y sería mejor que el cerdito se construyera una fachada sólida y agradable. Y que se pusiera a dieta. En realidad, era lo único que necesitaba. Y un poco de maquillaje. Careme se la llevaría de compras. El ciruela y el morado le sentarían estupendamente.

Careme tomó un largo sorbo de su capuchino doble y pensó en la otra mujer. Había oído hablar de ellas, pero nunca había visto una en persona. Y francamente, no estaba impresionada; joyas de oro de imitación, pelo enmarañado, vestido de Hit or Miss.

Bueno, a su padre más le valía entrar en vereda. Careme no tenía ninguna intención de convertirse en un número más en las estadísticas. No iba a ser otro hijo más de un hogar roto. Tenía que pensar en su futuro. Era un momento muy delicado para ella. Su adolescencia. El momento era de lo más inoportuno. Tenía que entrar en la universidad. Una universidad que su padre tendría que ayudar a pagar. No podía largarse por ahí a gastarse el dinero con un pendón. No. Tenía que dominarse. Ella todavía tenía que perder la virginidad, joder. Tenía que casarse, encontrar una profesión, tener hijos. Y no estaba dispuesta a cargar con sus hijos desde casa de su padre y su nueva mujer a casa de su madre el día de Navidad. No, aquello tenía que acabarse. Tenía que acabarse ya mismo. Alguien tenía que ponerle fin.

14

Jasmine podía elegir entre dos alternativas. Podía exigir un divorcio inmediato o podía perdonar y olvidar. Como no estaba dispuesta a adoptar ninguna de las dos, había encontrado su propia y más individualista respuesta a las correrías de su marido. Igual que una gran receta, se necesitaría destreza y una planificación cuidadosa. También igual que una gran receta, la recompensa sería exquisita, aunque de corta duración. El sabor que le quedara en la boca dependería, Jasmine lo sabía, de su maestría.

Jasmine corrió arriba a prepararse. Mientras se desvestía, se miró en el espejo, sonriendo. Sus formas llenas tenían un aspecto delicioso, sus montículos de carne eran tentadores. Era mucho más gustoso prepararse para alguien hambriento y sabía que aquel hombre en particular estaba ávido de ella. Lo único que necesitaba era una ducha rápida, un vestido negro de encaje y una mente abierta. Dándose unas palmaditas en la frente, se recordó que la mitad de lo que él quería estaba allí dentro. Cuando sonó el timbre de la entrada, añadió un toque de perfume, dos gotas de aceite de trufas detrás de cada oreja, y se precipitó escaleras abajo, jadeante, para abrir la puerta.

También hoy él vestía tejanos y la camisa Oxford blanca con las mangas remangadas.

—Me alegro de que hayas cambiado de opinión —dijo Troy.

—Entra —musitó ella.

Troy miró a ambos lados antes de entrar. En el recibidor trató de cogerla, pero ella lo esquivó limpiamente. Planeaba prolongar su éxtasis.

—Por aquí —dijo y lo llevó a la cocina.

—Donde tú quieras —dijo él.

—Parecía lo apropiado —dijo ella, señalando con un gesto la mesa de la cocina.

—¿Aquí? —preguntó él, desconcertado.

—¿Tienes hambre? —dijo y se deslizó hacia el horno.

—Sí, mucha —respondió, mirando como se inclinaba para entreabrir apenas la puerta del horno. Dio un paso adelante para agarrarla, pero el aroma que salía lo detuvo en seco.

—¡Dios! —gimió de placer.

—Siéntate.

Los ojos le centellearon. Una mujer dominante. Se dejó caer en la silla más cercana.

—Cierra los ojos.

Troy vaciló.

—Vamos. No voy a hacerte daño.

Troy cerró un ojo y luego, a regañadientes, el otro. Jasmine se puso detrás de él y le anudó una enorme servilleta en torno al cuello. Luego, le puso las dos manos sobre los hombros.

—¿Me escuchas?

Él asintió, impaciente. Ella siguió, respirándole en la oreja.

—No te he invitado para hacerte el amor.

Los ojos de Troy se abrieron de par en par.

Jasmine los cerró suavemente con los dedos. Se detuvo. Contempló a aquel hombre joven, tan ansioso por recibir lo que ella tenía que ofrecer y se le llenaron los ojos de tristeza al pensar en lo que podía haber sido con Daniel. Se sacudió aquellas ideas. No daría marcha atrás. Acarició los suaves rizos de la nuca de Troy.

—Te he invitado para cocinar para ti. A mi marido ya no parece interesarle lo que tengo que ofrecer, así que hoy acudo a ti. Cada fibra de mi ser está en esta comida. La he investigado, probado y afinado. Es lo mejor de que soy capaz. Y sabía que tú la apreciarías.

Incapaz de contenerse, Jasmine le acarició los hombros, demorándose en los fuertes músculos de la parte superior de la espalda. Los dedos ansiaban masajear aquella espalda hacia abajo hasta alcanzar las perfectas redondeces de...

—Basta —se dijo a sí misma.

—¿Cómo?

Respiró hondo.

—Cuando acabe esta comida, no quiero volver a verte nunca más. ¿Está claro?

—¿Por qué?

—Porque, en ocasiones, en la vida, con una vez basta.

Troy permaneció en silencio mientras lo pensaba. Finalmente, asintió.

—Bien —dijo ella—. Ahora puedes abrir los ojos.

Troy contempló a la mujer que tenía delante con una mezcla de deseo y temor. Jasmine abrió una botella de vino blanco y vertió el líquido, de color pajizo, en una copa de fino cristal.

—Empezaremos con un Kistler-Dutton Ranch del 95.

Se sirvió una copa para ella y lo probó. Ah, sí, pensó. Intenso y lleno de vida, con capas de pera, especias, vainilla y nuez moscada. Y un toque de miel, si no se equivocaba. Se relamió los labios. Una vez iniciada su incursión, se estaba relajando y empezaba a disfrutar. Sonrió con júbilo mientras se envolvía en su enorme delantal.

—Como, desde el punto de vista culinario, soy huérfana, he elegido platos de una amplia variedad de influencias. Vamos a empezar con lo francés clásico. En Francia, para empezar, suelen ofrecerte lo que llaman *amuse bouches*. Entretenimientos de boca. Aquí tienes los tuyos.

Le colocó delante una fuente llena de profiteroles diminutos, pequeños pastelillos de hojaldre cortados por la mitad y rellenos con una sorpresa.

Troy cogió uno y se lo llevó a los labios. Se ruborizó de placer cuando mordió el cremoso relleno.

—Sí —dijo ella—. Langosta finamente picada mezclada con setas, también finamente picadas, salteadas en mantequilla de langosta. Todo ligado con una salsa de bechamel caliente. ¿Te gusta?

Troy resopló zalameramente y cogió otro pastelillo.

Jasmine sonrió y volvió a los fogones donde se puso a dar vueltas, con una larga cuchara de madera, al contenido de un enorme cazo. Lo probó y añadió un pellizco de sal y pimienta blanca. Volvió a probarlo. Lo pensó un segundo y cogió la sal. Contó seis granos y los incorporó al cazo. Sirvió dos cuencos, limpiando los bordes cuidadosamente. Puso uno delante de Troy.

—Bisque de ostras. Al estilo Cajun. Tiene un formidable sabor penetrante.

Tomó asiento y se llevó una cucharada a la boca. Frunció los labios, concentrada. Un suculento y cremoso bisque, con el toque justo de pimienta roja picante. Asintió mostrando su aprobación. Troy todavía tenía la primera cucharada en la boca y se resistía a tragarla.

Jasmine le dio unas palmaditas en la mano.

—Hay de sobra, Troy, déjala pasar.

Él tragó. Tenía los ojos llenos de lágrimas.

—Buen chico.

Tomaron la sopa en silencio, deteniéndose de vez en cuando para lamer la parte posterior de la cuchara. Troy se acabó dos cuencos, rebañándolos con pan crujiente. Jasmine tuvo que quitarle, suavemente, el plato de entre las manos.

Fue a buscar el plato principal: estofado.

—Esto es un homenaje a los bosques norteños donde los ciervos corren en libertad… durante un cierto tiempo.

Sacó del horno una gran fuente de barro, que humeaba y borboteaba. Los sustanciosos jugos dorados formaban una costra en los bordes. La colocó encima de la mesa.

—Huele.

Los dos acercaron la nariz y absorbieron el aroma.

— Esencia de corzo, tomillo, madeira y bayas de enebro.

Le sirvió una generosa ración a Troy, añadiendo un suculento tomate horneado y unas patatas perfectamente asadas. Se sirvió ella también y se sentó. En sus copas de vino, vertió un suntuoso y profundo Opus One Silver Oak Cabernet Sauvignon del 94. Levantó su copa. El vino resplandecía potenciando el exquisito granate.

—Feliz cumpleaños, Daniel —brindó.

Troy levantó su copa. No sabía qué decir, así que no dijo nada. En cambio, tomó un pequeño sorbo. Cerró los ojos y mantuvo el bouquet, poderoso, maduro, oscuro, en la boca, con sus sentidos agudamente conscientes de la mujer que estaba al otro lado de la mesa, sabiendo, incluso a su tierna edad, que este momento iba a acompañarlo, como un preciado recuerdo, hasta el día que muriera.

Cuando Daniel abrió la puerta de la calle, el aroma le golpeó en la nariz como un gancho de izquierda. Se tambaleó. Empezó a salivar profusamente. Los deseos se agolpaban en su mente. Se detuvo un momento para controlarse. Maldita sea, pensó, aquella mujer todavía podía hacerlo, todavía podía avivar el fuego. Sin embargo, se preguntó por qué estaba cocinando ahora. Su cumpleaños no era hasta el día siguiente. De todos modos, no iba a quejarse. Mientras se acercaba a la cocina, se frotaba las manos pensando en lo que le esperaba.

En la puerta, se detuvo y se quedó petrificado, con la mirada fija. Jasmine, con una cuchara en la mano y una radiante sonrisa en los labios, se volvió hacia él.

—Ah, Daniel, ya estás aquí. Justo a tiempo para el postre.

Daniel miró por encima de ella a su visión del infierno, un hombre, joven, comiéndose su cena de cumpleaños. Comiéndosela con un placer viril. Lo observó mientras los dientes, blancos y fuertes, rasgaban los trozos de carne, mientras se relamía los labios al saborear la suculenta salsa oscura, mientras el fuerte cuello daba cuenta de aquella majestuosa comida. Si Daniel hubiera tenido una espada la habría desenvainado. Se la habría clavado a aquel intruso en el corazón, hasta la empuñadura. Habría mirado a lo más profundo de aquellos descarados ojos moribundos y habría pronunciado una sola palabra: «Mía». Como sólo tenía su bolsa de gimnasia, la tiró contra el suelo con rabia.

—¿Qué está pasando aquí? —aulló.

—Espero que hayas reservado sitio, Troy —dijo Jasmine mientras se levantaba para ir a buscar el postre.

—Ésta es una de mis propias recetas: crema de melocotón *brûlée* con una costra de brandy —Lo pasó delante de las narices de Daniel—. Mira —dijo—, es tu favorito. Claro que, en estas últimas semanas, lo he perfeccionado mucho.

Siguió andando y colocó el plato delante de Troy. Vertió por encima una generosa ración de brandy, luego rebuscó en el delantal y sacó una cerilla larga. Un golpecito y el *brûlée* se inflamó formando una corona de llamas azules. Los ojos de Troy se abrieron con placer infantil.

—Ahí tienes, mi hombretón.

La cuchara rompió la superficie caramelizada y reapareció llena con la rica crema de melocotón. En la fuente, el aterciopelado *brûlée* brillaba con su delicioso y crujiente caramelo. Jasmine acercó a Troy una copa del suntuoso Moscato d'Oro de Robert Mondavi.

—*Bon appétit*.

Daniel avanzó un paso. Los ojos de Jasmine le enviaron una mirada de advertencia. Se detuvo. Y se quedó de pie, impotente, mientras Troy saboreaba cada bocado. Jasmine también comía, paladeando, con los ojos entrecerrados, extasiada. Daniel se dejó caer, de golpe, en el taburete del rincón. No le quedaba ni un gramo de energía. Los párpados caídos, las manos desmayadas a los lados. La sangre de sus venas frenada hasta un imperceptible arrastrarse.

Finalmente, Troy y Jasmine dejaron las cucharas, ruidosamente, en los platos vacíos. Acabaron los restos del vino y se recostaron en sus asientos, silenciosos y felices. Troy soltó un largo suspiro.

Daniel soltó un largo gemido.

Jasmine se inclinó y dio unas palmaditas en la mano de Troy.

—Creo que es hora de que te vayas.

Troy miró hacia donde Daniel permanecía sentado, mudo de desesperación, y luego se puso en pie pesadamente y contempló con respeto sumo a Jasmine. Se inclinó y, cogiéndole la mano, se la besó. En dos horas había pasado de ser un posible polvo a convertirse en un icono. Era la mujer más deseable y saciadora que había conocido en su vida. Se prometió solemnemente que cuando decidiera qué iba a hacer con su vida, le dedicaría lo que hiciera a ella. Troy abrió la boca para hablar, pero Jasmine le puso, suavemente, un dedo en los labios.

—Adiós, Troy.

Troy pasó junto a Daniel y salió de la habitación.

Daniel se volvió hacia Jasmine.

—¡Era mi cena de cumpleaños!

—Así es.

—¿Cómo has podido?

—¿Que cómo he podido? ¿Que cómo he podido?

Jasmine soltó una carcajada, áspera y fuerte, que hizo que Daniel pegara un salto. Miró furioso la mesa, como si fuera una cama sin hacer. De repente, alargó el brazo y tiró todos los platos al suelo. Con el estruendo producido por los platos al romperse Daniel fue presa de unos celos devoradores.

—Todo el trabajo que le dedicaste —acusó.

—Sí.

—Tan personal. Tan… tan íntimo.

—Sí.

—Para él.

—Sí.

—Maldita sea, ¿por qué no te lo follaste y ya está? Habría sido más fácil de entender, más ojo por ojo. Pero darle todo ese… ese…

—¿Amor?

Daniel se llevó la mano a la cabeza e hizo un esfuerzo por serenarse, pero el dolor le cegaba los ojos. Al hacer obsequio de toda aquella elaboración culinaria a otro hombre, ella había elevado las apuestas, las había colocado a la altura de un nudo en el estómago. Joder, lo único que él había hecho era acostarse con Tina, una simple sensación basada en la fricción, una función corporal, tan satisfactoria y carente de emoción como un estornudo. Pero Jasmine… Jasmine había entregado su alma. Lo había engañado de una forma absoluta.

—¿Por qué?

—Tú ya sabes por qué lo hice. Yo quiero saber por qué lo hiciste tú.

—No lo sé —gimoteó Daniel.

—Y una mierda.

—Pensé que era mi última oportunidad.

—¿Para qué?

Daniel vaciló. Bajó la cabeza y finalmente, barbulló.

—Para el sexo.

—¿Por qué? ¿Te estás muriendo?

—Pensé que nadie querría acostarse conmigo… después.

—¿Cuándo?

La voz de Daniel bajó hasta convertirse en un murmullo.

—Cuando sea viejo.

—Yo sí que querré.

—Ya.

—Pero no es suficiente, ¿verdad?

—Claro que sí.

—¿Qué quieres, Daniel?

—Nos quiero a nosotros. Como era antes.

—¿Cuándo me engañabas y yo no me había enterado?

—Antes.

—¿Cuándo ya no hablabas conmigo?

—Antes.

—¿Cómo al principio?

—Sí —Alargó el brazo y la cogió—. Por favor, Jasmine, lo siento.

La atrajo hacia él. Levantó la mano y empezó a acariciarle el cuello.

—¡No!

Jasmine se apartó de un tirón. Estaba asombrada por la explosión de rabia que se negaba a abandonarla.

—Estoy harta de todo esto. Estoy harta de ser la animadora de este lugar. Vosotros entráis y salís con vuestros cambios de humor, hacéis lo que os da la gana, mientras Jasmine, buena chica, sigue sonriendo, sigue esforzándose.

—Pero eso es maravilloso.

—¿Ah, sí? Entonces, ¿por qué te liaste con esa... esa como se llame...

—Tina.

—¡No me importa cómo se llama!

—Perdona.

—Si vuelve a asomar la cara por aquí, es carne muerta.

—Se ha acabado.

—¿Por qué tengo que creerte? Me has mentido antes.

—¿Qué puedo hacer para demostrarte que se ha acabado?

—Mira, su cabeza en una bandeja no estaría mal, para empezar.

—Jasmine...

—¿Sabes qué era tan maravilloso de ese chico que acaba de marcharse?

Los ojos de Daniel se volvieron recelosos. No quería saber.

—Estaba tan agradecido. Estaba tan agradecido por recibir todo lo que le daba —Jasmine se detuvo y sonrió—. Y me dio mucho placer darle placer.

Daniel le clavó la mirada. El pulso le latía con furia.

—Has ido demasiado lejos.

Tina preparó una pequeña maleta. Cualquier cosa voluminosa podían comprarla cuando llegaran allí. Pasó revista a la pequeñez de su apartamento. Adiós a todo esto, pensó. Hola al lujo. Bebió un largo trago de la botella de Cordon Rouge que había comprado para celebrarlo. Porque, por una vez, había ganado. La esposa había perdido. Por una vez, iba a ser la esposa quien llorara, sola en su cama. Bueno, así es la vida, cariño. Tendrías que haber mantenido las zarpas lejos de la caja de bombones. Sonrió, sintiéndose un poco culpable. Pero no mucho. Realmente, a éste se lo había trabajado mucho. Lo había tentado, incitado y engatusado hasta tener la cara verde. Algunos días se sentía como si fuera aquel viejo del mar, recogiendo hilo y más hilo y más hilo. Gracias a Dios que esta vez el maldito sedal no se había roto. Porque francamente, se había quedado sin energía. Si aquel no mordía, no sabía que iba a hacer. Porque estaba claro que no iba a causar revuelo como actriz. Algunas noches soñaba que estaba sentada a una mesa, atestada de papeles, con una placa que decía Jefa de Oficina delante y se despertaba chillando.

Tina bebió un largo trago de champaña para calmar los nervios.

Imagina a aquel pobre diablo de Daniel diciéndole que se perdiera. Como si fuera a quedarse enganchada para siempre con alguien que vivía al borde de la pobreza. Claro que era estupendo entre las sábanas. Se rió, con pesar, y alzó la copa. Bueno, también adiós a todo aquello. A partir de ahora, todo iba a ser bastante corriente. Eso si tenía suerte.

Metió el estuche de maquillaje, dos ositos de peluche, tres trajes de baño con *sarongs* a juego en la maleta y la cerró. ¿Qué más se podía necesitar en Río?

Dejó la maleta al lado de la cama y luego fue a la cocina en busca de algo de proteínas. Guau, pensó. Iba a hacerlo de verdad. De verdad iba a dejar a su mujer y a casarse con Tina. Claro que todavía podía dar marcha atrás. Por eso, iba a ir en coche hasta su casa a la mañana siguiente para llevarlo, personalmente, al aeropuerto. No iba a esperar, ansiosamente, en la puerta de embarque sólo para que, al final, no apareciera. No señor. Eso no volvería a pasarle.

Daniel estaba de pie bajo la luz de la luna, debajo de la marquesina del teatro. Las basuras se deslizaban suavemente a través de la desierta calle. Telarañas de humo surgían de las bocas de la alcantarilla. Se apoyó contra la oscura puerta y miró como el reloj de la tienda Seven-Eleven marcaba el final de sus treinta y nueve años. Mañana sería doce de diciembre. Mañana se volvería y tendría para siempre, por lo menos cuarenta años.

Así que era bastante oficial. Había llegado al límite. Ese límite que le decía con una voz rotunda, implacable, «No lo has conseguido». No iba a ser célebre ni rico. Los desconocidos no iban a mirarlo en los restaurantes mientras se daban golpecitos con el codo. No iba a lograr una crítica en primera plana de Style. No iba a poder llevarse a su familia al hotel más caro de Venecia, como regalo sorpresa. Ni a presentarse delante de casa de sus padres con un Mercedes nuevo de trinca. Nunca iba a sentir aquella cálida satisfacción que produce ser aclamado por todos.

Tina tenía razón. Era un fracasado. Y seguiría siéndolo. Así que, en realidad, sólo le quedaba una cosa por hacer. Era tiempo de crecer. De dejar la pasión a un lado. De empezar de nuevo. De madurar.

Jasmine recogió los platos y cargó el lavavajillas. Fregó y limpió hasta eliminar cualquier huella de Troy. Luego sacó otro paquete de carne de corzo. Había decidido hacerle otra cena de cumpleaños a Daniel e invitar a unos pocos amigos. La comida del día siguiente iba a ser más sencilla. Sólo estofado, una ensalada para acompañar y un postre. Una tregua adecuada.

Jasmine había decidido perdonar, olvidar y seguir con la vida. Nunca había sido capaz de guardar rencor. Resultaba una vida demasiado ácida para ella. Por el contrario, prefería seguir adelante en las duras y las maduras y esperar que la receta resultara. Algo ingenuo, quizá. Pero Jasmine era plenamente consciente de que la vida no era perfecta. No iba a malgastar su tiempo tratando de hacer que lo fuera. Prefería dedicar su precioso tiempo a disfrutar de lo que tuviera que ofrecerle. Y hasta entonces, lo que le había ofrecido era bastante delicioso. Aquel asunto había sido amargo. No cabía ninguna duda. Pero había tomado represalias y ahora, por su parte, era un asunto concluido. Era hora de volver a gustar de los placeres de la vida. En lo más profundo de su corazón anhelaba que su confianza en el banquete de la vida no se vería defraudada.

Además, había descubierto una nueva receta perfecta para Daniel: Estofado Hijo de Puta. Una especialidad texana poco conocida, que podía hacerte saltar los sesos por el aire si no tenías cuidado. Una pinta de chiles, un chorrito de salsa Worcestershire y suficiente ajo para ahuyentar a una bandada de vampiros. Una vez más, troceó los jugosos pedazos de corzo, pero esta vez los puso a marinar en dos tazas de caldo de buey, una taza de vinagre de vino tinto, un buen chorro de aceite de oliva, doce, sí, doce dientes de ajo triturados, dos ramilletes de orégano fresco y —el toque genuino— diez chiles rojos machacados.

Revolvió la carne dentro del adobo y metió la fuente en el frigorífico. Luego preparó una hornada de sus *brownies* especiales de chocolate doble, el segundo postre favorito de Daniel. Cuando se enfriaron, los tapó con papel de aluminio y se fue a la cama.

15

Fue la sangre lo primero que vio Jasmine, escurriéndose en dirección del frigorífico. Pensó que se había dejado carne fuera, para que se descongelara y que se había disuelto al calor de la mañana. Pero cuando se acercó para investigar, el cuerpo de Tina apareció a la vista, desmadejado y torcido, con un vestido que resultaba claramente demasiado juvenil para ella. La sombra de Jasmine avanzó imponente y cubrió por completo los restos de Tina, incluyendo el *brownie*. Se inclinó en un intento poco entusiasta de tomarle el pulso. Pero, como determinó rápidamente, la amante de su marido, delgada como una oblea, estaba definitivamente muerta.

Jasmine examinó la vívida escena del crimen. La sangre se acumulaba a sus pies formando un charco de un intenso tono frambuesa. El papel de aluminio guardaba un precario equilibrio encima de la fuente de *brownies* de Jasmine. Su rodillo de amasar especial, de mármol, descansaba a un palmo de la destrozada sien de la joven. Jasmine se quedó absolutamente inmóvil. Era algo que había hecho de niña cuando se despertaba en mitad de la noche para encontrarse con las fauces sangrientas de un monstruo inclinándose sobre la cama. Siempre funcionaba. Cuando volvía a abrir los ojos, el monstruo se había transformado en la puerta abierta de un armario. Abrió los ojos. Tina seguía lanzándole su lasciva mirada.

Jasmine se quedó con la mirada fija en ella, hipnotizada. Nunca había visto un cadáver antes. ¿Qué hacía allí? ¿Quién había hecho aquello? Le chirriaba la cabeza, no podía absorber la información. Agitó las manos delante de los ojos. La policía. Eso, la policía. Tenía que llamar a la policía. Jasmine cogió el teléfono. Pero luego lo dejó caer. Se le cortó la respiración cuando cayó en la cuenta de lo que significaba aquel horror.

Las rodillas se le doblaron y, de repente, se desplomó en una silla. No podía creer que él lo hubiera hecho. Sí que lo había hecho. Ella le había pedido su cabeza. Y ahí estaba. Bueno, algo más que la cabeza. El lote completo. Jasmine se llevó las manos a las enrojecidas mejillas. Qué romántico. Qué apasionado. Miró de nuevo hacia abajo. Qué espantoso.

¿Cómo podía haber hecho una cosa así? A Jasmine el cerebro le daba vueltas como una trituradora. Bueno, era evidente que debido a toda la tensión de las últimas semanas, su marido se había desquiciado. Estaba enfermo. Seguro que era algo pasajero. Era la falta de comida. La falta de sustento. Toda aquella limpieza y desintoxicación le habían hecho estallar la cabeza. Nunca lo habría hecho después de una comida en regla, con la barriga llena. Era la defensa de unos intestinos vacíos. Así lo llamaría ella. Pero ¿estarían de acuerdo los miembros del jurado? Probablemente no. Tan magros y amargados como todos los demás, estaba segura de que no mostrarían piedad alguna.

Jasmine se aferró al borde de la silla. Todo era culpa suya. No tendría que haber sido tan cruel. Era responsable de aquel acto de locura. Pero, ¿qué debía hacer? No podía dejar que se llevaran a su marido. No. Tendría que ayudarlo. Tenía que salvar a su familia. Pero, ¿cómo iba a hacerlo? Tenía un cuerpo adulto despatarrado en el suelo de su cocina. Un cuerpo enjuto bien mirado. Apenas había carne recubriendo aquellos huesos. Jasmine se detuvo. Claro, pensó.

Se puso en pie de un salto. Tendría que trabajar a toda prisa. Se inclinó y, con cuidado, retiró el *brownie* de la boca de la joven. Un toque inquietante, tenía que reconocerlo. Luego cogió sus cuchillos. Después de todo, un buen cocinero puede cocinar cualquier cosa.

En el baño, Careme se lavó la sangre de la cara. Observó cómo caracoleaba hacia el desagüe como un susurro rojo. ¿Cómo diablos iba a poder explicarles aquello a sus padres? Podía imaginar el horror de su madre, su inmediato convencimiento de que todo era culpa suya.

Podía verla llevándose las manos al poderoso pecho, desplomándose como una muñeca y suplicando: «¿Qué es lo que hice mal?»

De su padre estaba menos segura. Puede que pensara que era guay. Puede que no. Probablemente no. Pero guardaría silencio. Se pondría blanco y se quedaría inmóvil y Careme se sentiría aterrorizada. ¿Cuál era el castigo para algo así? No podían encerrarla. Quizá sí que podían, pero sería una putada. Ay, el dolor. El dolor. Y toda aquella sangre. Eso no se lo esperaba. Pero ya estaba hecho. Y hecho de forma definitiva. Examinó la pechera de su blusa de seda DKNY y rechinó los dientes. Estaba hecha una ruina. Pero valía la pena. Era hora de crecer y tomar el control.

En la sala, Daniel seguía tumbado en el sofá donde había pasado la noche y suspiraba profundamente. Era una señal de alivio. La fiebre había cedido. La fiebre de cumplir los cuarenta había cedido. En su opinión, habría que encerrar a los hombres durante los seis meses anteriores a su cumpleaños. Tanto por su propia seguridad como para salvaguardar los sentimientos de los que les rodeaban. Qué canalla había sido. Qué capullo. Dios, esperaba no haber ido demasiado lejos. Lo cierto es que Jasmine estaba cabreada de verdad. No podía culparla. Tenía todo el derecho a enviarlo a la mierda. Estaba a su merced. Se incorporó apoyándose en los codos y recorrió la habitación con la mirada, parpadeando rápidamente y dejando que todo se enfocara de nuevo. Todo estaba claro ahora. Aquella era su casa. Y dentro de ella estaba su familia. Y la quería mucho. Ay, Tía Em, no hay nada como el hogar. Puso los pies en el suelo y se dirigió al cuarto de baño.

Mientras orinaba con un fuerte chorro, se puso filosófico. Así que hoy llegaba a ese número. Era un número como cualquier otro. Un día como cualquier otro día. Y si no se lo decía a nadie, nadie se daría cuenta. Nadie se detendría al verlo en la calle y chillaría: «Vaya tío, la leche, has llegado a los cuarenta. ¡Joder! ¿Cómo ha sido?» Sobre todo, su polla no iba a caerse en pedazos. Y aquellos amigos suyos en Los Ángeles triunfando. Ja. ¿Es que no sabían que era él el que había triunfado? Era él el que tenía una mujer a la que quería y que le quería, que esperaba que todavía le quisiera. Y tenía un matrimonio. Una obra de arte en marcha. Imperfecta, quizás. Pero bien mirado, era de lo que se sentía más orgulloso. Y estaba más que seguro de que en esto no iba a fracasar.

Sólo confiaba en que no la hubiera jodido del todo. Sólo confiaba que el corazón de Jasmine le mandara que lo perdonara. Haría cualquier cosa para recuperarla. Cualquier cosa.

Por suerte, pensaba Jasmine mientras blandía su sierra eléctrica, lo mejor del estofado de cumpleaños de Daniel es que era muy versátil. Se podía usar cualquier carne que se quisiera, mientras fuera roja: buey, corzo, cordero…

Había pensado rápidamente y ahora lo tenía todo planeado. El cuenco de carne que había preparado la noche anterior ya se estaba marinando en el frigorífico. Esta carne o, para ser más precisa, Tina, se marinaría en otro cuenco en el sótano, en el segundo friforífico, lejos de todos. Si venía la policía, pensarían que este cuenco era sólo carne extra. A Jasmine se le escapó un grito ahogado cuando vio la hora que era. Tenía que darse prisa. Colocó la carne en un Tupperware grande, añadió el caldo de buey, el vino, el vinagre, el ajo y los chiles, lo mezcló todo bien y lo llevó abajo corriendo.

Cuando volvió a la cocina, pegó un bote. La cabeza de Tina seguía en la encimera del fondo. La miró y se estremeció. ¿Qué iba a hacer con ella? Estaba empezando a perder los nervios. Recorrió con los ojos las estanterías de libros de cocina. Seguro que le daban alguna idea. Cogió el de la señora Beeton. ¿Pastel de cabeza? ¿Qué tal cabeza *en croûte*? *¿Tête en sarcophage?* Eso parecía más adecuado. Hojeó su muy usado libro de cocina regional francesa. Humm. Bastante sencillo. Haría una masa francesa añadiendo huevos completos para que la masa fuera más flexible y aguantara mejor la forma. Tenía que conservarla hasta idear una manera de deshacerse de ella.

Sólo necesitó unos minutos para mezclar harina, mantequilla, huevos, aceite, sal y agua fría. Con movimientos rápidos y diestros, distribuyó la masa y se apartó para admirar su obra. Un brochazo aquí, un pellizco allí y parecía justo el muñeco de masa, de la publicidad de Pillsbury. Lo cogió rápidamente y lo llevó al frigorífico de abajo para que fraguara.

De vuelta arriba, Jasmine palideció. ¿De verdad estaba haciendo aquello? Respiró hondo para tranquilizarse. Sí que lo estaba haciendo. No podía permitir que se llevaran a su marido. No podía permitir que lo encerraran en alguna pequeña celda, carente de los asados y picadillos y *crèmes brûlées* de Jasmine. Sería su muerte. Y la vida sin Daniel, bueno, era algo inimaginable.

Jasmine se limpió las manos, luego se cargó al hombro las tres bolsas de basura, llenas de deshechos y se dirigió a toda prisa al coche. Las colocó en el maletero y cerró bien la puerta trasera.

Cuando Daniel entraba en la cocina, oyó cómo se cerraba de golpe la puerta de un coche. Miró por la ventana y vio cómo Jasmine se sentaba al volante de su Toyota y se marchaba. Sonrió con indulgencia, preguntándose adónde iría, como alma que lleva el diablo, aquella querida mujer suya. Inspeccionó la cocina, escrupulosamente limpia. No era típico de Jasmine. Puede que estuviera haciendo borrón y cuenta nueva para su cumpleaños. ¿Era demasiado temprano para empezar a beber? No, en absoluto. Fue hasta el sótano y abrió la puerta. Abrió también la puerta del frigorífico y se encontró frente a frente con aquel busto reseco que lo contemplaba. Daniel le devolvió la mirada, tratando de decidir si se suponía que se parecía a él. ¿Un regalo de Careme? Lo miró más de cerca. La pobre niña tenía menos talento del que pensaba. Por suerte, era guapa. Sacó su Stella Artois y cerró la puerta. Se oyó un ruido sordo dentro. Volvió a abrir la puerta y el busto cayó al suelo y se resquebrajó.

Daniel no se movió mientras contemplaba la cabeza de Tina a sus pies.

La masa cuarteada yacía esparcida como cristales rotos. Todavía había largos cabellos rojos adheridos a las sienes. Daniel soltó una carcajada. ¡Qué broma tan estupenda! ¡Qué regalo de cumpleaños tan perverso! ¿Cómo había conseguido Jasmine un parecido tan perfecto? ¿Es que tenía sentido del humor? ¿O es que tenía...? Daniel pegó un chillido cuando sus dedos tocaron la piel.

Trató, frenéticamente, de borrar el tacto de la carne fría en su dedo. Luego se llevó la mano a la garganta para protegerla. Quería tragar, pero tenía la boca reseca como un hueso. Apretó las manos contra la cara, horrorizado. Abrió los ojos y miró a hurtadillas y luego fijamente aquella cara que había… no, amado no… estimado… bueno no, tampoco aquello era estrictamente verdad. ¿Qué tal decir que le había importado? Humm… Bah, de acuerdo. Deseado. La cara con aquellos labios de los que había estado sediento. Por no hablar de las orejas. Maldita sea. Era evidente que Jasmine no lo había superado.

Se tambaleó. Después de todo, era su mujer. Era la mujer con la que dormía cada noche. Era la mujer a la que quería tiernamente. Y ella había… había… Santo Dios, ¿qué había hecho? Como un poseso, tiró de los compartimentos del congelador, buscando el resto del cuerpo. Revolvió entre las chuletas de cerdo y los lomos asados, los picadillos y los pavos enteros. Todos duros como piedras. Miró el cuenco de carne en adobo. Luego meneó la cabeza, negando repetidamente, rechazando la idea. No. Absolutamente no.

Su cerebro estaba a punto de sufrir un cortocircuito cuando empezaron a sonar los golpes en la puerta de la calle. Todo el marco de la puerta se estremecía con la violencia. El corazón de Daniel se paró. Joder, la habían pillado. Habían venido a buscarla. Entrecerró los ojos. Pues no dejaría que se la llevaran. Era sólo otro tropiezo en su matrimonio. Bueno, quizás era un poco más que eso. Quizá era un batacazo de categoría. Pero era algo privado. Acudirían a terapia. Lo resolverían. Sobrevivirían a aquello. Su matrimonio sobreviviría.

Después de todo, era culpa suya. Si hubiera sido un marido mejor… pero ahora era demasiado tarde. Ahora tenía que salvarla. Cogió su viejo casco de moto del estante de las cosas de deporte, se lo encasquetó a la cabeza y la volvió a meter dentro del congelador. Corrió escaleras arriba a toda prisa y abrió la puerta.

Betty estaba allí, en el umbral, llorando.

—¡Es horrible! —gemía— ¡Tan, tan horrible!

Tenía los brazos cruzados sobre el pecho, apretándose los costados como si, de no hacerlo, pudiera explotar ante los ojos de Daniel.

—Betty —dijo, con voz ahogada de alivio.

Ella se lanzó hacia él y se le abrazó con fuerza, enterrando la cara en su pecho.

—¿Qué te pasa? —preguntó, esforzándose por mantener el equilibrio contra su rotunda barriga.

—¿No lo sabes? —preguntó ella, llenándole de lágrimas el suéter.

—No, ¿el qué?

—¿Está Jasmine?

—Acaba de marcharse.

—¿Adónde iba?

—No lo sé.

Betty echó una ojeada al interior por encima del hombro de Daniel. Se secó las lágrimas de los ojos, incrustándose el rímel profundamente en las arrugas que los rodeaban.

—Ha sido tan horrible.

—¿El qué?

Ella miró hacia atrás.

—¿Puedo entrar?

—No es un buen momento —dijo apartándose.

Pero ella había avanzado y estaba en medio del recibidor, encogida, tapándose la cara con las manos.

—Tengo sed —musitó y se dirigió, tambaleándose, a la cocina.

Una vez dentro, levantó la cara y miró alrededor, como si nunca hubiera visto todo aquello.

Daniel le sirvió un vaso de agua de la jarra filtradora. Le temblaban las manos. Betty aceptó el vaso y lo sostuvo delicadamente, como si fuera un pajarrillo que no quisiera dejar escapar. Daniel abrió una cerveza.

—¿Ya te sientes mejor?

Ella asintió. Continuaron de pie, en silencio. Betty con la mirada fija en el suelo, Daniel apoyado en la encimera, bebiendo cerveza. Tan de repente como había llegado, Betty dejó el vaso, intacto, se despidió con un gesto de la cabeza y fue hacia la puerta de la calle. La abrió, echó una última mirada a Daniel y se fue. Daniel dejó la cerveza y empezó a temblar.

—Daniel.

Levantó la vista. Jasmine estaba a la puerta de la cocina. Tenía la cara cenicienta. Le temblaban las manos, que tenía aferradas a la chaqueta. Daniel la contempló, con la cara fláccida.

—No te preocupes —dijo ella—, todo saldrá bien.

—Ee...el congelador.

—Lo has visto —murmuró ella.

Daniel permaneció en silencio.

A Jasmine seguían temblándole las manos.

—Tuve que hacerlo.

El asintió con la cabeza. Quería cogerla entre sus brazos, consolarla. Aquella pobre mujer, ¿qué la había obligado a hacer? Pero siguió inmóvil, petrificado, incapaz de moverse. Estaba confuso. Horrorizado. Y además, dentro de su cabeza, una vocecita chillaba a pleno pulmón: «¡Corre!»

Ella dio un paso adelante.

—El coche. Se ha averiado.

Él dio un paso atrás.

—¿Dónde?

—En mitad del cruce. Wisconsin con Q. Todo el mundo está tocando la bocina. Yo no sabía qué hacer.

Volvió a avanzar.

—Daniel, ¿qué vamos a hacer?

Daniel respiró hondo y empujó a su mujer hacia la puerta.

—Vamos, te sigo —exclamó.

Era verdad que los coches pitaban, pero se las arreglaban para esquivar al coche calado. Los comentarios que salían por las ventanillas eran fuertes. Algunas expresiones eran tan malsonantes que Jasmine tuvo que parpadear. El coche tenía una raspadura, larga e irregular, en la puerta y el retrovisor lateral había desaparecido.

Cuando Jasmine soltó el embrague, Daniel se apoyó en la puerta del pasajero y empujó el coche, doblando la esquina, a la calle Q. Luego se frotó las doloridas manos.

—Aquí ya no estorba.

—El maletero —dijo Jasmine. Tenía los ojos tan grandes y duros como huevos hervidos.

Daniel abrió el maletero. Estaba lleno de bolsas de basura. Al palpar una, notó que cedía al contacto de los dedos como un saco lleno de carne. Daniel cerró la puerta de golpe. Su mirada se encontró con la de Jasmine.

—¿Qué vamos a hacer? —susurró ella.

Fue en ese momento cuando Daniel vio, por detrás de Jasmine, en la esquina de la derecha, más allá de la gasolinera, un coche de la policía. Jasmine se volvió para ver qué estaba mirando Daniel. El policía, notando, sin duda, que los dos lo contemplaban alelados, los miró a su vez. Jasmine y Daniel volvieron bruscamente la cabeza en otra dirección.

Daniel miró a Jasmine por el rabillo del ojo. Ahí estaba su oportunidad. Si le quedaba un ápice de inteligencia, la entregaría y le buscaría un buen abogado. Pero se le encogió el corazón al ver a su mujer, tan enorme, tan vulnerable. Sacudió la cabeza. Iban a sobrevivir a esto. Su matrimonio no podía fracasar.

—Déjemos el coche aquí.

—No se puede aparcar después de las cuatro. ¿Y si se lo lleva la grúa? ¿Y si miran dentro del maletero? —dijo Jasmine. Para entonces ya empezaba a haber menos coches en la calle.

Daniel miró arriba y abajo del cruce.

—Contenedores de basura —dijo—. Esos restaurantes tienen contenedores. ¿Cuántas bolsas?

—Tres.

—Cógelas y ve por aquel callejón. Yo te esperaré aquí, vigilando. Hay un restaurante tailandés, un poco más abajo. Que no te vean.

El coche de la policía se detuvo detrás de ellos. La puerta se abrió con el lema «Proteger y Servir» balanceándose en su dirección como una amenaza.

—¿Tienen algún problema? —Jasmine tosió espantada. El policía recorrió el coche con la mirada.

—Una avería —balbuceó Daniel—. Estamos esperando la grúa.

El policía examinó a Jasmine, cuyo nivel de sudor amenazaba con desbordarse hasta sus labios como si fueran las cataratas del Niágara.

—¿Cuánto tiempo?

—Han dicho veinte minutos.

—Tienen quince.

El policía volvió a dedicarles una larga mirada y se marchó despacio. Daniel agitó la mano cuando el coche pasó a su lado. Jasmine metió las manos en el maletero y agarró las bolsas.

—Vigila el goteo de sangre —murmuró Daniel con voz ronca.

—No goteará. Los he cocido.

—¿Que has hecho, qué?

—Cocí los huesos. Bueno, los puse en el microondas. Así si alguien los encontraba, pensaría… bueno, pensaría que era, ya sabes, buey o algo así.

Daniel se quedó mirando a su mujer.

—Buena idea.

Jasmine asintió. Miró a los dos lados antes de atravesar la calle al trote con sus tres pesadas bolsas. Parecía una ama de casa normal sacando la basura.

Daniel boqueó, como si le faltara el aire. Se precipitó al lado de la acera y vomitó en el bordillo. Se limpió la boca y cerró los ojos.

—Papá, ¿qué estás haciendo?

Daniel abrió los llorosos ojos. Careme estaba detrás de él, en su bicicleta. Contempló su inteligente cara, sus inocentes ojos, su frágil figura. De su boca salieron, a tropezones, palabras sin orden ni concierto.

—Yo, er, el coche… se averió… esperando… pronto.

—¿Necesitas ayuda?

—¡No! No. Hasta luego, en casa.

—Estás blanco.

—No me encuentro muy bien.

—¿Está mamá en casa?

—Está…

Jasmine apareció al final del callejón. Tenía mojada la parte delantera de la blusa, allí donde el sudor caía a chorros desde la cara y el cuello. Al ver a Careme, dio un paso atrás hacia el callejón, pero luego se dio cuenta que era un paso equivocado y trató de corregirlo cruzando la calle tan tranquilamente como le fue posible.

—Hola, cariño —dijo sonriendo.

Careme fulminó con la mirada a su padre y a su madre.

—¿Qué estáis haciendo aquí vosotros dos?

—Recados —respondió Jasmine resueltamente—. ¿Estás lista para esta noche?

—Sí, estoy lista para esta noche.

—Bien, porque tenemos algunos problemas con el coche. Por favor, tesoro, ¿puedes ir a casa y meter el estofado en el horno? La carne se está marinando en el frigorífico. ¿Y podrías poner la mesa? Con el mantel verde. Ya sabes, el de dril. Volveremos lo antes posible.

Mientras se alejaba, Careme se volvió a mirar a sus padres, que parecían en trance, allí de pie al lado de la calzada.

—¿Puedes creértelo? —dijo para sus adentros, sacando la lengua, recién agujereada e hinchada—. Tanta preocupación y ni siquiera se han dado cuenta.

Mientras Careme se alejaba, sus padres la observaban.

—¿Te parece que ha visto algo? —preguntó Jasmine.

—No lo sé. ¿Crees que dirá algo? —preguntó Daniel.

—No. No, seguro que no.

Se miraron y supieron que, en realidad, no tenían ni idea. Que si tuvieran que apostar, había muchas probabilidades de que su hija se lo contara a alguien. Porque tenía principios. Sus principios eran los de una adolescente: primitivos, sólidos como una roca, intolerantes. El bien y el mal destelleaban en su mente como luces de neón encima de un Seven-Eleven. Para Careme eras lo uno o lo otro y tenías que elegir con mucho cuidado, porque era algo definitivo. Todo el mundo lo decía. Si la fastidiabas ahora y elegías el mal y no el bien o viceversa, era para siempre. Nunca más podrías dar marcha atrás o hacer un cambio de sentido en el camino escogido. Careme había elegido. Había escogido el bien. Los buenos iban mejor vestidos, para empezar. Y tenían unas opciones de compra de acciones mucho mejores. Así que para su hija, Jasmine y Daniel serían criminales. No importaba que la hubieran engendrado. No importaba que la hubieran nutrido y mimado, que al cumplir los doce años, le hubieran comprado aquella Barbie a la que le crecía el pelo y hablaba de mentira. Habían hecho lo que habían hecho y eran reemplazables. Los padres siempre son reemplazables. Esa era la horrible verdad.

Daniel miraba fijamente hacia delante.

—¿Por qué lo has hecho? —preguntó.

—Porque te quiero.

Él asintió. Ella le tendió la mano. Él la cogió y la apretó con fuerza. Luego puso una nota en el coche para el nazi que controlaba el aparcamiento y se marcharon lo más rápidamente posible a casa.

Careme puso el candado a la bicicleta y entró en casa. Sus padres se habían superado en cuanto a comportamiento extraño. Que su madre tuviera que deshacerse de las basuras en los contenedores públicos y no las dejara al lado del bordillo como cualquier otra madre era algo que la superaba. ¿Y por qué parecían tan culpables? ¿Es que habían estado follando en aquel callejón? Era tan asqueroso.

Pero tenía cosas más importantes en que pensar. Por ejemplo, qué hacer con la lengua. Estaba tan hinchada que apenas podía hablar. Miró la hora. Sólo quedaba una hora antes de que llegaran los invitados. Tenía que prepararse. Tenía que depilarse e hidratarse, tenía que lavarse el pelo y ponerse acondicionador, tenía que acicalarse, tenía que secarse el pelo y ponerse gel. Y tenía que poner la mesa. Jo, sus padres nunca pensaban en sus responsabilidades. Siempre era lo que ella podía hacer por ellos. Y ¿sabes qué?, ella ya era adulta. Casi. Y tenía cosas que hacer. Pero primero necesitaba chupar hielo. Eso bajaría la hinchazón. Careme bajó saltando al sótano donde guardaban las bolsas de hielo y abrió la puerta del segundo frigorífico.

Levantó el casco de motorista y contempló la cabeza de la otra mujer. La sangre, ya más bien fría de por sí, se le heló en las venas. Hizo una mueca al contemplar los poros de la mujer, cerrados por el frío. Así que por eso actuaban de forma tan extraña, pensó. Habían ido y habían liquidado a la amante. Que su padre no pudiera romper con ella como cualquier otro padre era algo que superaba su capacidad de comprensión. Pero claro, su padre era profesor de teatro.

Careme estaba estupefacta. No pensaba que sus padres tuvieran tantos redaños. Siempre le habían parecido más del tipo que barre los problemas debajo de la alfombra y pone encima la mesita de centro. Era gratificante ver que abordaban sus diferencias de frente.

Careme se llevó la mano a la boca. El miedo substituyó al respeto. Sintió una aguda punzada de temor. La lengua. ¿Qué harían sus padres si averiguaban que Careme se había hecho un *piercing* en la lengua? Estaba claro que con sus padres uno no podía pasarse de la raya. Empezó a sudar y el sudor se impregnó de su desodorante natural de menta y saúco. Se quitaría el pendiente inmediatamente. Entraría en vereda. Sí, eso es lo que haría. Se convertiría en una adolescente con una conducta impecable. A quién le importaba que fuera una afrenta a la naturaleza. Desafiaría los elementos. Y empezaría a hacer exactamente lo que su madre decía. ¿Qué era lo que le había mandado? Algo de un estofado. Ah, sí. Ahí estaba. Detrás de la cabeza. Sacó el cuenco con el adobo de carne y lo llevó a la cocina. Pasó la carne a una cazuela y la metió con cuidado en el horno, vigilando para que no se vertiera nada de jugo. Luego corrió a poner la mesa.

Mientras colocaba el último cubierto, se le ocurrió algo. Ayudaría a sus padres. Eso es lo que haría. Y entonces, quizá, no se pondrían tan furiosos con ella. Lo primero era hacer desaparecer las pruebas. ¿En qué estarían pensando, dejando la evidencia en el segundo frigorífico? Seguro que era el primer sitio donde miraría la policía. Seguro que entraban en la casa y preguntaban directamente: «¿Dónde está el segundo frigorífico?» La gente no mete cadáveres en el primer frigorífico. Uno, está demasiado lleno de leche y zumos y Coca-Cola Light. No, los meten abajo, los sacan de en medio hasta que tienen tiempo de pensar. Careme suspiró. ¿Tenía que hacerlo todo ella?

Corrió abajo de nuevo y sacó la enorme fuente. Luego cogió el cuchillo de carnicero más grande de su madre y se lo llevó junto con la cabeza al sanctasanctórum de su habitación. Mientras iba troceando y mirando como se alimentaba su serpiente, pensaba en lo mucho que quería a sus padres, por muy desastre que pudieran ser a veces. Siempre hacían todo lo que podían. Tenía que reconocérselo. Careme sonrió al recordar aquella Barbie que le habían comprado cuando cumplió doce años. Era un modelo tan del año pasado. Pero habían trabajado mucho para enviarla a aquella escuela tan cara. Y le habían pagado un viaje en globo cuando cumplió los catorce. Eso fue guay, tope guay. Y ahora esto, estaban esforzándose por mantener la familia unida. Careme se puso en cuclillas, observando como Medea bostezaba feliz, mientras daba buena cuenta de su comida, y se prometió solemnemente que, a partir de entonces, sería mucho más amable con su madre.

Daniel y Jasmine apenas hablaron en el viaje de vuelta a casa. Daniel le abrió la puerta a Jasmine y dejó resbalar la mano por su espalda mientras ella pasaba a su lado. Ella le rozó la pierna al pasar.

—Gracias —murmuró.

Habían pasado a la modalidad cortés. Era la modalidad que usaban de recién casados cuando se dieron cuenta que no se conocían tan bien como pensaban. Les había ayudado a superar algunos momentos difíciles. Ella puso en marcha la cafetera. A los dos les iría bien algo para levantar el ánimo.

Jasmine se sentó junto a la mesa y entrelazó las manos.

—¿Alguna idea?

Daniel se sentó frente a ella. También él juntó las manos. Frunció las cejas. Se toqueteó los labios. Levantó los hombros, primero uno y luego el otro, para aliviar la tensión. Colocó las manos delante de él, encima de la mesa.

—No —dijo finalmente.

No tenía ni idea de cómo deshacerse de la cabeza.

Jasmine asintió en silencio. Tampoco ella sabía qué hacer.

—Mira, vayamos a echar un vistazo. Igual se nos ocurre algo.

De nuevo, Daniel retrocedió para dejar pasar a Jasmine primero. Bajaron al sótano y se quedaron, de pie, frente al segundo frigorífico. Jasmine respiró hondo y abrió la puerta.

—Vaya —dijo y cerró de nuevo.

Daniel estaba blanco como el papel.

Juntos subieron al único lugar donde podía estar la prueba del delito.

Cuando entraron, Medea estaba acabando de engullir los últimos trozos de su cena. Estaba enrollada al fondo de la jaula, saciada y llena de bultos. Careme se inclinó y le acarició las dilatadas escamas.

—Careme —dijo Daniel, carraspeando—, nos gustaría hablar contigo.

Careme les señaló la cama como una buena anfitriona. Jasmine y Daniel se sentaron, uno al lado del otro, con las rodillas juntas.

Daniel se inclinó hacia su hija.

—Todos tenemos nuestros momentos de debilidad y tu madre… ha tenido el suyo…

Jasmine pegó un bote.

—¿Yo?

—Nos pasa a los mejores…

—Yo no he hecho esto.

—Bueno, puede que esto no —dijo señalando la serpiente.

—No he hecho nada de todo esto.

—¿No has hecho nada de esto?

—¿Por qué iba a hacerlo?

Daniel la miró, casi decepcionado.

Jasmine se aclaró la voz.

—Yo pensé que tú… —empezó, pero se detuvo.

—¿Qué?

—Oh, no importa —murmuró ella.

Jasmine y Daniel se miraron y vieron a su otra mitad. La mitad que les atrajo cuando se conocieron y que ahora, a veces, les repelía. La otra mitad sobre la que no tenían ningún control, pero que seguían confiando en que algún día se pondría en pie y les asombraría. Pero cada día se había limitado a estar ahí, fláccida y persistente, completamente previsible, completamente inalterable. Jasmine le tendió la mano. Daniel la aceptó tiernamente entre sus dedos. Por una vez, interpretaban correctamente la expresión del otro: humildad, pesar, perdón y luego pánico.

Los dos volvieron la cabeza para mirar a su hija. Careme alzó las manos como diciendo: «A mí no me miréis». No lo dijo porque al quitarse el *piercing*, la lengua se le había hinchado hasta llenarle la boca por completo, tan ajustada como un caracol en su concha.

Sonó el timbre de la puerta.

—Ay, Dios mío, ahí están —Jasmine se puso de pie y se alisó la falda—. Tendremos que hablar de esto más tarde.

Daniel le dedicó a Careme una última mirada penetrante antes de salir de la habitación. Careme se la devolvió, impasible. Quería decirles que sabía que lo habían hecho ellos. Que todo el teatro del mundo no iba a hacerle ver lo que no era. Que no tenían que preocuparse. Porque Careme, ella sí, sabía guardar un secreto.

Betty fue la primera en llegar, cargada con una enorme ensalada Cobb, con un montón de queso Cheddar en lonjas, queso azul desmenuzado y trozos de jamón y pavo apilados encima. No se veía señales de lechuga por parte alguna. El cuenco casi le resbaló a Daniel de entre las manos.

—¿Dónde está Richard?

—¿Y cómo diablos voy a saberlo?

Daniel la miró. Muy poco típico de Betty. Solía tomarse las ausencias de su marido con más estoicismo.

—¿Una copa?

—Doble —dijo ella.

Llenó dos vasos de whisky hasta el borde y le dio el suyo a Betty. Era una buena mujer, pensó mientras se recostaba en la butaca. Cálida y carnosa. Siempre había pensado que no tenía muy bien amueblada la azotea. El aire no se agitaba mucho cuando ella entraba en una habitación. Las bettys del mundo raramente provocaban un oleaje cósmico. Betty, por su parte, se acomodó en el mullido sofá azul, agitando los pliegues de su amplia falda alrededor de las pantorrillas.

—¿Dónde está Careme? —preguntó.

—Arriba, creo.

—Humm —dijo Betty y bebió un largo sorbo—. Huele fuerte.

—Humm —asintió Daniel.

Siguieron sentados, en silencio, bebiendo sin pausa. Betty iba calculando las calorías de cada trago, Daniel, el alcance del horror. Se habían deshecho de la cabeza. Se habían deshecho de los huesos. ¿Dónde estaba el resto del cuerpo? Daniel olisqueó de nuevo. El olor no se parecía a nada que recordara haber comido. Se le abrieron los ojos como platos. Betty levantó la vista, despertando de su estupor.

—¿Qué pasa?

—Nada, nada.

Daniel se encogió en el asiento. Estaban empezando a dolerle todos los huesos con la tensión. No estaba seguro de haber creído a Jasmine cuando dijo que ella no lo había hecho. Es más, estaba seguro de que no la creía. Tendrían que hablar de ello cuando fueran a ver al psicólogo matrimonial. La confianza. Era una cuestión importante para ellos. Eso y lo innombrable que él había encontrado en el segundo frigorífico. Daniel se acomodó, decidido a beber mucho y mucho tiempo; estaba demasiado aterrorizado para volver a la cocina.

Llegaron más invitados; JD y Sue Ellen con su última cosecha. Luego la madre de Jasmine, Linda, con una túnica flotante y un collar de dientes humanos. En realidad, eran granos de maíz secos. Pronto la sala estuvo llena de ruido y Betty, que ocupaba tanto sitio, empezó a encogerse hasta no ser más que una manchita sentada en el sofá, con la nariz metida dentro de su cuarto whisky doble.

En la cocina, Jasmine se esforzaba por recobrar la calma. Ojalá consiguiera mantener la cordura hasta que acabara la noche. Oyó un crujido detrás de ella y pegó un salto. Volvió la cabeza y vio a Careme, en posición de firmes, detrás de ella. Jasmine se dio unas palmaditas en el corazón, que latía desbocado.

—¿Qué haces?

—¿Quiedez adguna coza maz?

—¿Adguna coza maz?

—Pada da fiezda —dijo Careme sonriendo amablemente, con las manos cruzadas pulcramente frente a ella, como un camarero.

Jasmine le miró con desconfianza.

—¿Qué te pasa?

—Nada.

—¿Te encuentras bien?

—Zi. ¿Y dú?

Jasmine se sentó. Su hija le estaba preguntando cómo se encontraba. Era algo sin precedentes.

—Estoy bien.

—Me adegdo. ¿Puedo idme?

—Claro.

—Eztagué en da zada adendiendo a doz invidadoz.

Careme se inclinó ligeramente ante su madre y fue hacia la puerta andando hacia atrás. Luego se detuvo.

—Ezda no zegá una de duz comidaz ezpedimendalez, ¿vegdad?

Jasmine olió, con su larga y porosa nariz agitándose como la de una nutria. Qué olor tan extraño. ¿Qué demonios había pasado con el estofado? Jasmine corrió hasta el horno y sacó la fuente. Tenía un bonito color dorado y borboteaba. Pero olía a… Corrió al frigorífico y lo abrió. Allí, en el estante de arriba, seguía estando su Tupperware con la carne de corzo en adobo. Jasmine volvió los ojos, lentamente, hacia el horno.

—Venga, vamos, ¿dónde está el rancho? ¡Me estoy muriendo de hambre! —vociferó JD, asomándose a la puerta.

Observó la enorme fuente.

—Ah, aquí está. Dios, has hecho suficiente para todo un equipo de fútbol. ¿Te echo una mano?

Antes de que Jasmine pudiera moverse, cogió dos agarradores y asió la fuente de barro.

—Vamos, ¡qué empiece el espectáculo! —exclamó y se llevó la fuente.

Jasmine se quedó sola en la cocina. Estaba horrorizada, consternada y totalmente consciente de que su plato era un desastre. Para empezar, iba a resultar duro. Por no hablar de que los condimentos no eran para nada los adecuados. No hubiera usado orégano. Era demasiado suave. Con aquel tipo de carne, se necesitaba algo más robusto, terrenal, quizás salvia. Jasmine suspiró. Tenía que recordar que no todo era comestible. Pero si lo retiraba ahora tendría que dar explicaciones. Habría recelos. Y justo en aquel momento, los recelos caerían de lleno sobre sus espaldas. ¿Quién más tenía un motivo? ¿Por qué otra razón había tratado de deshacerse del cuerpo? Aquello no presentaba buen aspecto.

A Jasmine se le heló la sangre. ¿Cuántos años le caerían? Demasiados. Y cuando por fin la soltaran, Daniel se habría vuelto más viejo o peor. Puede que no volviera a verlo nunca. Ah, Daniel, pobre Daniel. ¿Quién cocinaría para él? ¿Quién alimentaría amorosamente su espíritu cansado y, con frecuencia, malhumorado? Bueno, sus invitados iban a tener que comérselo. Porque, después de todo, Careme necesitaba una madre, ¿no es verdad? Aunque, a veces, Jasmine lo dudaba.

Se quitó el delantal y se acercó a la mesa del comedor. El estofado estaba delante de su asiento. JD tamborileó con el cuchillo y el tenedor contra la mesa, expectante. Sue Ellen sonrió con los labios apretados. Betty se echó al coleto otra copa de vino, como si fuera zumo de pomelo, y agitó el vaso para pedir que se lo volvieran a llenar.

—Por favor… —dijo, imprecisa, en dirección a Daniel.

Pero Daniel no contestó. Tenía los ojos clavados en el estofado como si le pareciera que estuviera a punto de levitar por encima de la mesa.

Jasmine le tendió la cuchara.

—Daniel, ¿querrías servir tú, por favor?

—¡No!

Todo el mundo lo miró. Él recuperó la compostura.

—No, adelante. Hazlo tú. Lo haces mucho mejor que yo.

—De acuerdo —dijo ella con una sonrisa tensa.

—Huele… —la nariz de JD aleteó, insegura—… estupendo.

—Corzo.

—Ah, claro —exclamó— eso lo explica todo.

—Eso espero —dijo Jasmine—. Mamá…

Linda olisqueó recelosa.

—¿Lleva trigo?

Jasmine observó el burbujeante estofado.

—No —dijo finalmente—, nada de trigo.

A continuación sirvió a Betty. Jasmine llenó otra cucharada y la sostuvo en alto. Vaciló.

—Pónmelo a mí —dijo Betty arrastrando las palabras—. Estoy muerta de hambre.

Pasaron el plato bien lleno y humeante hasta Betty. Daniel no le quitó los ojos de encima ni un segundo.

—¿Sue Ellen?

—Sólo un poquito.

—Claro.

Para compensar la frugalidad de su mujer, JD pidió más.

—Ponme una buena ración.

—Aquí tienes —dijo Jasmine con una sonrisa indulgente.

Sin decir palabra, sirvió el plato de Daniel. Y luego el suyo. El humo caracoleaba en torno a su nariz como un fantasma.

Jasmine alzó la copa.

—Me gustaría proponer un brindis. Feliz cumpleaños, Daniel. Que cumplas muchos más.

Daniel sonrió forzadamente.

—¿A mí no me ponez? —preguntó Careme, levantando el tenedor.

—Te he hecho una ensalada, cariño —Jasmine le pasó una pequeña ensalada mixta.

Careme miró la ensalada y luego la apartó a un lado.

—Quiedo ezdofado.

—Cómete la ensalada.

—Dengo hambge. Do pgomedo.

—No, no la tienes. Cómete la ensalada.

—Pego…

—Cómete la ensalada.

—Yo…

—Engordarás —dijo Jasmine entre dientes.

Careme dejó el tenedor.

—Mmmm, maldición, esto está bueno —gruñó JD que ya había atacado su plato—. Sí, señor —dijo—. Felices cuarenta, tiarrón. Espero que lo disfrutes porque a partir de ahora es todo cuesta abajo.

Se echó a reír y se atragantó. Se llevó las manos a la garganta. Su mujer le pegó unas palmadas en la espalda. Siguió ahogándose, poniéndose de un color rojo brillante, como una puesta de sol. Nadie se movía, salvo JD que se señalaba, desesperado, la garganta.

—¡Qué alguien le ayude! —chilló Sue Ellen.

Daniel se puso en pie de un salto y apartando a Sue Ellen a un lado de un empujón, rodeó con los brazos a JD por el pecho. Presionó y presionó y volvió a presionar. Finalmente, el trozo de carne salió disparado de la boca de JD como si fuera una pequeña bala de cañón y cayó en la falda de Careme. Careme dio un grito. JD se dejó caer hacia delante, babeando.

—Ese plato es matador —dijo con voz ronca.

—Así es mi JD, siempre de broma —dijo Sue Ellen dándole unas palmaditas en la cabeza, chorreante de sudor.

Daniel se levantó de repente, señalando la botella de vino vacía de encima de la mesa.

—Más vino —dijo con voz ahogada y desapareció en la cocina.

Jasmine sonrió a sus invitados.

—Me parece que he olvidado… algo —dijo y siguió a su marido.

En la cocina, Daniel estaba doblado, respirando con dificultad, como si acabara de correr una maratón. Los dos se miraron fijamente.

Daniel carraspeó.

—Jasmine…

—¿Qué?

—¿Dónde está el resto?

Llamaron a la puerta.

El marido de Betty, Richard Johnson estaba en el umbral. Era un hombre grandote, de un metro noventa. Tenía ese aspecto de castor lustroso propio de ejecutivo de una gran empresa, vestido siempre con camisas blancas impecables, corbatas de vivos colores y trajes de lana importados. A Jasmine nunca le había gustado. No obstante, hoy la corbata le colgaba del cuello como si fuera una soga y tenía la camisa arrugada y manchada con lo que parecía sudor. Y había dos hombres con él. Uno era joven y alto, con una mandíbula como un cuchillo de carnicero. El otro rondaba los cincuenta y, francamente, bordeaba la obesidad. La gabardina, nueva y rígida, se desplegaba en torno a su cuerpo como una tienda de campaña. Los dos saludaron a Jasmine con la cabeza y mostraron sus placas de la policía.

Jasmine recuperó la voz.

—Richard. ¡Qué sorpresa!

—¿Está Betty aquí?

—Claro que estoy —Betty había seguido a Jasmine hasta la puerta y ahora permanecía de pie en el recibidor, con la barbilla chorreando jugo del estofado.

—Betty, cariño —empezó su marido.

—No me vengas con «Betty, cariño», cabrón de mierda.

La rabia se abría paso a través de la sangre ebria de Betty como si fuera vinagre.

—¿Podéis concedernos un momento? —preguntó Richard, sonriendo a Jasmine con aire de suficiencia.

Él y los dos policías entraron en el recibidor. Betty tendió la mano hacia Jasmine que se la cogió, rodeándole los hombros con el otro brazo.

El policía gordo sacó un trozo de papel.

—Es la primera confesión que recibimos por *e-mail* —empezó.

Richard cogió el papel y se dirigió a su mujer.

—¿Es verdad lo que dice?

—No lo sé. Pero seguro que pronto se pone de moda. Es tan fácil, en realidad. La comodidad de tu propia casa. Sólo un clic y...

—Me refiero al *e-mail* cabeza de chorlito. Lo que has escrito. ¿Es verdad?

—Ah, ya veo —Betty hizo una pausa y luego pasó al ataque—. ¿Por qué eres tú el que hace las preguntas? Soy yo quien tendría que estarlas haciendo. Por ejemplo, ¿desde cuándo dura esto? ¿Cuándo ibas a decírmelo? ¿Ibas a llamarme desde una habitación de hotel para decirme «Betty, cariño, soy Richard. Te voy a dejar. Ahora estoy con mi fulana y voy a dejarte...»?

—Señora... —dijo el policía gordo tratando de intervenir.

—Apuesto a que sigues buscando esto —dijo Betty, sacando dos billetes de avión—. A Río, maldito seas. ¡Sabes que siempre he querido ir a Río!

El policía joven puso una mano fuerte y bronceada en el hombre de Betty.

—¡Señora!

Betty miró a los dos policías, como si sólo entonces se diera cuenta de su presencia.

—¿Sí?

—¿La confesión es de verdad?

Betty se apartó el pelo de cara, con un gesto lleno de coquetería.

—Claro que sí, agente. Sí que lo es.

—¿Puede decirnos dónde está ahora la señorita Sardino?

Betty se quedó en silencio un momento.

—Pues mire, agente, no. No, no puedo.

—¿Por qué no?

—Porque parece que se ha movido.

—¿Quiere decir que no está muerta?

—Bueno, a mí me parecía bien muerta. Quiero decir, le di fuerte. Mire, la vi esta mañana…

Los ojos de Betty soltaban chispas. Miró alrededor para encontrarse con que todos los invitados habían salido al recibidor y estaban pendientes de lo que tenía que decir. Algo tan inusual. Por lo general, los ojos de la gente se ponían vidriosos cuando ella hablaba. Se dio unos toquecitos en el pelo y siguió:

—Miré por la ventana y la vi esperando en su coche, delante de mi casa. Y comprendí que estaba esperando a mi marido. Y entonces, todo encajó. El que volviera a casa tan tarde. Los billetes de avión. Todo el tinglado. Así que bajé corriendo, abrí la puerta del coche y la saqué a rastras. Se lo aseguró, mis brazos eran de acero. Bueno, ella echó a correr como la gata escaldada que es. Era. Y yo la perseguí. Y corrió directamente a esta casa. No podía creérmelo. Entró por la puerta sin pensarlo, como si hubiera estado aquí antes. Así que corrí detrás de ella y la acorralé contra la encimera. Y le di bien fuerte.

Betty golpeó una mano contra la otra y sonrió. El policía gordo se rascó la nunca con el bolígrafo, dejando una larga línea azul por encima del cuello de la camisa.

—¿Por qué? —preguntó.

—¿Por qué? —dijo Betty, riendo— ¿Es que no está claro?

El policía gordo levantó la vista de sus notas.

—No.

—Pues míreme.

—Ya la estoy mirando.

—Sí, pero no me mira como ella me miró. Me miró como si yo

fuera una clase inferior de insecto que acabara de salir de una grieta en el linóleo. Como si fuera lo más bajo entre lo bajo. ¿Y sabe qué va y me dice? Me dice: «Conozco un excelente experto en nutrición que haría maravillas con ese cuerpo suyo». No me dejó muchas alternativas, ¿verdad?

El policía gordo enarcó las cejas, dándole la razón muy a su pesar.

—¿Dónde la dejó?

—Si me hace el favor de seguirme —dijo Betty volviéndose para enseñarles el camino, pero, temiendo exhibir el trasero, giró sobre sí misma y se dirigió a la cocina andando hacia atrás.

—La dejé aquí mismo —dijo señalando las baldosas de pizarra grises y negras que cubrían el suelo de la cocina de Jasmine. Jasmine se quedó petrificada. Debajo de uno de los taburetes y bien a la vista estaba el *brownie* con las marcas de los dientes de Tina.

—Mire, ahí está el *brownie* que le metí en su flaca boca —exclamó Betty, señalando.

El policía gordo actuó con rapidez, pero Jasmine fue más rápida. Mientras él movía la silla para mirar, Jasmine le dio al *brownie* una rápida patada y lo envió volando al lugar más recóndito debajo del frigorífico.

—No veo ningún *brownie* —dijo el policía gordo, decepcionado.

Betty se inclinó hacia delante.

—Estaba justo ahí. Yo he visto un *brownie*. ¿No has visto un *brownie*?

Betty se volvió con los ojos brillantes hacia Jasmine. Los dos policías miraron a Jasmine. Jasmine estaba en un aprieto. Quería respaldar a su amiga, pero en aquel caso concreto, pensó que era más sensato guardar silencio. Se encogió de hombros. El policía joven llevó a Richard aparte. Volvió la espalda a Betty y murmuró en voz baja:

—¿Ha tenido estos delirios antes?

—Ella es un delirio mastodóntico, en lo que a mí respecta —dijo Richard a voz en grito.

Betty se dejó caer en una silla de la cocina y se rascó la gruesa barriga.

—El problema contigo, Richard —suspiró—, es que nunca me has tomado en serio.

—Un cero y muy, muy gordo —continuó Richard. El policía gordo volvió la vista a Richard—. Esto… sin ánimo de ofender para nada…

El policía gordo tomó algunas notas más en su bloc. Trazó una línea doble debajo. Levantó los ojos y estudió a Richard de nuevo.

—¿Cuándo dice que vio a Miss Sardino por última vez?

—Ya se lo he dicho. Hace dos días.

El policía gordo empezó a tomar notas de nuevo.

—¿Y se pelearon?

Richard se volvió hacia el policía joven.

—¿Qué es esto?

El policía gordo se mojó los labios.

—¿Una pelea de amantes?

—¿Por qué íbamos a tener una pelea de amantes?

—Ustedes dos eran amantes, ¿no?

—No tengo por qué contestar a eso.

El policía joven se acercó.

—Quizá tendríamos que seguir con esto en la comisaría.

Richard arrancó los billetes de avión de la mano de Betty.

—Adelante, háganlo. Yo tengo que coger un avión.

—Tendrás que ir solo —dijo Betty, con una sonrisita.

Richard se metió los billetes en el bolsillo de la chaqueta.

—Lo dudo mucho.

El policía gordo agarró a Richard por el brazo.

—Tendrá que venir con nosotros.

Richard pegó un bote hacia atrás.

—¿Por qué? El loco no soy yo.

—No, a mí no me parece que lo sea.

De la boca del policía gordo salió una gorda burbuja rosa que se desparramó por sus gordos labios rosas. Su húmeda lengua rosa salió de la boca como si fuera una babosa y aspiró las partículas rosa hacia dentro. Betty lo observaba, hipnotizada.

—¿Y qué pasa conmigo? —preguntó.

—Usted también, señora Johnson. Hacer confesiones falsas es un delito muy grave.

—¿Puedo ir a buscar mi bolso?

—Claro, la espero.

El policía gordo siguió a Betty hasta el recibidor y parecía más alto mientras la ayudaba a ponerse la chaqueta.

El policía joven se quedó para examinar el lugar. Llevó a los invitados de vuelta al comedor e insistió en que continuaran comiendo.

—Tiene un aspecto delicioso —dijo mientras cerraba la puerta.

En la cocina, recorrió la habitación con la mirada. Jasmine, Daniel y Careme permanecieron, nerviosos, de pie detrás de él.

—¿Tiene un segundo frigorífico? —preguntó.

Jasmine y Daniel se pusieron rígidos, pero Careme sonrió.

—Zí, pog aquí, adgente.

Lo acompañó al sótano y se apartó un poco mientras él repasaba a fondo el frigorífico. Revolvió entre las chuletas de cerdo, los picadillos y los pavos enteros.

—¿Esto es todo? —preguntó.

—Ez todo —respondió ella.

—¿Qué es esto? —dijo señalando dos gotas de sangre en el estante interior.

Careme vaciló y luego sacó la lengua. El policía joven dio un paso atrás.

—Necesitaba hielo —explicó, dirigiéndose a su espalda mientras él se apresuraba a volver arriba. Al llegar, sacudió la cabeza como si quisiera eliminar la visión de la mutilada lengua antes de decir que quería ver el resto de la casa.

Arriba, Daniel siguió nerviosamente al policía mientras recorría los dormitorios. En la habitación de Careme, el policía miró por encima del borde de la vitrina donde Medea estaba adormilada haciendo la digestión.

—Bonita serpiente.

—Es de mi hija.

—Está muy hinchada, ¿no?

—Ha comido mucho.

—¿Qué se le da a una serpiente?

—Cualquier cosa que tengas a mano.

Los ojos del policía escudriñaron la habitación y luego se detuvieron en la cara de Daniel.

—¿Por qué tiene un aire tan tenso?

—Es mi cumpleaños.

—¿Y?

—Cumplo cuarenta.

El policía joven soltó un silbido comprensivo.

En la puerta de la calle, le tendió la mano a Jasmine.

—Siento haberla molestado, señora, pero hemos de comprobar esas confesiones. Por demenciales que puedan parecer.

—No se preocupe. Lo comprendo —dijo Jasmine, levantando la cara para sonreírle a la altura de la mandíbula.

—Adiós, señora March.

Jasmine volvió a la cocina y se apoyó contra la puerta cerrada. ¿Qué diablos iba a hacer? Una mujer joven había muerto en el suelo de su cocina, pero Jasmine no podría admitirlo ante nadie, nunca. Si lo hiciera, iría a la cárcel como cómplice de asesinato. O como mínimo, por no cumplir con las normas sanitarias de los mataderos.

Jasmine inclinó la cabeza. Qué muerte tan solitaria. Qué joven tan solitaria y equivocada. Por supuesto, lo único decente sería celebrar una pequeña ceremonia. Algún tipo de recordatorio. Sí, cuando los invitados se fueran, se desharía de los restos del estofado de una forma apropiada. Los espolvorearía con romero, símbolo del recuerdo. Y añadiría las flores de la mesa. Sí, eso es. Quizás atara la bolsa de la basura con un lazo negro. Y diría unas palabras. Daniel podía decirlas. Él conocía mejor a aquella chica.

Jasmine asintió. Era lo mejor que podía hacer. Tina lo entendería. Bien mirado, pensó Jasmine sonriendo, era experta en saltarse las reglas. Luego Jasmine irguió los hombros, se alisó la falda, cogió la bandeja con sus *brownies* caseros especiales y volvió con sus invitados.

—¿Alguien quiere postre? —ofreció.

Visite nuestra web en:

www.umbrieleditores.com